九人のレジェンドと愚か者が一人

9 Legends, 1 Stupid Man
Masato Honjo

本城雅人

東京創元社

Contents

九人のレジェンドと愚か者が一人

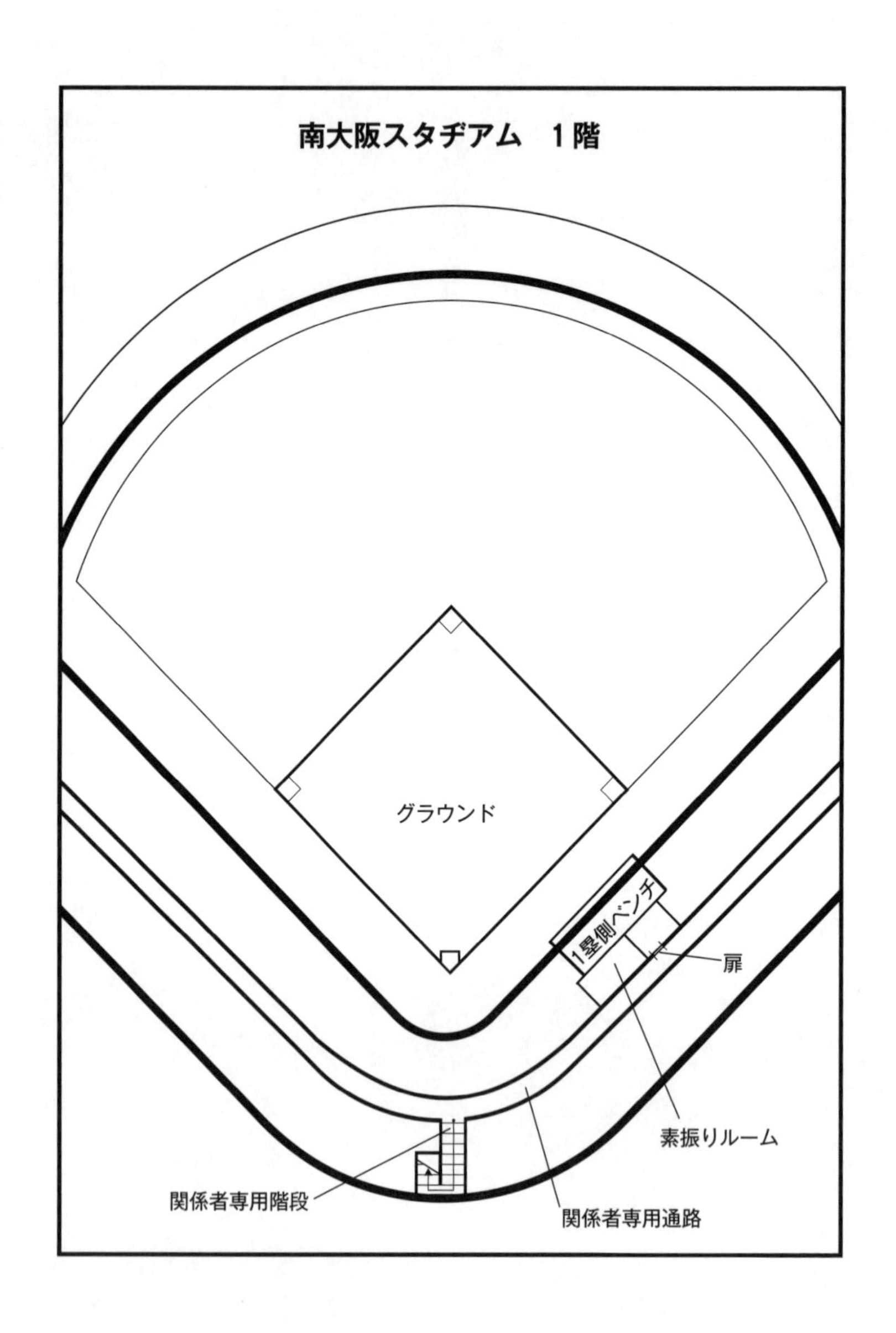
南大阪スタヂアム　1階
グラウンド
1塁側ベンチ
扉
素振りルーム
関係者専用階段
関係者専用通路

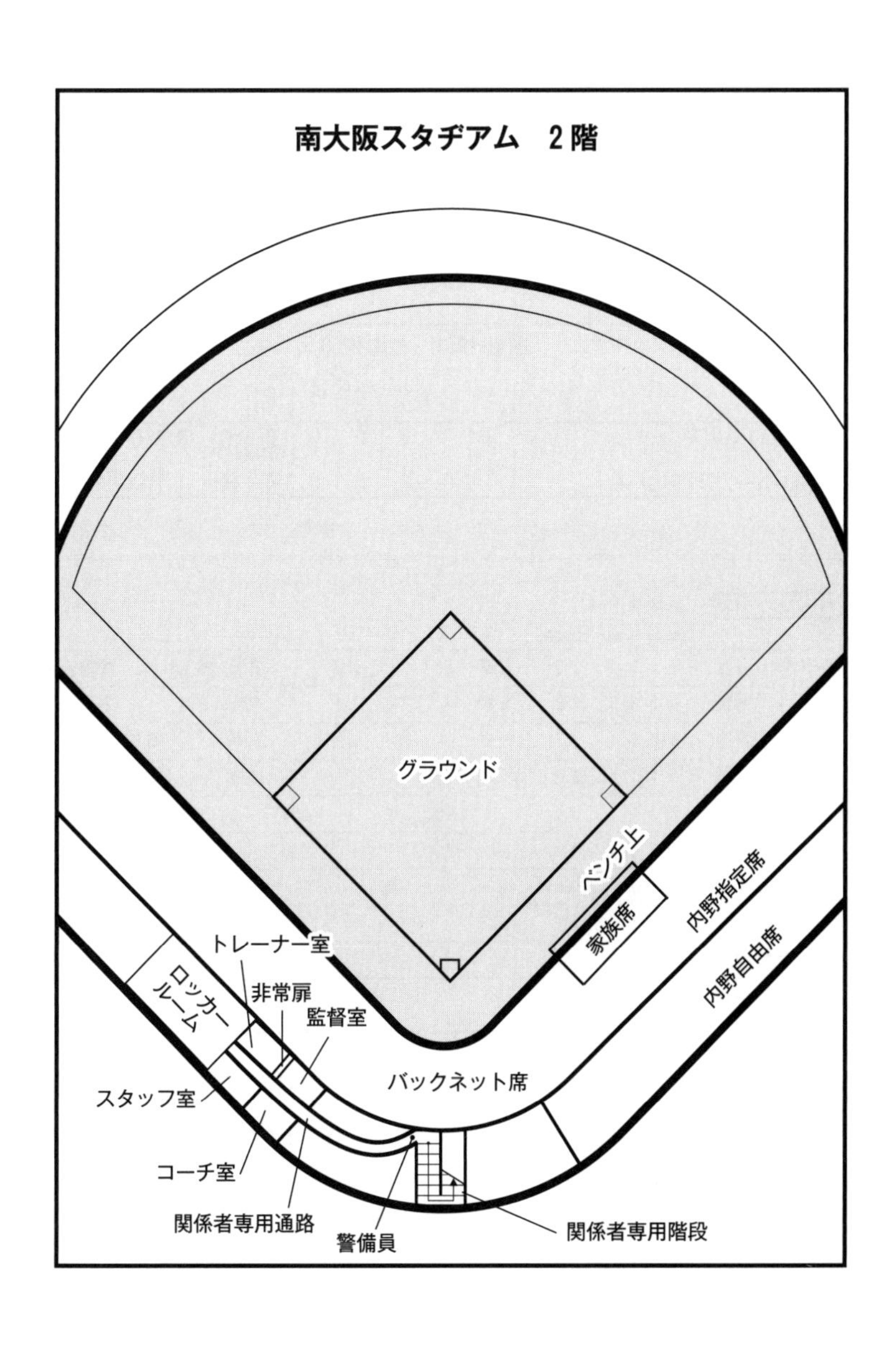
南大阪スタヂアム　2階
グラウンド
ベンチ上
家族席
内野指定席
内野自由席
トレーナー室
ロッカールーム
非常扉
監督室
バックネット席
スタッフ室
コーチ室
関係者専用通路
警備員
関係者専用階段

7月30日　南大阪スタヂアム　　開始 18:01　観客2200人　晴

	1	2	3	4	5	6	7	8	9	計
北武レパーズ	3	3	1	0	2	0	0	0	0	**9**
阪和バーバリアンズ	0	0	0	0	0	4	4	1	4×	**13**

バーバリアンズ	打数	得点	安打	打点	通算率	①	②	③	④	⑤	⑥	⑦	⑧	⑨
(左) 杉山　匠	5	3	3	4	.289	三振	…	…	三振	…	右安	**右本**	…	中安
(二) 沖　博康	5	2	2	0	.282	三振	…	…	三振	…	中安	三ゴ	…	左二
(遊) 三枝直道	4	3	2	4	.337	一ゴ	…	…	右飛	…	**右本**	…	右二	四球
(三) 夏川　誠	5	1	1	4	.318	…	三振	…	…	三振	遊飛	…	二ゴ	**中本**
(指) ハーバート	2	1	1	1	.300	…	右安	…	…	右飛	…	死球	右犠	…
(一) 今野寿彦	4	0	1	0	.299	…	遊併	…	…	三振	…	遊ゴ	左安	…
(右) 小曾木健太	4	1	1	0	.265	…	…	三振	…	…	一邪	左安	右飛	…
(捕) 玉置哲美	4	1	1	0	.257	…	…	三振	…	…	遊ゴ	中安	…	三振
(中) 北井裕二	4	1	1	0	.251	…	…	三振	…	…	中安	三振	…	二ゴ

1stイニング

史上最高の逆転劇と九人のレジェンド（企画書）

1

《女優によるナレーション》

「阪和(はんわ)電車の各駅停車しか停まらない『スタヂアム前』駅。

北口には短いアーケード商店街がある。そこをくぐり抜け、住宅地を進むと、開けた視界にひょっこりと現われるスタジアム。

それがプロ野球・阪和バーバリアンズがかつて本拠地にした、けっして大きくはない野球場、南大阪スタヂアムである。

収容人員は三万人だったが、同じ関西でも、毎試合が満員御礼となる超人気球団、大阪ジャガーズの本拠地とは対照的に、一試合の観客数は多くて一万人、ひどい時は二千人に満たない日もあった。

あの球場は、毎晩、閑古鳥(かんこどり)が鳴いている——二十六年前もみんながそう思っていた。

万年Bクラスで、球界のお荷物と呼ばれていたバーバリアンズの評判は、シーズン前から高くはなかった。

投手力が弱く、序盤から失点を重ねる。強打者は揃っていたが、ぶんぶん振り回すだけで、チヤンスは作るが得点に結びつかない。

『競り合いに弱い』『野球の勝ち方を知らない』……そうした不名誉なレッテルが貼られたバーバリアンズは例年に違わず、開幕から苦しいシーズンを送っていた。

七月後半のオールスターが終わった時点で、三十五勝四十五敗で借金『10』の五位。首位を行く北武レパーズとの差は実に十六・五ゲームも開いていた。

後半戦が始まった四試合目、その夏、最初の猛暑日を記録した蒸した夜も、バーバリアンズは首位レパーズ相手に苦戦を強いられる。

いや、苦戦と呼ぶにはおこがましいほど、それはもう無残な内容だった。

弱点である投手陣が立ち上がりから崩れ、レパーズに大量リードを奪われたのだ。

やられ放題の選手に、河内弁のきついヤジが容赦なく飛ぶ。

レパーズがさらに追加点をあげ、〇対九となっていた六回表には、観客たちもヤジを飛ばすのに飽き、帰り支度を始めた。ただでさえ空席が目立つ客席がますます物寂しくなっていく。

怒りを通り越し、呆れながらも残ったファンの前で、選手たちはようやく奮起する。

六回裏二死から、九番センターの北井裕二がこの日チーム二本目のヒットをセンター前に放って出塁すると、一番レフト、杉山匠、二番セカンド、沖博康も連続ヒットで続き二死満塁。

そして三番、この年初めて首位打者のタイトルを獲得する三枝直道が、レパーズのエース陣作明のスライダーを捉え、ライトスタンドに満塁ホームランを放ったのだ。

だからといって閑散とした客席が盛り上がったわけではなかった。

四対九とまだ五点差もある。バーバリアンズは一番から九番まで強打者を揃えていたが、エンジンがかかるのは遅く、反撃を開始したところで追いつけない。どうせ相手に点を取られる……

そうした勝負弱さをファンは再三再四見てきたからだ。

　続く七回裏にも五番指名打者のカイル・ハーバートが死球、六番今野（こんの）寿彦（としひこ）はショートゴロで一死後、七番小曾木（おそき）健太（けんた）がレフト前に、八番玉置（たまき）哲美（てつみ）がセンター前にヒットを放って満塁。九番北井裕二は三振に倒れたが、一番、リードオフマンの杉山匠が、右翼席にこの日、チーム二本目の満塁ホームランを放ち、八対九と一点差に迫った。

　こうなるとバーバリアンズは勢いづく。八回裏の攻撃は、前の打席で反撃の狼煙（のろし）を上げる満塁ホームランを放った、三番ショートの三枝から。

　急に歓声が大きくなったことに、ベンチの選手たちは驚き、何人かはグラウンドに出て観客席を見上げた。

　にわかには信じがたい光景が、目の前に広がっていた。

　空席だらけだったスタンドが、たくさんの人で埋まっていたのだ。

　一度帰ったファンがラジオでバーバリアンズが反撃していると聴いて戻ってきた？

　そうではない。客席を埋めたのは小学生。

　バーバリアンズは当時、不人気球団ならではの苦肉の策として、夏休み中、七回以降は小学生以下に内、外野の自由席を無料開放していた。

　ラジオでバーバリアンズがすごい試合をしていると聴いた近所の子供たちが、遅い時間にもかかわらず応援に駆け付けたのだ。

　左打席に立った三枝はストレートを思い切り引っ張り、右中間フェンス直撃の二塁打で出塁する。さぁ、同点のランナーがスコアリングポジションに立った。

　続く四番は本塁打、打点でリーグトップを走るサード夏川（なつかわ）誠（まこと）だ。バーバリアンズファンがもっとも信頼するチームの中心打者。

その頃、夏川は不振を極めていた。

オールスター前の前半戦最後のゲームで、左脇腹に死球を受け、担架に乗せられて途中退場していたのだ。

診断は肋骨骨折で全治一カ月。

骨が折れていたにもかかわらず、夏川は欠場しなかった。

ファン投票で選ばれたオールスターは守備のみでの出場となったが、ペナントレース再開後も骨折した箇所にテーピングをして、先発フル出場し続けた。

再開後のカードは三試合ともノーヒット。この夜も八回のこの打席まで、三振二つとショートへの凡フライと精彩を欠いていた。

それでもつねにフルスイングして、大事な場面では勝負を決めてきた夏川のことだ。左翼上空に大きなアーチを描く彼らしい一発で逆転してくれるのではないか。ファンはそう願い、声が嗄れるほどの声援を送った。

ところがこの打席での夏川の考えはファンの思いとは違っていた。

二塁走者の三枝を三塁まで進めれば、同点にできる——。

いくら勝ち慣れたレパーズといえども、九点差を追いつかれれば浮足立つ。追いつきさえすれば、残りのイニングで逆転は可能だ……彼はそう考えたのだ。

初球、夏川は押っ付けるように右方向に打ち返した。

平凡なセカンドゴロ。

二塁手から一塁手へボールが渡り、夏川はアウトになる。

一死三塁になったことに、レパーズのピッチングコーチがタイムをかけ、マウンドに行く。だが流れは変わらなかった。続く五番ハーバートの犠牲フライで、三枝がホームを踏み、バーバリアンズはついに、九点差あったゲームを振り出しに戻したのだった。

猛攻は九回裏も続いた。

八番玉置、九番北井は凡退したが、先頭に返って一番杉山がヒット、二番沖は二塁打で繋ぎ、三番三枝はフルカウントから際どいコースを選んで歩いた。

二死満塁で打順は、四番夏川。

その時の観客の思いは前のイニングとは打って変わり、複雑だった。

むしろ失望していたと言ってもいい。

できることなら三枝で決めてほしかった。事実、三枝が四球を選んだ時には、客席の方々からため息が漏れたくらいだ。

それはファンの多くが、夏川が痛みを我慢してプレーしていることを、前の打席で気づいたからである。

今の夏川はバットに当てるのが精いっぱい。だから八回はセカンドゴロを打った。送りバントをしなかったのは四番バッターのせめてもの矜持(きょうじ)なのだろうと。

観客は打席に向かう夏川に悲壮感を感じていた。

ここでも人々の思いは裏切られる。夏川は断じてそのような追い込まれた気持ちでもなければ、弱気にもなっていなかった。

このチャンスを決めないことには、バーバリアンズの四番ではない。

彼はそう自分に言い聞かせてウェイティングサークルを出た。

風を切るような鋭い音を立てて素振りをし、相手バッテリーを震えあがらせてから打席に入るのが夏川のルーティンだが、この夜は一度も素振りをしなかった。

脇腹の痛みから、余計なスイングをしたくなかったのだ。

右打席に入り、土を削って足場を固める。

一度だけ脇に手を当て、顔を歪める。まだ痛みは残っていた。

バットのヘッドをやや投手側に向けたフォームで構える。歪めた顔を戻し、奥歯を噛みしめて投手を睨む姿は、まるで傷ついてもなお敵に立ち向かっていく戦士のようだった。

観客が息を呑んで見つめる中、レパーズの守護神、鵜飼(うかい)は初球に外角スライダー、二球目は外角低めにストレートを投げるが、夏川は見逃した。

ストライク！

ストライクツー！

アンパイアのコールで、たちまち追い込まれる。

やはり今の夏川では無理だ。リーグを代表するクローザー鵜飼に手も足も出ない。この期を逃して延長戦になれば、いつもの勝負弱いバーバリアンズに戻り、敗れてしまうだろう……。

押せ押せムードはいつしか群青色の空の果てに立ち去り、代わって重たい空気が球場を覆っていた。

しかし夏川は手が出なかったのではなかった。手を出さなかったのだ。

一打席で一球は、満身創痍(まんしんそうい)の自分でも打てる球が来る――彼はそう信じていた。そのボールを力いっぱいスイングするだけ。仕留めるチャンスをひたすら待っていたのだ。

追い込まれた三球目、狙っていたボールがついに来る。

鵜飼のウイニングショットであるフォークがやや浮いた。

夏川はフォークが落ちてくる直前までボールを引き付け、いまだと心で叫び、バットを振り下ろした。

振れば激痛が走ることなど、その時は脳裏から消えていた。迷いなくスイングしたバットが快音を放つ。

腰をきれいに回転させ、大きなフォロースルーを取り、その勢いのまま、自然とバットを宙に放り投げた。

まるで時間が止まったかのようだった。

観客のほぼ全員が立ち上がり、口を大きく開けて、白球が浮かぶ夜空を見上げた。

頭のはるか上空を通り過ぎた打球を、ピッチャーの鵜飼は一度振り返っただけで首をガクンと折った。

センターも少し追いかけて足を止めた。

バックスクリーンに飛び込む、この日チーム三本目となる満塁ホームランは、九点差をひっくり返す、劇的なサヨナラホームランとなった。

夏川はゆっくりと手を上げ、途中からは万歳しながらダイヤモンドを一周する。

選手は両手を上げてジャンプしたり、抱き合ったりしてベンチから飛び出し、ホームベースの周りで四番の帰還を待ち構える。夏川がホームベースを踏んだ途端、頭を叩き、水をかけてと手荒い祝福を浴びせていた。

劇的な決着に、その夜は深夜になってもファンは球場を去ろうとせず、球場から熱気が冷めることはなかった。

その日以降、南大阪スタヂアムには、大阪府内だけでなく、全国からもたくさんの野球ファンが来場し、応援旗を振り、メガホンを叩いて拍子をとり、チームが得点するたびに歓声をあげた。ファンが『史上最高の逆転劇』と呼ぶこの一戦を機に、阪和バーバリアンズは最強軍団へと生まれ変わった。

後半戦は七割五分を超える驚異的な勝率で、十六・五ゲームあった北武レパーズとの差を逆転、十七年ぶりのリーグ優勝を果たしたのだ。

マジック１で迎えた九月二十日は、十四対九というバーバリアンズらしい打撃戦で勝利を収めた。もちろん満員御礼の札が立ち、立ち見客が出るほどの盛況だった。

優勝が決まった瞬間、おびただしい数のファンがグラウンドに飛び降りた。

大方（おおかた）、警備員に取り押さえられたが、警備員の手をすり抜けて胴上げに加わり、収拾がつかなくなった。

胴上げは途中で中止となり、選手は引き揚げていく。

選手の中にはファンと抱き合って喜びを分かち合う者もいた。

選手も泣いていた。ファンも泣いていた。口さがない大阪人は、ヤジを飛ばしながらも、選手が奮起する日を待っていたのだ。その期待に選手は応えた。

この年の阪和バーバリアンズは、まさに人情の街・大阪にふさわしい、選手とファンの心が一体となったチームだった。

球史に残る逆転優勝を果たしたのは紛れもなく打者たちである。三割バッターが六人、三十本以上のホームランを打った者が五人もいたのだ。

チーム総本塁打は歴代二位の二百五十本。一試合の平均得点は六点を超え、これは昭和二十五年、『水爆打線』と呼ばれた松竹ロビンスと双璧をなした。

球団旗に船の絵が描かれていたことから、『海賊打線』のニックネームがついていた野手の中でも、逆転優勝の導火線となったレパーズ戦に先発出場したメンバーは、いつしか『九人のレジェンド』と呼ばれるようになった。

それだけの強さを誇ったのに、チームが頂点を極めたのはその年と翌年の二年だけ。

以降は四番夏川のフリーエージェント移籍、選手の高齢化も相まって低迷期に逆戻りする。優勝はおろかAクラス入りも難しいシーズンが続いている。

九人のレジェンドからは、三番ショートの三枝、六番ファーストの今野の二人が、監督を務めたが、二人ともチームの再建を果たすことはできなかった。

スポーツ界には『攻撃がチケットを生み、守備が勝利を生む』という格言がある。本来は双方のバランスが取れていなければならないのに、優勝したあの年の彼らの破天荒な戦い方があまりにセンセーショナルだったがため、球団は長年、打高投低のチーム作りから脱却できなかった。

Bクラスという定位置に戻ったことで、やがてチケットは売れなくなり、赤字が膨らんだ阪和電車は、球団の身売りを選択した。

その旧阪和バーバリアンズ、現在のグレンコム・バーバリアンズが、この夏、かつての四番バッター、夏川誠を来季の新監督に迎えることを発表した。

伝説の最初の一ページとなった試合を、バックスクリーンへのサヨナラホームランで締め括った夏川が、これまでどうして監督にならなかったのか、そのことに多くの人が疑問を抱いていた。

チームメイトも同様である。

そこで夏川監督が誕生したことを祝して、レジェンドに名を連ねるメンバーが集結することになった。

　時はプロ野球がオフシーズンに入った十一月二十二日。場所は、今はプロ野球の本拠地ではなく、府民球場として哀愁を感じさせながら存続する南大阪スタヂアム。

　残念ながらアメリカのオハイオ州の教会で神父となった五番ＤＨのカイル・ハーバートは参加できないが、レジェンド八人全員が集まるのは夏川が移籍して以来だから、四半世紀ぶり。その八人が、草野球チーム相手に一日限りのゲームを楽しむ。

　レジェンドたちが揃ってバーバリアンズのユニホームを着てプレーするのだ。

　夏川はもちろん、三番三枝も、一番杉山も、六番を打った今野もいる。

　一番から九番まで全員が豪快なスイングで、サラリーマンの日頃の鬱憤（うっぷん）を晴らしてくれた海賊打線。

　あの頃、夢中になって応援したオールドファンはもちろん、その戦いぶりを伝え聞いた若い野球ファンも、一堂に会したレジェンドたちに胸をときめかせるに違いない。

　レジェンドたちはどのように歳を取ったのか。

　今もバットをぶんぶんと振り回し、我々を魅了してくれるのだろうか。

　さぁ、いよいよスターティングラインアップの発表とともに、レジェンドたちが南大阪スタヂアムのグラウンドへと登場する。

　今なお、人々の心に伝説となって生き続ける彼らのプレーを、とくとご覧あれ」

2

長机を四角に囲んだ会議室で、大阪毎朝放送の夕方の報道番組を担当する新川透子アナウンサーが、読み上げた台本を閉じた。

十人以上が集まったスポーツ局員の中で真っ先に拍手したのが、ホワイトボードの前に座る平尾茂明だった。

「ありがとう、新川さん、さすがうちの看板キャスターだ。素晴らしい番組が始まるという雰囲気が漂ってきて、聞いているだけでワクワクしてきたよ」

《史上最高の逆転劇と九人のレジェンド》

ホワイトボードに書かれたこの番組を企画立案したのが、スポーツ局所属で、ディレクターをしている平尾である。

上司や番組日程を組む編成局員には簡単に説明していたが、局内の同僚に話したのは今日の会議が初めてだった。

「感情を込めないで語ってほしいというリクエストだったからそうしたけど、これで良かったのかしら」

平尾より一つ下の三十六歳、本番中は黒髪を下ろしているが、今は髪をまとめ、カメラの前ではかけないノーフレームの眼鏡をかけた新川が澄まし顔で応える。

「最高だったよ。ここにいるみんなも、ナレーションを聞いて、俺がどんな番組を作ろうとしているかイメージできたと思う。新川さんに頼んだ甲斐があった」

「エースディレクターに満足してもらえたのなら良かったわ。サブ出しくらい、お安い御用よ」

今回の番組企画は、元選手への出演交渉、球場の貸し切り、レパーズ役を務める草野球チームの選手の選別まで、平尾が一人で進めてきた。新川はすべてを請け負った忙しさを理解してくれ、あえて「エース」とつけてくれたのだろう。

彼女のことは、平尾が報道局の記者、新川が新人アナとして日曜朝の報道番組に起用された時からよく知っている。二〇一一年の東日本大震災では、阪神淡路大震災を経験した大阪のテレビ局として現地取材をすべきだという声が社内で上がり、平尾がクルーを率い、新川が地震と津波の爪痕が残る三陸（さんりく）の港町の最前線からレポートした。

「台本はまだ完成していない。というのもこれから、俺が八人にインタビューしていくからだ。もし事実と違ったら手直ししていく。そこは了承しておいてほしい」

集まったスタッフに伝える。

「直すところなんてどこもないんじゃないですか。選手の心情を見事に捉えているように感じましたし」

ディレクターの中では平尾に次いでリーダー格の女性局員が言った。

「だといいんだけど、取材したら違っていたということは、いくらでもあるからね」

「私も経験したことがあります」

女性局員が同意したところで、スポーツ局長の田村（たむら）が苦い顔をする。

「ナレーションを人気女優に語らせ、今の選手をグラウンドに登場させるという平尾のアイデアはよくできた演出だと思うよ。にしてもだよ。サブ出しを新川さんに発注しなくても良かったんじゃないか」

　新川は報道番組以外にも、さまざまな番組から引く手あまたの人気キャスターなだけに、アナウンス室から文句を言われるのを恐れているのだ。アナウンス室からは、本番で使わないのにリハのみで使う、いわゆる「サブ出し」または「サブ出しＶＴＲ」での起用はしないでほしいと、通達が出ている。

「いいんですよ、局長。私は駆け出しの頃に、平尾さんから助けてもらった恩がありますから、女優の代役くらいいくらでもやります。アナウンス室長にも私から許可をもらっていますし。それに私もあの年のバーバリアンズの活躍は覚えているんです。父が野球大好きで、リビングのテレビは、夜は必ずナイター中継だったので」

「新川さんがいいと言うなら、いいんだけどさ」

　田村は顔をしかめたまま引き下がった。

　恩と言ったが、たいしたことではない。彼女が日曜朝の報道番組に起用されて間もない頃、本番前から表情がすぐれない日があった。

　スタジオのスタッフは誰も気づかなかったが、モニターで眺めていた平尾は危険を感じ、チーフディレクターに連絡して、ＣＭ中に彼女をひっこめさせたのだった。

　ちょうどその頃、交際していた女性がひどい生理痛で、辛そうにしていた表情と重なった。

　彼女の体調不良の原因は詳しく聞いていないので知らないが、同僚に連れられ医務室への移動中に倒れたというから相当悪かったのだろう。もし原稿を読んでいる生放送中にキャスターが昏倒していたら、番組はパニックになっていた。

「平尾さん、このナレーションを語る女優、誰か教えてくださいよ？　まさか、まだ決まってないとか言いませんよね」

男性局員が口を挿んだ。

「慎重な平尾さんが決めずにこの会議をやるわけないでしょ。きっと私たちを驚かせるサプライズを用意されてるのよ」

リーダー格の女性が返す。「そうですよね、平尾さん？」彼女は平尾の顔を見た。

「その通りだよ。それにナレーションを入れるのは十一月二十二日の草野球チームとのゲーム収録を終えた後だからね。あえて今、発表することはないだろ。万一の場合、無駄な出費になるわけだし」

笑みを浮かべて答える。

「それが屋外球場の辛いところですよね。せっかく往年の選手が集まってくれるのに、雨が降らなければいいいんだけど」

後輩たちは眉根を寄せ、本気で心配していた。

企画を最初に話した局長の田村も天気を危惧していた。だが平尾は多少の雨なら決行するつもりだと話した。なにも本気で戦うわけではなく、全員が五十代のおじさんたちのお遊びなのだ。田村も「グラウンドが水浸しになるほどの大雨でなければ、選手が今も野球を楽しんでいるようでいい絵が撮れるな」と納得した。

平尾がこの《史上最高の逆転劇と九人のレジェンド》を企画したのは二年前である。報道局から営業局を経て、念願だったスポーツ局に異動して三年目だった。

その時は「そんな昔の試合、誰も見たいとは思わないだろう」と田村から却下された。

今季もバーバリアンズは開幕から迷走し、借金が「20」になった五月末に外様である監督を解任、その後はヘッドコーチが監督代行を務めた。このままではファン離れが著しいと、球団首脳はシーズン中にもかかわらず、ＯＢの夏川誠に来季からの監督を要請した。それが二カ月前の八月末のこと。

かつての四番で、スターだった夏川の監督就任に、ファンの間で一気にチーム再建への期待が高まった。

これなら実現できるのではないかと、お蔵入りしていた企画を持ち出すと、田村どころか、編成局、広告局まで一気に通ったのだった。

ただし、いい歳をしたおじさんのドタバタしたプレーをそのまま流しても、視聴者は飽きてしまう。

そのため各選手のインタビューを要所に入れ、ドキュメンタリー風の番組になるよう企画を練り直した。

試合もバーバリアンズのみが攻撃して、対戦形式にはしない。展開を見て、使えるシーンがあればそれを挿入する。伝説化している一戦のＶＴＲと、当時を振り返るインタビュー、それを二本柱にして二時間でまとめる、そうしたこともこの部屋にいる局員たちに渡した企画書に詳細に記してある。

世間に知られると新鮮味がなくなるため、十一月二十二日の収録日には南大阪スタヂアムには観客を入れない。草野球チームにも他言しないように伝えた。他局にも知られないよう内密に撮影する……。

局員たちは、ナレーターに予定している女優が誰かということで盛り上がっていた。

「新川さんに頼んだってことは、それくらいの歳ってことですよね。高品響子（たかしなきょうこ）じゃないの？」

二十代の男性局員が毎朝放送系のドラマでシリーズものを持つ人気女優の名を出した。

「高品さんって、私より七つも年上なんですけど」

口を尖らせた新川に、男性局員は「それは失礼しました」と平謝りした。

「それに高品響子ってレパーズファンじゃなかったっけ？　始球式にも出ていたような」と別の局員が言う。

「国仲（くになか）まゆみじゃない。ナレーターにも定評があるし」

また違う局員からは旅番組などの語りの仕事を積極的に受けている清純派女優の名前が出た。

全員が平尾の顔を見る。

「いいセンはいってるけど、当たってるとも外れてるとも言わないよ。ナレーターの発表は収録後に発表する」

「局長は当然知ってますよね。教えてくださいよ。気になっちゃいます」

若手の女性局員が手を顎の下に当て、甘え声で懇願する。田村は思わず口を滑らしそうだったが、「局長ダメですよ。みんなの楽しみを奪ったら」と平尾は牽制した。

収録日まで一カ月足らずだが、放送予定は来年三月なので時間はたっぷりある。

社内でもこの企画はじわじわと話題になり始めている。

とくにＣＭを集める広告局長が、大のバーバリアンズのファンだったらしく、放映時間の変更を提案してきた。

――平尾くん、こんないい企画が深夜枠なんてもったいないよ。せめて日曜日の昼間に放送しようや。人気女優を発注できたなら、スポンサーも集められるから。

――スポンサーは集まっても、どこまで数字が取れるか分からないですし……。

提案した時とは打って変わって、消極的な理由で断った。

——それに局長、こうした番組は大々的にやると、感動を見せつけられるようで視聴者の食いつきは悪いんですよ。宣伝も最小限に留めて、深夜に密かに放送する。それをたまたま見た人がSNSなどで「感動した」「大阪毎朝がすごい番組を夜中にやってた」と発信してくれた方がバズります。TVerでみんな観るでしょうし、夏川新監督のバーバリアンズが開幕ダッシュでもしてくれれば、アマゾンプライムやネットフリックスで有料配信することだってできるわけですから。

——平尾くんの言う通りかもしれないな。バーバリアンズファンなんて私をはじめ、オタク系野球ファンが多いんだから、深夜でこっそりの方がいいな。

広告局長はあっさり了解した。

「この後も俺一人でレジェンド八人のインタビューを続けるけど、二十二日の収録と、その後の編集は随時みんなにも頼むからよろしく。じゃあ、今日はこのへんで」

会議の終わりを告げようとしたところで、新川の隣に座っていた男が「一ついいですか」と声を出した。

松浪直人(まつなみなおと)というこの春に入ってきた新人、京都の有名私大の体育会野球部でピッチャーをしていた元選手である。

「どうして十一月二十二日になったのですか?」

ぼそぼそした声なので言葉が聞き取りにくい。

「そんなの夏川監督に決まったのが八月終わりだったんだから仕方がないだろ。平尾さんは選手八人に、一人で許可を取ったわけだし、そりゃ時間がかかるよ」

「松浪はなにもやってないから、平尾さんの苦労が分かんないんだよ」

先輩たちから次々と責められる。普段から「体育会出身なのに元気がない」と叱られ、松浪はしょげていた。

だが平尾の彼を見る目は違った。

覇気はないし要領もいいとは思えないが、松浪はネタの大小に関係なく、念入りに確認してから報告してくる。だから他の者より余分に時間がかかっているだけなのだ。

自分の新人の頃がそうだった。

最初に回された報道局では大阪府警の記者クラブに入り、大手新聞社の三分の一ほどの人数で事件を追いかけた。先輩からはテレビは速報が命だと言われたが、きちんと裏を取るまで報告をあげなかった。

経験を積んでいくと、第一報で報じられた事実とは異なることがいくらでも出てくる。

思い込みでの報道こそ、メディアに携わる人間が絶対にしてはいけない禁則だ。今のテレビは電波だけでなく、ネットに記事が転載され、ＳＮＳを介して人々の間を伝播（でんぱ）していく。意図しないことがフェイクニュースとなり、精神的危害を加えたり、事実とはかけ離れた現象を起こしたりしてしまう。

「おまえ、人のアイデアにケチつける前になにかアイデア出せよ」

終わりかかった会議が延びたことで、松浪はまだ先輩たちからやり込められていた。

「松浪が疑問に思ったのは十一月二十二日という時期か、それともその日が平日だからか？」

助け船を出すつもりで松浪に尋ねた。

「僕が疑問に思ったのは時期です。十一月も後半になるともう寒くて、日によっては大学の野球部でも屋内での練習しかできない日がありました。晴れて風がなければいいですけど、元プレーヤーといっても中年男性が屋外で動くには酷だし、怪我のリスクもあります」

　隣の先輩局員が「真剣に試合をするわけではないって、平尾さんから説明があったろ。おまえ聞いてなかったのかよ」と難癖をつける。

「いいや、松浪は大学の野球部だっただけのことはあるよ。俺も寒さは心配している。だけど十一月二十二日というのは、実は意味があるんだ」

「やっぱり。僕は平日にやることが気になりました。こういう企画って普通は土日ですよね。なぜこの日にしたんですか」

　松浪を非難していた局員が態度を変えて、こう質問してきた。

　元選手の承諾を取るのに時間がかかり、球場はその日しか空いていなかった、そうごまかしても良かったが、やがて分かることだと説明することにした。

「史上最高の逆転劇をしたあの年、バーバリアンズにはメンバーからとても慕われた人がいたことを松浪は知ってるか？　といってもその人は選手ではない、一軍マネージャーだったんだけど」

　局員の中から松浪を選んだ。この中でもっとも野球を知悉（ちしつ）しているのが彼だ。

「いいえ、知りません」

「井坂静留（いさかしずる）という人だよ。夏川や三枝と同じ当時三十二歳だった。夏川は大卒だが、高校からプロ入りした井坂は三枝と同期入団だ」

「その人なら名前は知っています。甲子園の優勝ピッチャーで、バーバリアンズにドラフト一位で指名された。左投げ左打ちで、確か高校は……」

静岡の実力校の名を挙げる。二十三歳の松浪が生まれる前の話だというのに、よく知っていた。

「高校屈指のサウスポーとしてプロ入りした井坂静留さんだけど、入団以降肩を壊し、左の本格派だったのを、手術後に左のサイドスローに転向したんだ。それでも目立った活躍はできず、二十六歳で引退した。引退後、井坂さんは裏方に回り、優勝した年にはマネージャーとしてチームを支え、選手からはものすごく頼りにされていた。十一月二十二日はその人の誕生日なんだ」

「へぇ〜、誕生日に合わせるなんて、平尾さんも粋なことをしますね。その人も収録にやってくるってことですね。なんか楽しみ」

　女性局員が、井坂を呼ぶことが当然のように言う。

「その井坂さんって、今はなにをしてるんですか。まだバーバリアンズにいるんですか？」

　別の局員が訊いてきた。

「呼びたいところだけど、井坂静留さんは優勝した年限りで退団して、故郷である静岡に帰った。そして三年後に亡くなった」

「死んだんですか、どうして」

「事故だ。故郷に帰った井坂さんは会社員になったけど、仕事は長続きしなくて、家族と離れて北陸でトラックの運転手になった。居眠り運転だったらしい」

「そのようなニュース、ずいぶん昔に聞いた記憶があるな。短いニュースだったけど」

　隣から田村スポーツ局長の声が聞こえた。

「その井坂って人、どうしてやめたんですか。選手からものすごく頼りにされてたんですよね。それが優勝した年に退団なんて、理由がなきゃやめないですよね」

　松浪が言う。彼だけは大袈裟に反応することなく、真っ直ぐな目で質問してくる。平尾もその目を見返した。

「正確に言うなら、井坂静留さんが球団を離れたのはさっき新川さんに読んでもらった七月三十日、九点差を逆転したレパーズ戦の翌日だ。彼には球団から謹慎(きんしん)処分が下された」

「謹慎ってなにをしたんですか」

リーダー格の女性局員が目を丸くして尋ねる。

「あの試合中に、窃盗事件が起きたんだ。選手の財布から金が盗まれた」

「まさかその犯人って……」

「そうだよ、あろうことか井坂静留さんが、選手の金を盗んだんだ。南大阪スタヂアムのロッカールームは二階にあるので、試合中は無人になる。人がいないことをいいことに、マネージャーが、人の財布に手を付けたというわけだ」

「どうして判明したんですか」

「選手が問い詰めたところ、井坂さんは自分がやったと認めたらしい。この年、同様に二回、窃盗事件が起きていて、すべて金額は一万円。本来なら警察に突き出される事件だけど、チーム内での出来事ということで、謹慎で収まったと聞いている」

「一万円ならバレないと思ったんですかね。そんな事件を起こせばクビになって当然ですね」

女性局員の言葉には一切同情は含まれていなかった。

「話の腰を折るようですが、今の説明だと、十一月の後半にこの企画をやる理由が、なくなっていませんか?」

松浪が再び発言した。やはりここにいる中で一番冷静なのが松浪のようだ。

「おい、平尾、なにをもったいつけてるんだよ。俺もそんな事件があったなんて、今初めて聞いたぞ。ちゃんと説明しろよ」

　隣の田村局長からも注意を受けた。局員たちも隣同士、顔を見合わせている。

　汚れた過去があるのなら、番組の中で井坂静留の名前は出せない。そうなると誕生日に選手を集める必要などない。普通はそう思う。

　しかし井坂静留の誕生日だからこそ、レジェンドをもう一度集める意義があると考えている。

　全員が平尾の答えを待っていた。本音を隠し、用意していた理由を話す。

「そんな事件があっても井坂静留さんがチーム全員から信頼されたのは事実なんだよ。謹慎になってから、選手たちは日本シリーズ中に嘆願書を球団に提出した。選手の願いを受ける形で、球団はしぶしぶ井坂さんの復帰を認めた。だけども井坂さんは、このままやめさせてほしいと退職願を提出した」

「そりゃやめるでしょう。どの面下げて戻ってこられるんですか」

「普通は謹慎になったところで球団をやめますけどね」

　次々と言う。

「なにも俺は、夏川監督が就任して、ファンが新しいバーバリアンズを応援しようとしていることのタイミングで、亡くなった人間を出し、お涙ちょうだい番組にするつもりはないよ。だけど収録の中でもし彼の名前が出てきたら、それも事実としてそのまま報じたいと思っている。なぜなら優勝できたのは井坂静留がいたからだと話す選手の言葉を、編集であえて消すことはないだろ。もちろん試合中に窃盗事件があったことは隠すけど」

「つまり美談のまま番組を作るってことですね」と女性局員。

「そういうことかな。事実を隠しているとＢＰＯに引っかかるかな？」

「真実を明かした方が引っかかりますよ。警察沙汰にもなっていないのに」

「本当にいまだに同情している選手がいるのか？　金を盗まれた選手は怒っただろ？」

　田村局長が首を傾げる。

「バーバリアンズは長いこと勝てず、低迷していましたけど、その理由は個性派揃いで、みんなが好き勝手にプレーしていたからです。その危機を何度も救ったのが井坂静留さんだったそうです。俺たちが一つになれたのは静留がいたからだ。それこそ十人目のレジェンドだったと呼ぶ選手もいます。だからと言って彼を番組の前面に出すつもりはありませんので、そこは安心してください。タイトルにしたって《史上最高の逆転劇と九人のレジェンド》と、もう一人のレジェンドがいたことを匂わせるようにはしてませんし」

「そりゃ盗人（ぬすっと）をレジェンドにしたのがあとで発覚したら、大炎上だよ」と田村。

「ハーバート選手は来日しないから八人ですよね」

　一人が口を挿む。

「八人のレジェンドに直した方がいいかな」

「九人でいいんじゃないですか。八人だと野球じゃないみたいですし」

「本当はピッチャーも入れたいけど、ファンは野手だけをレジェンドって呼んでるから、そこはいいよな」

「はい、抜きでいいと思います。ピッチャーを入れると先発やら抑えやらで、キリがなくなりますから」

　再び会議に活気が戻った。

「会議はこのへんにしよう。平尾から随時、連絡があるだろうから、みんなサッカーなりラグビーなり他の競技の取材で忙しいだろうけど、協力してやってくれ」

「はい」

田村がまとめると、各々が返事をした。

会議がうまく進捗した感謝の思いをこめて、平尾は唯一のスポーツ局員ではない新川に目礼した。

彼女も一瞥して、微笑みを返した。

その隣で松浪だけは怪訝な顔をしていたのが、心なしか気になった。

2ndイニング

夏川誠

4番サード　背番号1 右投げ右打ち（当時32歳）
130試合
打率.312（2位）
48本塁打（1位）
113打点（1位）

1

【夏川誠インタビュー　収録日11月1日　於東京世田谷・夏川宅】

——あの試合のことを今も思い出しますか？

「もちろんですよ。忘れたくても忘れることはできない、私の野球人生の珠玉となっている、そう言っていい大事な一戦です。

人間の記憶というのは悪い結果は忘れ、いい結果はもっと良かったように上塗りされると言いますが、あの七月三十日だけは忘れもしなければ上塗りもされていません。サヨナラホームランを打った最終打席の手応えだけでなく、凡退したそれまで四打席のバットとボールとのズレまで、全部この手に感覚として残っています」

——試合開始から順に振り返ってもらいたいのですが、一、二打席目は北武レパーズのエース、陳作明投手に三振に倒れました。

「あの日の陳の立ち上がりは絶好調でね。今でこそ一五〇キロは普通、一六〇キロを出す投手までいますが、当時はスピードガンで一五〇を超えたら大ニュースになっていました。一打席目の初球は、一五二キロと最速タイだったんじゃないかな。私に限らず、一番のスギ（杉山）もクリーンアップを打つサエ（三枝）もまともなスイングをさせてもらえてなかったですし」

——夏川さんは三割三分もあった打率が、後半戦の四試合で三割一分台と、二分近く下がりました。打率低下の理由は、前半戦最後のレパーズ戦で死球を受けたからですね。

「私はベースに近く立つせいか死球が多くて。避けるのもうまい方でしたが、あの時のレパーズのジョーンズという、陳作明と同じくらいの速球派のストレートは避けきれず、脇腹を直撃しました。

当たった瞬間、やばいと思いましたよ。交代して、病院に行き、レントゲンで肋骨が折れていると診断された時は、やっぱりなと……。

ただ自分としては、翌日からはオールスター休みだったし、連続試合出場もかかっていたので、肋骨ならテーピングを巻けばなんとかなると思ったんです。

それで一週間後に再開した後半戦にも出場しました。折れた骨が簡単にくっつくわけはなく、走るだけでも激痛でしたが、出る以上は見逃し三振で戻ってくるわけにはいかないと、勇気を持って振りにいきました。だけど痛みの恐怖があるから、コンマ何秒か振り出すのを躊躇（ちゅうちょ）する。当然、振り遅れます。あの時ほど苦しんだことはなかったです」

——テーピングを巻く以外、対策はされましたか。

「トレーナーからは骨折によって、体の反応が悪くなり、死球を避けきれなくなるからと、エルボーガードの着用を勧められました。着けたのは最初の三試合だけで、こんなものをつけてるからスイングに迷いが出るんだと、大逆転したレパーズ戦では着けませんでした」

——あの頃って、他の選手もエルボーガードを着けないで出ていたのですか？

「うちには装着した選手はいなかったんじゃないかな。私もサエも神父さんも着けてなかったし。

あっ、神父さんというのはハーバートのあだ名ね。日本に来る以前から将来、神父になると決めてたそうだから」

――ハーバート選手が「神父さん」と呼ばれていたことは有名ですし、編集でテロップに入れます。他のチームには防具をつけていた選手がいたのにバーバリアンズの選手が着けなかったのはなぜですか。

「打ちにくいじゃないですか。うちは自打球避けのフットガードを着けている選手も少数だったな。防具を着けると怖がりに思われそうだし、自打球というのはバットの芯に当てないから足を直撃するんであって、私なんか滅多になかった。今ほど落ちる球種の割合が多くなかったという時代の違いもありますけど」

――当時の選手は勇ましかったんですね。

「こういう言い方をすると現役の選手に怒られますけど、今はあっちこっちを防御するから、死球を避けるのが下手になりましたよね。私たちの頃は、どうすれば痛みを最小限に抑えられるかを研究し、内角球を打ちにいっても、危ないと思ったら、体を逆回転させ、背中の一番皮膚が厚いところで衝撃を吸収するんです。だから他にもデッドボールはたくさん受けましたが、ほとんどはたいしたことはなかった」

――それにしても骨折しながら、出場し続けたのはすごいですね。

「四番の使命感ですかね。サエや神父さん、スギや今ちゃん（今野）と、あの年のバーバリアンズには三十本以上のホームランを打った打者が五人も出ました。その中で、私は全試合四番を打ちました。四番を任されている以上、出場は責務だし、あの日は、最終打席まで四番の私だけにヒットが出ず、チームの足を引っ張っていると責任を痛感していました」

――〇対九と諦めムードが漂う中、六回に三枝さんが満塁ホームランを打って反撃の火ぶたが切られました。その時、ウェイティングサークルで見てどう思われましたか。

「見事としか言いようがなかったですね。私は一八三センチ、八八キロ、サエは一八二センチで体重は八五キロと二人ともよく似た体型をしていたけど、右打ちと左打ちというだけでなく、二人のバッティングフォームはまったく違っていました。

サエは足を上げることなく、すり足で体を前に移動させて打つのに対し、私は静止した姿勢でボールを引き付け、腰の回転と大きなフォロースルーで、より遠くに打球を飛ばすフォームでした。

今の人は知らないでしょうけど、日本のプロ野球界には中西（なかにし）流、山内（やまうち）流と二人の名コーチの教えを受けたバッティングの潮流があって、サエは中西流、私は山内流です。要は動いて打つのが中西流、止まって打つのが山内流という違いなんですけど」

――その二人の名コーチが、たくさんの名打者に影響を与えたという話は聞いたことがあります。

「あの打席のサエは、まさに中西流の完璧なバッティングでしたよ。陳のスライダーに、ゆっくり体を前に移動させていきながらも無意識にボールとの距離をとり、曲がりっぱなをパチンと弾いた。彼はスマートな体に見られていたけど、元からパワーはあった。あの打席でサエは、ボールと体との距離感を利用して、より遠くに飛ばす技法をマスターしたんじゃないかな。翌年からは私と競うほど本塁打数を増やしていきましたから」

――スマートな体つきという意味では夏川さんもそうですね。他の四番バッターと違って走攻守三拍子揃っていましたし。

「サードを守っていたからね。でも私もサエも暇さえあれば筋トレして鍛えてましたよ。他の選手もそうで、みんなが競って筋力をつけたから、シーズンのチーム本塁打数が二百五十本にも達したんです。プロで成長できるかどうかは、体にどれだけ筋力をつけるかだと私は思っているので」

──最初の満塁ホームラン、三枝さんは狙って打ったと思いますか？　それとも四番の夏川さんに繋ごうとした、その結果がホームランになったと思いますか？

「さぁ、どうでしょうか。それはサエに訊いてみないと。ただ、あの時の私の調子を見ていたら、私がサエの立場でも、自分が決めにいかないとと思ったでしょうね。実際、私はサエのホームランの後、悔しがっていた陳の甘いストレートを打ち損じて、ショートフライに倒れるわけですし」

──続く七回にも二死満塁で一番の杉山選手の満塁ホームランが出て、八対九と一点差に迫ります。あの時、ベンチはどんな雰囲気でしたか。

「やんややんやのお祭りムードでしたよ。回が始まる時は五点差ありましたが、一点差となり、今日は逆転できる気がしました。当時は黄金期と呼ばれるほどレパーズの力は図抜けてましたが、そのレパーズに唯一欠点があるとしたら中継ぎ陣でした。陳さえ引きずり降ろせばなんとかなるって。スギもうまく打ったと思いますよ。陳が得意とする大きなカーブを待ってましたとばかりに芯に当て、きれいにヘッドを返した。一番を打つスギは通算二百本近くホームランを打ったけど、緩いカーブをスタンドまで運んだのはあの一本だけだったんじゃないかな」

──その杉山さんのホームランで一点差になり、八回の先頭打者は三番の三枝さんからでした。マウンドはセットアッパー、左の須崎（すざき）投手に替わりました。ビデオを見ますと、打席に向かうはずの三枝さんがすっと体の向きを変えて、バットを持ってベンチから出てきた夏川さんに話しかけていますね。あれはなにを話されていたんですか？

「そんなことがあったかな？」

――はい、映像を見たら、お二人で話しています。三枝さんが打席に向かった後、夏川さんはしばらく考え込んだような顔で一塁側の自軍のベンチの上の方を見ています。

「あっ、思い出しました。サエからは須崎のフォームの癖を教えてもらったんです」

――癖とは？

「須崎は小柄な左腕で、真っ直ぐとスライダーの二種類しか球種はなかったけど、真っ直ぐが一四〇キロ台後半で、スライダーも鋭く曲がってくるんで、真っ直ぐに合わせると、スライダーに詰まるんです。セットポジションの時、須崎はストレートを投げる時はグローブが寝るけど、スライダーの時は右手のグローブが立つ、そんな話だった記憶があります」

――なるほど癖を知っていたから、三枝さんは左対左とバッターが不利な対決にもかかわらず、須崎さんからフェンス越えまであと三十センチの二塁打を打てたんですね。

「それはサエに失礼です。彼はあの年の首位打者ですよ。右左関係なく、ハイアベレージを残していました」

――ではどうして癖の話をしたんですか。

「それもサエに訊いてみないと分からないけど、普段の私になら教えなかったと思います」

――どういう意味でしょうか？

「あの時は怪我で大スランプだったから、アドバイスをくれたんじゃないかな。打てるきっかけになるように」

――なるほど、けっして関係は良くなかったと言われるお二人ですが、友情のようなものが存在していたんですね。

「あなたも私とサエが不仲だったことにしたいんですね。マスコミから散々言われてきたから、もう慣れっこですけど」

――実は仲が良かったんですか？

「あまり口を利かなかったから、良くはないですけどね。だけどプロはそんなものですよ。チームメイトといってもライバルでもあるわけだし」

――分かりました。では試合に話を戻します。八回裏、先頭の三枝さんは、フェンス直撃の二塁打を放ち、球場が沸き上がります。その時のお気持ちは？

「気持ちなんて一つしかないでしょう。サエが作ったこのチャンスで、同点に追いつくぞと」

――それで夏川さんは、初球のやや外寄りのストレートを右方向に打ち、セカンドゴロで三枝さんは三塁に進めたんですね。それまでのバーバリアンズ打線というと一人一人はすごいけど、点のままで線になっていないと言われていましたが、あの時の夏川さんの打撃は、これこそが究極のチームバッティングだと、今でもファンの間で語り継がれています。

「あれはけっして右方向を狙ったわけではないんですよ」

――本当ですか。

「たまたま右方向にゴロが転がっただけです。それに私には真ん中に見えました」

――何度もビデオを見直しましたが、真ん中より外角寄りのストレートでしたけど。

「だとしたら、私の調子が悪かったせいで、体が早く開いて、そう見えたんでしょう。いずれにしても甘いボールでしたよ。私もサエやスギに負けてたまるかと打ちにいった。それが気持ちも体もレフトスタンドに向いているのに、ボールはセカンド方向に飛んでいく、俗に言う『あっち向いてホイ』になったんです。本当はここでチームバッティングをしたと言った方がファンも喜んでくれるんでしょうけど、嘘は良くない。私は悔しくて、ベンチに戻ると裏に引っ込みました」

——裏に引っ込んだんですか？

「ベンチの裏にある素振りルームで、テーピングを巻き直したんです。まだ九回表の守備にもつかなきゃいけなかったので。そのせいで守備につくのもギリギリになりました」

——巻き直したことが九回の打席で功を奏するわけですね。そういう時はトレーナーに頼むのですか。

「上から巻き足しただけだから自分一人でできましたよ。それに強く巻いたことが、ホームランになったわけではないです。痛みが消えたわけではなかったですから」

——夏川さんの意図に反して、進塁打になりましたが、結果、ハーバート選手の犠牲フライで同点に追いつきました。素振りルームにいた夏川さんはどう思われましたか。

「同点だ、って声が聞こえてきて、さすが神父さんは頼りになると感心しました。彼も前の打席で腕に死球を受けましたからね。我慢強い選手だったけど、他の外国人選手なら引っ込んでしまうくらい腕は腫れていました」

——九対九と同点になった九回裏、再び夏川さんにチャンスが回ってきます。二死二、三塁から三番の三枝選手で、レパーズのピッチャーは守護神・鵜飼投手です。三枝さんはフルカウントから際どい球を選んで、満塁になりました。これも多くのファンの語り草になっていることですが、ボールゾーンでしたが、三枝さんには打てないボールではなかった。だけど前の打席での夏川さんのチームバッティングに感謝していた三枝さんは、主役の座を夏川さんに譲ったと言われています。夏川さんはどう思われますか。

「あれはボールと思ったのではなく、サエは手が出なかったんじゃないですか?」

——えっ、そう見えたんですか?

「冗談ですよ。選球眼のいいサエはボール球に手を出しません。あの年、彼は初の首位打者を獲得して、私の三冠王を阻止しました。首位打者になるには、四球を増やすのも大事な要素です。彼は今でも私が認める最強バッターですよ」

——三枝さんは当然の仕事をして四球を選び、夏川さんに二死満塁という絶好機で打順が回ってきたということですね。四球を選んだ瞬間、観客席からため息が漏れました。夏川さんにも届いていましたか?

「聞きたくなかったけど、聞こえてしまいますよね。ファンは四番の俺に期待してないんだなって、寂しい気持ちでした。ですが落ち込んだのは一瞬で、集中しました。同点の九回裏、二死満塁で打席が回ってきたんです。こんな大チャンスで決められなければ四番失格だ。監督に言って明日からは降ろしてくれと言おう、それくらいの覚悟で打席に臨みました」

——外角いっぱいに二球来て、ツーストライクと追い込まれました。あの二球は手が出なかったのではなく、手を出さなかったのでは。

「その通りです。打ちにいっても凡打になる難しい球でした」

——痛みもあったし、無駄なスイングはしたくないという思いもありましたか。

「はい。一振りで決めたいと。ただあの打席だけは球がよく見えていました。最後のフォークも甘かったですが、鵜飼のフォークは一四〇キロ以上出ていて、リーグの並み居る強打者があのコースでも抑えられていましたからね。

　追い込まれていたので、私もストレートにタイミングを合わせていました。普段ならバットの下に当たってゴロになっていたでしょうが、あの時はスイングの途中で咄嗟にフォークと察して、バットをやや下から出したんです。

　私は通算で三百六十四本塁打、二度ホームラン王のタイトルを獲らせてもらいましたけど、スローモーションのように覚えているのはあの打席しかありません。インパクトと同時に体を回転させ、力を抜いて大きなフォロースルーを取れた。逆らわずに打てたからバックスクリーンまで届いたんですよ。いつものように引っ張りにいっていたら、高くは上がってもあそこまでの距離は出なかったでしょう」

　――怪我で大不振だったのに、あの大事な場面でホームランを打つのだから、あの年のリーグ二冠王は伊達ではないですね。

「それを言うなら、私よりみんなの手柄です。九点差を追いついて同点にしてくれたのですから。ホームランかどうかは別として、私でなくとも勝負を決められていたでしょう。レパーズはピッチャーをはじめ、全員が正気を失ったような顔をしていたし、完全にうちに流れが来ていましたから」

　――あの日を境に海賊打線に火がつき、十六・五ゲーム差をつけられていたレパーズを逆転して優勝を果たします。勝利のほとんどが六点以上をあげた打撃戦でした。

「みんなが打つものだから、つられて私も打ったようなものです。あの年の二冠王も仲間がお膳立てしてくれたと思っています。十五年目で初めて二桁を勝ったエースの小柳さんや外国人左腕のクリス、抑えの駒木などの投手陣、控え野手などチーム全員にも感謝してますけど、先発野手九人はお互いが刺激を受けていました。どこからでも点が取れて、つねに打ち勝つんだとみんなが同じ気持ちで戦ったからこそ、私たちは九人のレジェンドと呼ばれ、今もオールドファンの記憶に残っているのでしょう。その一員に加えてくれた仲間には、感謝しかありませんよ」

2

夏川誠はインタビューを締めるつもりで、仲間を称えた。

他のテレビマンならまだ撮り足りないと質問を重ねてきそうだが、大阪毎朝放送の平尾というディレクターは、「はい、ＯＫです。ありがとうございました」と、手にしたハンディカメラを止めた。

ドキュメントのインタビューとなると通常はスタジオに入り、暗幕をバックに、照明や音声など多数のスタッフの中で行われるが、今回は打ち合わせから撮影まで平尾が一人でやっている。場所も夏川の自宅だ。平尾からは「作られた感を出したくないので」と説明を受けた。全国ネットではなく、関西ローカル、しかも深夜枠なので予算の問題もあるのだろう。

ここまで打ち合わせから今日のインタビューまで平尾の希望通りに協力してきた夏川だが、優勝メンバーが集結して野球をやるという企画には、当初は乗り気ではなかった。

平尾と初めて会ったのは二年前にさかのぼる。

解説する予定だった試合前、球場入口での立ち話だった。

――俺は気が乗らないな。いまさら集まってなんの意味がある。ファンの心の中で残っているから伝説化しているのであって、見る影もない中年のおっさんになった現実を知れば、昔のいい思い出まで消えてしまうよ。

　優勝メンバーの多くは、体型が変わったり、頭部が薄くなったりしている。夏川は髪の量も豊富で、ジム通いや糖質制限をして三十代のままの体型を保ってきた。鏡を見るたびに歳を取ったなと思うが、彫りが深く、しっかりとした太い眉と二重の目に印象がいくせいか、会う人会う人に、昔と変わっていませんね、と言われる。

　いい感じで年齢を重ねているのはライバルの三枝も同様だ。もとより感情を出さないクールな男だったが、五年間の監督業が失敗に終わったことで憂いのようなものが加わり、男としての魅力が増した。

　――他のメンバーはなんて言ってるんだ。

　気になって尋ねた。

　――まだ夏川さんに話しただけで、三枝さんにも訊いていません。

　――サエだって受けないだろう。もし全員がやると言ったらまた来てくれ。だとしても俺の考えは変わらないけど。

　その後、連絡がなかったから、残りの八人、少なくとも三枝は拒否して企画は流れたものだと思った。

　ところが今年八月、親会社が替わったグレンコム・バーバリアンズから監督要請を受けたのを機に、再び平尾から依頼があった。

　就任会見の後日、世田谷の自宅に集まったスポーツ紙の記者から、三年連続最下位のバーバリアンズをどう再建するかなど質問された。妻がうるさいので、庭で応対したが、前日の会見でも話しただろうと呆れる質問でも、嫌な顔一つせずに丁寧に応答した。

なぜなら、古今東西、スポーツ新聞は采配ミス、あるいは監督交代論が球団の親会社内で湧き上がっていることなど、手厳しく批判してくるからだ。記者を敵に回した時にどのような仕打ちに遭うか、FA(フリーエージェント)宣言してバーバリアンズを離れた時に大阪のマスコミから「裏切り者」と大バッシングを浴びた夏川は、身に染みて知っている。

――優勝メンバーの力を借りるため、彼らをコーチングスタッフに加えたい。

記者が喜びそうなネタを提供した。

いいネタをもらったと気をよくした記者たちは嬉々として引き揚げたが、一人だけ残った。それが平尾だった。いたことすら気づかなかった夏川は、「なんだ、あなたも来てたのか」と驚いた。

旧知の記者のように近づいてきた平尾は、二年前と同じことを言った。

――あの大逆転劇を特集する番組を作りたいので、夏川さんに出演していただけないでしょうか。

二度目の提案を条件付きで受け入れたのは、監督になる以上、新しい野球ファンも味方につけた方がいいと思ったからだ。

古いファンからは「プロ野球史に残る」「伝説化された」などと言われるが、若い人は「海賊打線」と聞いてもピンと来ないし、自身、知名度は年々薄れていると実感していた。

野球ファンが減り、テレビの地上波中継がほとんどなくなった現状では、街を歩いていて名前を呼ばれることも減った。ゲストに呼ばれたバラエティ番組で、「夏川さんって野球選手だったんですか」とギャルタレントから失礼なことを言われたこともある。

あのメンバーからはすでに二人が監督を経験していた。三枝以外のもう一人があの年三十本塁打以上打った五人のうちの一人、六番ファーストの今野である。

三枝は五年で二度Aクラスに入ったが、優勝はできず、五年目のシーズン終了とともに解任となった。今野の時はさらにチーム状況が悪く、四、五、六位でシーズン中に休養した。

二十年、解説者として外から野球を見てきたのだ。二人よりはるかに質の高い野球をやるつもりでいる。それだけの知識も身につけたし、テレビ解説の仕事でメジャーのキャンプを視察に行き、トレーニング方法の進化や動作解析の有効利用などを勉強してきた。

それでもバーバリアンズはここ数年、ドラフトで相次いで失敗、時間をかけて一人前に育った選手もFAで他球団に移籍し、選手層は薄くて三枝らが監督をしていた時より、チーム編成は悪くなっている。

一年目はAクラスを目指しながら若い選手を育てると宣言したが、そのためには気の短いマスコミやファンを味方につけ、気長に見守ってもらわなくてはならない。

一番の敵は、テレビ解説者や新聞の評論家をやるOB連中、その中でも厄介なのはOB会長である三枝だろう。監督解任後は解説者をやらず、マスコミとは一線を画していた三枝は、突然、YouTube配信を始めた。

テレビと違って、球団や選手とのしがらみがないのをいいことに、歯に衣着せぬ辛口コメントをして、いまや一番人気のある野球解説者と呼ばれている。

そうしたインターネットからアプローチしてくるファンが、三枝の批判を鵜呑みにして、監督から引きずりおろそうとしてくるのではないか。

○対九から大逆転したあのレパーズ戦、三枝も立役者の一人だ。九点差のワンサイドゲームで、絶好調だった陳作明から、バーバリアンズ打線を目覚めさせる最初の満塁ホームランを放ったのだから、意義ある一撃だった。

八対九と一点差に迫った杉山の二本目の満塁弾も、チームを勢いづかせる大きな一発である。だがファンの心に今なお強く残っているのは勝負を決めた九回の自身のアーチだ。

三人一緒にお立ち台に上がっても良かったのに、勝利後のヒーローインタビューに呼ばれたのは自分一人だった。

骨折していたのに、試合に出続けてヒーローになった。テレビ局も満塁弾を打った三人を揃えるより、夏川だけの方がファンは感動する、そう判断したのだろう。

スポーツ紙も全紙、自分が一面だった。

本人から言われたわけではないが、三枝は内心快く思っていない。他のメンバーも同様だ。それくらいは、一緒にプレーしていれば分かる。

十七年ぶりのリーグ優勝、日本シリーズでも東都ジェッツを四勝一敗で破って日本一になったバーバリアンズは、翌年は開幕から圧倒的強さを誇り、リーグ二連覇を果たした。

夏川、三枝、今野、さらにリードオフマンでありながら三十本塁打以上を打つパワーがあった一番レフト杉山の四人が同い年など、チームの中核となる選手が、みんな脂が乗った年代だった。日本シリーズも四勝三敗で制し、連続日本一になった。しばらくプロ野球はバーバリアンズの天下が続く、そう言われた。

その予想が外れたのは夏川誠がチームを去ったからだと言われている。

二年連続日本一となった六日後、ＦＡ宣言して、東京の人気球団、東都ジェッツへと移籍した。それまで生涯、バーバリアンズでプレーしたいと言い続けていただけに、ＦＡ宣言には大阪のスポーツ紙どころか、テレビまでが時間を割いて報じた。「なぜバーバリアンズを出るんだ」「どうしてジェッツ?」「やっぱり金?」……在阪のメディアはおおむね批判的だった。とくにバーバリアンズファンは怒り心頭に発していて、大阪の自宅にはカミソリの入った手紙まで届いた。

自分にバーバリアンズの監督どころか、コーチの声もかからなかったのは、候補に挙がったところでOBの誰かが、とりわけOB会長の三枝が「裏切り者の誠を監督にすることだけは認めない」と猛反対していたからではないか。

そこまで嫌う三枝が、ライバルの監督就任に合わせたご祝儀番組に参加するとは、到底思えない。だから平尾の依頼を自分が受諾しても、三枝は拒否して企画は流れる――そう思っていたが、あくる日、平尾から思わぬ電話をもらった。

――三枝さんがOKしてくれました!

――サエが本当に言ったのか。

――嘘を言ってどうなるんですか。でもどうして夏川さんは、三枝さんにこだわるんですか?

――サエが出なきゃ九人のレジェンドにはならないじゃないか。

舌を嚙みそうになるのをなんとか質問で切り返した。

――夏川さんが監督になったんですよ。昔の仲間が監督になったのを喜ばないわけないじゃないですか?

平尾はさらに能天気なことを言った。

――三枝さんもここ数年のバーバリアンズの低迷を憂えておられます。私が今回の番組の打診に伺った時にも、チームを復活させるには夏川さんしかいないとおっしゃっていました。三枝さんのYouTubeが人気なのは、三枝さんが野球を心の底から好きなことが視聴者に伝わっているからだと思うんです。夏川さんが同じチームにいてくれたから、二度の優勝が経験できたと思っているでしょうし、三枝さんは心で思っていないことは言わないはずです。

チームを去った自分への当て擦(こす)りのようにも聞こえたが、三枝が出演に同意したのであれば断る理由はなくなった。

そして平尾と何度か打ち合わせをした末、この日のインタビュー本番となったのだった。

今月二十二日に行われる草野球チームとのゲームはあくまでも遊びなので、プレー三割、インタビュー四割、当時の映像三割で二時間の番組を作ると聞いている。自分がインタビューの一番手で、この後、平尾は帰阪して三枝にインタビューするらしい。

「ちょうど休憩時間ね。コーヒー淹れたけど」

妻の薫(かおる)が入ってきた。

元は女優でタレントだが、今は「オフィス夏川」の社長として、メディア出演などを切り盛りしている。家族は他に家から独立した長男がいる。

女優では端役(はやく)にすぎなかった薫が注目されるようになったのは、大阪のバラエティ番組のアシスタントになってからだ。

大阪ローカルなのに、薫は平気で「大阪って町が雑多で苦手」「子供が生まれたら絶対に大阪弁を使わせたくない」などと出演者どころか視聴者に反感を買うことを平気で言い、それを弄(いじ)ってくる芸人相手にも、毒舌で言い返していた。

そうした大阪嫌いの発言もあって、夏川が東都ジェッツへの移籍を選んだのは、東京に戻りたいとわがままを言って唆(そそのか)したからではないかと、薫に非難が殺到した。

ジェッツの入団会見で、「自分は東京出身なので、子供の頃から憧れていたジェッツでプレーしたいと思っていました。ＦＡについては家族にも相談していません」と妻を庇った。それなのに気の強い薫は、マスコミの取材に「球団は、夫より若い女に人気のある三枝さんを高く評価していた」と話して火に油を注ぎ、すっかり悪妻のイメージがついた。

もっとも薫の大阪嫌いは事実で、公立の小学校に通わせていた陽司の言葉遣いがどんどん汚くなると、インターナショナルスクールに転校させた。

その編入試験があったのが、九点差を逆転勝ちした数日後、陽司が九歳の夏休みだった。

無事編入できたが、陽司は外国人の子弟が多く通う学校に馴染めなかった。東都ジェッツにＦＡ移籍したのは、東京に引っ越して、大学までエスカレータ式の中学に入れたいという、薫の教育方針も大きな理由の一つだった。

「お心遣いありがとうございます。もうすぐお暇しますので」

出されたコーヒーにミルクを入れながら平尾が薫に礼を言った。

「あら、いいのよ、ゆっくりしてらしてください」

薫が引き揚げてから、平尾との会話を再開させる。

「いろいろ質問されたけど、意地の悪いものもあったな」

コーヒーカップを持ちながら呟いた。

「えっ、なんですか？」

同じようにカップを摑もうとしていた平尾は手を離した。収録というからスーツとまではいわなくてもきちんとした服装で来るのかと思ったが、いつもながら、ブルゾンにチノパンというラフな恰好だ。

「九回のサエの打席でのフルカウントからの六球目、サエには打てないボールではなかったけど、俺に主役の座を譲るために、四球を選んだと言ったことだよ」

「それのどこが意地が悪いんですか」

首を傾げた平尾に、一つため息を漏らして、説明した。

「二、三塁だぞ。あの場面で、自分で決めようと思わなければ、プロ失格だよ。サエが手を出さなかったのは打ってもヒットにならないコースだったからだ。テレビ局のディレクターなら、プロの打者の気持ちくらい分かるだろ」

三枝が歩かされたと夏川は思っている。レパーズベンチからは、最初から際どいコースに投げ、スリーボールになったら歩かせて次の夏川で勝負しろと指示が出ていたのだ。

「番組では私の声は消し、質問はテロップにしますので、そこはうまく編集します」

「サエがいいと言うなら、俺は別にそのままでもいいけど」

不満を言っておきながらそう返した。

結果として、一試合三本の満塁ホームランで九点差を逆転するという壮絶なドラマの決着をつけたのは自分だ。意図的に四球を選んだと流されて、気分を害するのは三枝の方だろう。チームのために前の打席で進塁打を打った夏川に主役を譲ったのも同様――そうした消極的な姿勢は視聴者にはウケても、全身全霊を傾けて戦ってきたプロフェッショナル、それも中軸を打った打者には、腰抜けだと侮蔑(ぶじょく)されたように感じる。

九回裏の打席では本気でホームランを狙っていた。そのためには必ずフルスイングするのだと自分に言い聞かせた。

腰を回しただけでも痛みが走った。激痛でも死ぬわけではない、振れ、フルスイングしなければ夏川誠ではない。それくらいあの打席ではアドレナリンが溢れていた。

引っ張り専門だった自分が、センター方向に打ち返したのは無意識だが、インタビューでも答えたように、痛みのせいで体を必要以上に捻じることなく、素直に打ち返せた。

「あとは一点差の八回、先頭のサエが二塁打を放った時のお気持ちはとか。そんなの決まってるじゃないか。俺は同点と言ったが、本音は逆転だ、そんなこと、全員が思っていた」

「確かに素人的な質問でした。すみません」

平尾は頭を掻いて詫びた。

結果的にあの二塁打は、次を打つ自分にとっても最高の形となった。労せずして進塁打を放ち、ハーバートの犠飛で同点に追いついた。そうした得点経過と打順の巡り合わせで、九回裏、二死満塁で試合を決める役目が回ってきたのだから。

「本当に狙って右打ちしていないんですか」

平尾はまだ八回のセカンドゴロに拘っていた。

「俺が走者を進めるために右方向に打ったと言ったら、平尾さんはインタビューを撮り直すのかね」

「やっぱり右打ちしたんですね」

平尾が笑みを浮かべる。夏川は首を左右に振った。

「期待に沿えずに悪いが、俺が話したことが事実だよ。こんなことを言うと、これから監督をやる資格がないと言われてしまいそうだけど、長い野球人生で自分がアウトになって走者を進めようと打席に立ったことは一度もない。犠牲フライでいいと思ったこともなかったな。俺にとっての犠飛は、ホームランを狙ったのがスタンドまで届かずに外野手に捕られただけのこと。打点が一つ増えて、監督やコーチからはよくやったと称えられたけど、心の底では『ちくしょう、打ち損じた』と悔しがっていたよ」

「夏川さんは解説でも、ヒットの延長がホームランという野球界に昔から伝わる説に否定的でしたよね。ヒットを狙っていたらホームランなんか打てない。だからパワーのあるバッターは堂々とホームランを狙えばいいと」

「ゴルフがそうだろ。短いアイアンで長い距離は怪力ゴルファーでも打てない。まして野球はゴルフと違って、飛びすぎて悪いことはなにもない」

「言い得て妙ですね」

「俺が子供の頃は、ダウンスイングをしなさいと教わった。だけどプロを目指す選手は小さくまとまっては成長できない」

「今は少年野球でもみんなアッパースイングしているらしいですね。時代が夏川さんの考えに追いついてきたんですね」

「俺がというか、バーバリアンズでは一番から九番まで全打者がバットを長く持って力いっぱい振ってたよ。そうした環境も良かった」

　頷いて聞いていた平尾の口が動いた。

「耳打ちしたことも納得できました」

「なんだっけ。それは？」

　考えるがさっぱり分からない。

「嫌だな、八回裏の攻撃で、三枝さんが夏川さんに話しかけたこと、須崎投手の癖の話です。お二人はあまり仲良くなかったと聞いていたのですが、三枝さんは怪我を負っていた夏川さんの負担が少しでも軽くなるよう秘密を伝授した。胸が熱くなるいい話でした」

「俺には、どうにかして俺とサエを犬猿の仲にしたいという悪意を感じたけど」

「ファンの間でも有名な話ですよ。三枝さんもＹｏｕＴｕｂｅで、誠とは二人で飯を食いに行ったことは一度もないと話しています」

　飯どころか、会話も稀だった。それがあの夜は三枝から話しかけてきた。

「癖の話は番組では使わないでくれ」

「どうしてですか、今までＮＧなんて一つもなかったのに」

　平尾は両手を開いて大袈裟に驚く。

「だってそうだろ。サエが迷惑する」

「迷惑はしないいんじゃないですか。無理して出場していた夏川さんを助けようとしたわけですから。視聴者は好印象を持ちますよ」

　癖盗みをプロの技と見なすのはよほどのコアなファンであって、素人は卑怯だと受け取る、そう説明しようとしたが、平尾に先を越された。

「三枝さんがＯＫを出せばいいですか？」

「サエに確認するのか」

「二人が同じことを言ってくれたら、視聴者はより納得し、感動すると思うので」

　心がざらついた。だがそうしてくれた方が都合はいいと、「サエがいいと言うなら構わない」と答える。

「そうなると平尾さんは、須崎の癖が分かったのに、俺はなぜ打てなかったのかと思ったんじゃないか」

　自分から話を変えた。

「二塁走者を三塁に進めることを優先したからじゃないんですか」

「だから、それは……」

堂々巡りになるところだったが、平尾は「走者を進める意図はなかったんですね。失礼しました」と取り下げた。

「サエに助けてもらったのは事実だよ」

その言葉を待っていたのか、平尾は目尻を下げた。「他のみんなにも、だ」

「そうした恩返しもあって、今回、五人の元チームメイトをコーチに入れたんですね」

また感動物語に持ってくる、辟易（へきえき）しながらもこれもテレビマンの性なのだろうと聞き流した。

ヘッドコーチこそ監督経験がある東都ジェッツの元同僚に頼んだが、一軍コーチ八つの枠のうち五つに優勝メンバーを迎えた。

一番レフトの杉山と七番ライトの小曾木は打撃コーチ、二番セカンドの沖は内野守備コーチ、八番キャッチャーの玉置はバッテリーコーチ、九番センターの北井には外野守備走塁コーチを依頼した。

球団の了解もなく、マスコミに口を滑らした時は、勝手に決められては困るとフロントから苦言の電話がかかってくるかと心配した。ところが人気低迷に悩んでいた球団も「それは素晴らしいアイデアですね」と歓迎してくれた。

北井は今シーズンまで二軍監督をやっていたが、あとの四人はコーチそのものが未経験だ。

秋季キャンプで顔を合わせたが、ＦＡでバーバリアンズを去った以降は疎遠だったこともあり、声をかけてもらったことに五人は驚き、感激していた。

「これで伝説の九人のうち、ハーバート選手以外の八名全員が監督、またはコーチになれたわけですね。夏川さんのバーバリアンズへの愛を感じます」

「だからそんな理由で決めてないって。必要だから頼んだんだ。俺は彼らのコーチとしての資質を買っている」

いい話をしたつもりだったが、平尾の顔はすぐれない。

「なにか不満そうだな」

「五人とはそこまで親しくなかった。はっきり言うなら、五人とも三枝派の選手だと聞いていたので」

思わず笑ってしまった。

「派閥なんかなかったよ。そういうのはマスコミが面白おかしく言ってただけさ」

「当時を知る人は全員言ってます。あの時のバーバリアンズには三枝派があり、そのメンバーが杉山さん、小曾木さん、沖さん、玉置さん、北井さんの五人。そして、どっちにもつかないのが今野さんとハーバート選手の二人だったと」

「それじゃ夏川派はいないじゃないか」

「夏川さんはチームで浮いていたと聞きました」

面と向かって言われたことにムッとしたが、「俺は徒党を組むのは嫌いだったからな」と認めた。「もしかして平尾さんは、この人事にサエが怒っているとでも言いたいのかな?」

「自分の子分を引き抜いたからですか?　それはないでしょう。三枝さんはもう自分は監督になれないと諦めています。そんなところに、自分を慕っていたメンバーをコーチに入れてくれたのですから、夏川さんにありがとうと感謝してるはずですよ」

「そんなふうには聞こえなかったけどな。あなたの言い方はなにからなにまで、皮肉が隠れているように聞こえる」

「もしそう感じられたのなら、夏川さんが思うような成績を残せなかった時、三枝さんの批判をかわそうとされているのかなと思ったことですかね」

「どういう意味だよ」

「だって夏川さんを批判するということは、子飼いのコーチを批判することにも繋がるじゃないですか」

「なにを言ってんだ、あなた」

「そういう考えを持つことはありだと思うんです。バーバリアンズの監督がこれまで長期政権にならずにクビになったのは、外からOB連中がなんのかんのと好き勝手に文句を言ってきたからです。中でも三枝さんは忖度しないことで知られていますし、噂ではオーナーも三枝さんのYouTubeは観ているそうです。けれど夏川監督をこき下ろすことが、自分を慕ってくれた仲間のコーチ能力まで下げると思えば、三枝さんもきついことは控えると思います」

「その理屈が正しいとしても、俺はそんなネガティブな考えでコーチングスタッフを決めたりはしない」

「考えすぎですか?」

「邪推しすぎだ。もう少し素直に物事を考えた方がいい。マスコミの悪い癖だ」

さすがに不快感が顔に出たはずだ。平尾は謝るどころか、平然と質問を重ねてくる。

「秋のキャンプは顔見世程度だったと思いますが、選手たちは春季キャンプで夏川さんにバッティングを指導してもらうのが楽しみでしょうね」

まだムカムカしていたが、気を取り直して答える。

「指導も大切だけど、俺はプロに入ってくるような選手は、叱りながら指導されるのではなく、自分の頭で考え、先輩のプレーを真似して身につけていくものだと思ってる。角を矯めて牛を殺すことほど馬鹿らしいことはないだろ。教えるというより、いつ選手から訊かれてもいいように準備しておくのがコーチの役目だ。そのことはスギたちに話したよ」

「なるほど。そこまで考えられているのに憶測で物を言ってすみませんでした。とくにさっきの三枝さんの批判をかわす話は忘れてください」

　ようやく平尾が謝った。これまでの打ち合わせで、頑なことは知っているだけに、その平尾が非を認めるだけでも、胸がすく。

「さすがに監督経験者のサエをコーチに入れるわけにはいかないけど、もしやってくれるなら、キャンプの臨時コーチを頼んだり、ミーティングで講師をしてもらおうと思っている。その意味でも今回、サエと会える機会を作ってくれた大阪毎朝放送にはありがたく思ってるよ」

「三枝さんも嬉しいんじゃないですかね。ＹｏｕＴｕｂｅで人気といっても、本音は寂しいと思いますし」

　三枝は去年、妻を亡くした。高校の同級生と二十四の年に結婚した。その頃は普通に会話をしていたから、互いの結婚式にも出て祝福し合った。

　平尾の会話が止まったせいで部屋から音が消えた。コーヒーを飲もうとしたがすでになくなっていた。顔を上げると平尾と目が合った。つい言うつもりもないことが口から出た。

「どうしてチームが俺と三枝派に分かれていたのか、もし平尾さんがそれを知りたかったら説明するけど」

「えっ、話してくれるんですか」

平尾の目が、大きく開いた。

前回の打ち合わせから平尾は、三枝との不仲説ともう一つ話を聞きたがった。いずれも「今回の番組とは関係ないだろ」と断った。

「しょうもない理由だと言われるだろうけど、それは学歴だよ」

「学歴って、大卒か高卒かってことですか」

「俺と今ちゃんは大卒だが、サエは高卒だ。スギは社会人野球を経ているけど、高校から社会人に入ったし、残り四人も高卒だった。あの頃のバーバリアンズは高卒選手を多く指名して、育成型のチームを目指していたんだ」

平尾が嫌な気持ちになる前に補足した。

「言っとくけど、俺は自分が大学に行ったから、高卒の彼らを見下していたわけではないぞ。俺なんかプロに行くために大学に行っただけだから、授業なんかほとんど出てない。俺は野球界にはそうしたくだらない区分けがあるということを知ってもらうために話しただけだ」

「そう言えば昔、自分が高卒だったせいで、大学出の選手を嫌っていた監督がいましたね」

平尾はテスト生から名選手、名将まで昇りつめた有名監督の実名を挙げる。

「他にも学歴を気にする人は、球界にはたくさんいたけど、サエには当て嵌(はま)らないよ。逆にサエは俺に対して優越感を持っていた」

「どうしてですか」

「サエは高校から有名選手で、甲子園でも活躍している。サエに言わせたら、高校時は無名で甲子園にも出ていない誠は、スカウトの目に留まらなかった。だからしょうがなく大学に行ったんだと。俺も、サエがきらびやかな高校時代の話をするたびに、ドラフトで呼ばれなかった悔しさを思い出した」

　その悔しさを糧に、高校よりはるかに厳しい大学の上下関係にも耐えて練習に打ち込んだ。その結果、ホームランの打てる内野手として、ドラフトで一位指名されたのだから、高校時代の痛恨など小指の先ほどしかない。

　だが毎年、夏の甲子園を流すロッカールームのテレビの前で、同僚たちが盛り上がっていると、その輪から離れた。「グラウンドに立って客席を見た時は腰を抜かしそうになった。マンモス席、アルプススタンドとはよく名付けたよな」「別の県の女子生徒からファンレターをもらいました」「俺なんかプレゼントやで」「甲子園から帰ったら、田舎のスターになってましたよ」……そうした他愛のない会話のすべてが、甲子園出場経験のある彼らの自慢に聞こえた。

「高校を出て五年目の選手と、大学から入ってきた新人選手はどういった上下関係になるのですか」

「言葉遣いならため口だよ。相撲や芸人の世界では早く入った者が先輩になるらしいけど、プロ野球は年齢だ。だから高卒四年目の選手なら、大卒一年目の選手に敬語で話さなくてはならない。うちのメンバーでは、沖がそうだった。俺が入った時、沖はすでに四年目なのに、年下だったせいで俺は『沖』『おまえ』、あいつは最初から『誠さん』だったよ。心の中では、なんだこの偉そうな新人はと、腹立たしく思ったんじゃないか」

「そう言えば、井坂静留さんも高卒ですね。井坂さんがドラフト一位、三枝さんが二位、高校時代の活躍で言うなら、井坂さんの方が上ですね。甲子園の優勝投手ですから」

　学歴の話は藪蛇（やぶへび）だったと後悔した。

「あなたはどうしても静留の話を聞きたいみたいだな」

平尾が打ち合わせ段階からしつこく訊いてきたもう一つの話題が、その頃は一軍マネージャーになっていた井坂静留についてだ。

「知りたいのは、あの大逆転した七月三十日の試合の裏でなにが起きたかということなんだろ？」

「はい、まさか、日本中の野球ファンが熱狂しているゲーム中に、あのような事件が起きているとは思いもしなかったので。夏川さんの財布から金が抜き取られていたんですよね。それも初めてではなかった。一度目は五月に三枝さん、二度目は前半戦最後の三連戦の初日、夏川さんが死球を受ける二試合前のレパーズ戦で、盗まれたのは夏川さん、そしてオールスターを挟んでおよそ二週間後のあの日また夏川さんと、合計三回も窃盗事件が起きた。被害金額はいずれも一万円で、その犯人が井坂静留さんだったことが、試合終了後に判明した」

「どこで調べてきたんだよ。チーム内で秘密にされてたのに」

「それくらい当時の番記者も知ってましたよ」

平尾の言う通りだ。何人かの記者には漏れていた。これが東都ジェッツや大阪ジャガーズのような人気球団ならすぐに週刊誌が記事にしただろう。

だが選手が、球団には警察に被害届を出させなかったこと、さらに静留は退団して、三年後には亡くなったことなどさまざまな理由が重なって、バーバリアンズの番記者は報道することも、週刊誌などに漏らすこともなかった。

「夏川さんは、仲間の金に手を付けた井坂さんを許せないと思いましたか」

「馬鹿を言わないでくれ。静留を許してあげてくれ、来年からチームに戻してほしいと嘆願書を提出しようと言い出したのは俺だぞ。みんなも静留に恩を感じていたからこそ、あっという間に一軍選手全員の署名が集まったんだ」

「夏川さんたちの願いが叶って、球団は処分解除を決めたが、井坂さんは退団を決意した。その三年後、井坂さんはトラック事故で亡くなられた……」

「いちいち繰り返さないでくれ」つい声が大きくなった。「今回の番組で使う気ではないだろうな？」

「使いませんよ」

「それなら知る必要はないだろ」

「おこがましいですが、私もメディアの一員、ジャーナリストの端くれです。今回は社会派ドキュメンタリー番組ではありませんし、みなさんにプレーしていただくゲームは遊びの域を出ませんが、たとえエンターテインメントであろうとも、作り手はすべての事情を把握しておくべきだと思っています」

感情のない物言いで平尾は御託（ごたく）を並べていく。

「番組で使わないのなら知らない方がいいだろ？　知って、それが面白いと思ったら、使いたくなるのがテレビ屋さんだ」

言ってからしまったと思った。面白いと言ったのが平尾の心をくすぐり、訊いてくると思ったからだ。

「いいえ、知らないでいるのと、知っていて知らない振りをしているのとではまったく異なります」

平尾は正論を吐き続けた。物分かりがいいようで、急に理屈っぽくなる一面もこれまでの打ち合わせで何度か経験した。前回の打ち合わせでは焼肉屋で食事をしてから、ホテルのバーで二時れない。

間ほど飲んだ。それだけの時間を費やしても、この男が自分に胸襟を開いているようには感じられない。

「分かりました。井坂さんのことはこれ以上訊きません。三枝さんとの関係も同様です」

平尾から折れた。キレかかると、平尾が謝って言い改める。こんなことが打ち合わせから幾度となく繰り返されている。

「静留のことは話したくないけど、サエとのことは別にいいよ。それに俺がＦＡ移籍を決めたことだってサエが関係しているわけだから」

「そうなんですか」

平尾の目が再び反応した。誰にも話したことはないが、今ならいいだろう。番組で使われても構わない。

「ＦＡしたのは俺なりの理由があったんだよ。平尾さんもうちのワイフの大阪嫌いが原因だと思っているかもしれないけど、そんなことを言ったら、隣の部屋で耳を澄まして聞いているワイフが角を突き出して飛んでくるぞ」

薫は来客があると玄関横の洋室にこもる。家を建てた時は素振り部屋だったが、引退後は薫の社長室になった。

「これまで誰にも話していなかったことだけど、平尾さんは熱心だから特別サービスだ」

「ありがとうございます」

平尾はバッグからペンとノートを出した。

「俺がジェッツに移籍してから、膝の怪我に苦しんでいたのは知ってるよな」

ジェッツでは膝痛でバーバリアンズの時ほど活躍できず、給料泥棒と大批判された。

「はい、ジェッツに移って半月板の手術もされましたね」

「連続優勝した年には、俺の膝はボロボロだったんだ。俺としてはファーストにポジションを替えてほしかった。だけどショートを守るサエは、まだ体がピンピンしているし、ファーストにも三十本を打つ今ちゃんがいた。つまらない意地かもしれないけど、バーバリアンズでコンバートしてほしいとは言えなかった」

「なるほど。それでジェッツでも一年だけサードで、二年目でファーストにコンバートされたんですね」

「交渉役のジェッツの球団代表には一年目からファーストをやらせてほしいと頼んだけど、その頃のジェッツの監督はイケイケ野球だったから、ホームランを打てる俺にサードを守ってほしいと期待していた。フロントと監督との間に話が通じていなかったんだな。仕方なく一年はサードで我慢したよ。それでも足が動かないから、俺としては納得できるフィールディングはできなかった」

一般にショートよりサードの方が簡単だと思われているが、すべてがそうでもない。打席からの距離が近く、打球の速さが違うのだ。一死三塁など前進守備のケースで、右打ちの外国人打者だった時は、どれほど凄まじい打球が飛んでくるのかと恐怖すら覚えた。

「今の話、収録に入れたいんで話してくれませんか」

平尾がハンディカメラを取り出そうとしたので、「それはよしてくれ」と手で制した。

「どうしてですか？　三枝さんへのライバル心が垣間見えるプロフェッショナルらしいエピソードではないですか」

「サエに対するつまらない見栄を俺の口から話すことではないだろ。それこそナレーターに語らせてくれよ」

「承知しました。ではFAした理由については語りで入れるようにします。でも割方、夏川さんがジェッツに移った理由が明らかになることが、バーバリアンズファンは一番、感動するかもしれませんね。私はかねがね、最近の国内スポーツの人気がなくなったのは選手同士の仲の良さをファンに見せすぎているからだと思っているんです。ライバルチームの選手とも仲良しで、グラウンドで談笑したり、塁に出たらペコペコ頭を下げたりします。チームを愛するファンが求めているのは、選手が本気で相手を倒すことです。スポーツがきれいになりすぎたことも、国内のスポーツ中継が、視聴率を取れなくなった理由の気がします」

「WBCやオリンピックがもたらす悪影響だろうな。俺たちの頃は他チームの選手と話す機会はオールスターくらいしかなく、一度グラウンドに出たら口を利かず、そっぽを向いていた」

「時代の変化に、私が遅れているのかもしれませんけど」

満足したのか、平尾の表情はこれまでなかったほど晴れやかになった。カメラをケースの中に入れ、片付ける準備を始める。

「今回の番組を企画した私自身も、よく八人が集まってくれたと感動しています。優勝できたのは、チーム内にあった不協和音をパワーに変える力があったからだと思っていましたが、違いますね。バーバリアンズは大人のチームだった。他球団のようにベタベタした仲良し軍団ではなかったけど、皆が認め合っていた。だから筋書きのないドラマを地で行くような大逆転劇を、あのレパーズ戦やペナントレースで実現できたのですね。今日のお話で納得しました」

片付け終えた平尾は、中身が零れないようリュックのファスナーを閉めた。

「ようやく納得してくれたみたいだな、長々話した甲斐があったよ」

皮肉を込めたが、平尾には通じていなかった。

「撮れ高も充分ですし、大満足で大阪に帰れます」

「新幹線は何時だね」

「予約は取ってません。行き当たりばったりで乗ろうと思っていましたし、東京駅まで出れば自由席に座れるでしょうし」

「この時間なら混んではいないだろう」

まだ午後二時だ。

「ところで準備はできていますか。夏川さんの体型を見ていると、その心配はなさそうですけど」

平尾が値踏みするように夏川の全身に視線を動かす。

「トレーニングはしてるよ。だけどもう現役をやめて二十年だからね。昔みたいなバッティングを期待されては困るけど」

平尾の話では草野球チームとの対戦は、〇対九でバーバリアンズの反撃が始まる六回裏から始まるらしい。

――できるだけあの試合を再現してください。最後は夏川さんのサヨナラ弾で。

――おいおい、野球選手がいつでもホームランを打てると勘違いしていないか。一本も打てずにやめていく選手だっているんだぞ。

最初に無謀なリクエストをされた時は笑い飛ばしたが、その時も平尾はつられ笑い一つしなかった。

「伝説の試合の再現を期待しています。最後は夏川さんのサヨナラホームランで決まりますように」

　ソファーから腰を浮かしながら、平尾はまた同じことを言った。無理だよと弱音を吐くのも癪に障り、少し考えてから返した。

「俺に頼む前に、最初に満塁ホームランを打ったサエと次に打ったスギに言ってくれ」

「二人が打ってくれないと、夏川さんが打っても逆転できないですものね」

　三枝や杉山にしたって、無茶なことを言うなと撥ねつけるに違いない。

　ヒットくらいならテクニックでなんとかなる。ホームランとなるとパワーが必要だし、体重を打球に乗せなくてはならない。今でも週三回、ジムでトレーニングをしてきているが、それでも昔は百キロを上げられたベンチプレスは八十キロでいっぱいだ。

「俺は現役の頃から〝持ってる男〟と言われたから、真っ芯に当たってバックスクリーンをめがけて飛んでくんじゃないか。あの日にしたって八回に凡退したのに、九回二死満塁でまた打席が回ってきたんだから」

「それでしたらぜひお願いします」

　笑みを広げた平尾に、また余計なことを言ったと後悔し、訂正を入れておくことにした。

「八回の攻撃なら間違いなく再現できるけど」

「八回ってなんでしたっけ？」

　平尾が目を細めた。

「なんだよ、あんなにしつこく訊いておいて今度はあなたが忘れたのか。八回無死二塁からのセカンドゴロだよ。あれならいつでも打てる」

　優秀なようで抜けている一面もあるのかと思ったが、思わぬ言葉が返ってきた。

「右方向を狙ってはダメですよ。あっち向いてホイ、の打球でないと」

「あなたの要求はどれもきつすぎるな」

目を細めて閉口した。

「調子乗りすぎですね」

平尾は苦笑いを浮かべ、今度こそ腰をあげた。

部屋にいたのはおよそ二時間、インタビューは一時間近く撮ったが、三枝にもインタビューするのであれば、使うのは半分もないだろう。

「今日はありがとうございました。くれぐれも張り切りすぎて、怪我はしないでください」

玄関まで歩きながら平尾に言われた。

「バッティングセンターくらいで怪我なんかしないよ」

玄関横の洋室のドアを叩いた。

「おい、お客さん、お帰りだぞ」

平尾が靴を履くと、部屋から薫が出てくる。手にはタバコを持っていた。

「長い時間、お邪魔しました」

「ご苦労様。番組を楽しみにしてるわね」

「必ずいいものを作ります。奥さまも楽しみにしておいてください」

平尾はドアを開け、愛車のレクサスＬＳと薫のジャガーが並んで駐車しているガレージの脇を通って、門から出ていった。

3

リビングに戻ると、一人掛けのソファーに薫が座っていた。

「長かったわね。なにをそんなに話すことがあるの」

そのせいで別室に長時間閉じ込められていたとでも言いたげに、薫は眉をひそめる。

「おまえが途中でコーヒーなんて持ってくるからだよ。そうでなければもう少し早く切り上げられたのに」

「まだまだ喋り足りないって顔をしてたけど」

「おじさんの昔の自慢話が若者に嫌われていることくらい俺だって知ってるよ。面倒くさいと思いながらも、仕方なしに付き合っただけだ」

こんなにインタビューが細かくて、思い出したくもない話まで訊かれるとは予想していなかった。当初は昔のプレーを振り返るだけだと思っていた。

平尾は元は報道記者だったらしい。自分からジャーナリストの端くれだと言うくらいだから、本筋とは離れたことに興味があるのだろう。

三枝との関係はまだいい。その日窃盗事件があり、その犯人となった静留がその後に謹慎(きんしん)、退団したことも、少し調べれば分かることだから、記者をしていたのなら興味を抱いても不思議はない。

だが無死二塁からのセカンドゴロを最初から二塁を狙って打っていたのかなど、そんな細かいことまで訊いてくるのだから、話も無論長くなる。

セカンドゴロについては、打ち合わせでは一度も出ていなかった。それなのになぜ今日になって、ピッチャーのコースまで調べて、質問をしてきたのか？

「嫌なら受けなきゃ良かったじゃない」

薫が口をつぼめた。

「おまえだって……」

賛成しただろと言いかけてやめた。口では薫には敵(かな)うわけがない。

四つ年上の薫は解説や野球教室に限らず、講演などの仕事も積極的な営業をかけて取ってくる。野球少年相手ならまだしも、大企業の入社式や経営団体の会合となると、一(いち)野球人がなにを話せばいいのか、最初は戸惑った。

薫の勧めで、ボイストレーニングを受け、さまざまな講演を聞きに行って、人に話を聞かせるためにはなにが必要かを学んだ。話の内容も大事だが、もっと大事なのはバッティングと同じで「間(ま)」である。

一昨年には今のバーバリアンズの親会社であるグレンコム社の入社式のゲストに招かれた。そこで話した内容が、グレンコムの会長に認められたのが、監督要請の決め手になったようだ。

——あなた、バーバリアンズの球団社長から電話があって、オーナーがぜひあなたに会いたいんだって。明日、一時に赤坂グランドホテルに行って。

——それってまさか。

——そうよ、ついに来たのよ、監督よ。球団社長に確認したら、そういう方向でいらしてくれて構いませんと言われたから。

——本当かよ。

自分には回ってこないと諦めかけていただけに、薫に抱きついて喜んだ。

結婚してから数年は良かったが、ＦＡでジェッツに移籍してからは、薫に迷惑をかけっぱなしだった。

バーバリアンズファンから非難を浴びただけでなく、ジェッツで期待通りの成績を残せなかったことで、ネットは誹謗中傷（ひぼうちゅうしょう）で溢れ返っていた。

薫はどれほど世間から責められようと、凜として夫を守り、一人息子の陽司を一人前の大人へと育てた。

奇跡の年と呼ばれた約二十六年前のシーズンにしたって、薫の力が大きく関わっている。

前半戦最後のゲームで死球を受けて病院に搬送された。本拠地での試合は毎回、家族席で観戦していた薫は、痛みに強い夫が苦痛の表情を浮かべて起き上がれなかったものだから、取るものも取り敢えず陽司を連れて病院に駆け付けたのだった。

平尾へのインタビューでは、休むつもりはなかったと話したが、精密検査で骨が折れていると判明した時、しばらく療養しようと考えた。

なにせ三冠王がかかっていたのだ。本塁打と打点は余裕があったが、その時点でトップの三枝に一分差に迫っていた打率は、無理に出場してヒットが出なければ下がっていく。

休むつもりだと話すと、薫に叱られた。

——なに弱音を吐いてるのよ。こういう時に休んでたら、四番の座まで三枝さんに獲られてしまうわよ。

三枝を、ようやくパワーがついてきたなと下に見ていたが、薫は違った。三枝がやがて長打力でも夫を脅かす存在になることを直感的に見抜いていたのだ。実際、あの年の三枝の本塁打数は三十一本だったが、翌年は三十九本まで増産し、四十一本で二年連続ホームラン王になった自分に二本差まで迫ってきた。

ジェッツにFA移籍したのも、膝が元通りにならないことを見越した薫が、バーバリアンズに残って三枝と争うより、長打力のあるスター選手を探しているジェッツに高条件で移籍した方がいいと、知り合いを通じてジェッツの親会社である東都新聞の幹部に接触してくれたからだ。

その結果、マスコミに公表された四年十二億円のおよそ二倍、二十億円という破格の年俸を手にした。

そこでもう一人の恩人を思い出した。先の死球時、病院で試合出場を勧める薫に同調したのが、付き添ってくれたマネージャーの井坂静留だった。

――誠、薫さんの言う通りだよ。ここまで連続試合を続けてきて、歴代五位まで来たんだ。あの時に無理して出続ければ一位になれたのにと、あとで後悔するぞ。

連続試合出場は移籍したジェッツでの三年目、膝の手術を決意したことで途切れ、歴代三位で終わった。それでも説得してくれた静留には恩義を感じている。チームで自分の一番の理解者は静留、本当の味方は彼しかいなかった気がする。

静留も甲子園組だったが、静留が話す高校野球は素直に聞けた。

それは甲子園で優勝した静留は、同世代の高校球児における絶対的存在だったからだ。

俺の方が実力は上なのになぜスカウトは俺を見に来なかったんだ、そう心の中で反発していた同じ内野手の三枝への思いとは違った。

三枝と二人きりで食事に行ったことはないが、複数では何回かはある。そうした時は、必ず静留が「誠も行こうぜ」と誘ってくれ、テーブルでも近くに座って、蚊帳の外に置かれないように気遣ってくれた。

　そうだ。静留に恩を感じたことがまた一つ記憶に再生された。薫と静留の二人から励まされ、オールスターを挟んだ後半戦の初戦から、出場しようと前向きな気持ちになったが、そのためには大きな障害があった。

　それがファン投票で選ばれていたオールスターだ。

　当時はチームからの指示で出場を辞退する選手が相次いだため、辞退した選手には公式戦も十日間出場できないというルールが設けられていた。さりとて、オールスターに出場しても、バットが振れる状態ではなかった。

　心配を口にしたわけではないのに、一旦病室を離れた静留が笑顔で戻ってきた。

　――誠、全パの監督をやるレパーズの越智さんに電話しておいたよ。越智さんは守備のみ、それも負担のないファーストで、顔見世程度で出てくれればいいと言ってくれた。

　――それは助かる。一塁なら守れそうだ。

　――当たり前だけどな。ぶつけたのはレパーズのピッチャーで、越智さんが四番の夏川にぶつけろと命令したんだから。

　静留は憤慨していたが、とにもかくにもオールスターでは一戦だけ、それも一イニング、一塁手として出場しただけで済んだ。

　出場を制限しても、折れた肋骨がただちにくっつくわけがなく、オールスター終了後のチーム練習には参加しなかった。

　後半戦の開幕戦も試合前の打撃練習をせずに、テーピングを巻いて先発出場した。

最初の三試合はさっぱり結果が出ず、打率は三枝に二分近く離された。一打席で一度は無理してでもバットを振ったが、そのたびに折れた骨が肉から飛び出しそうなほど、激痛が走った。薫や静留から発破をかけられずに休養を申し出ていれば、九点差を逆転したあの夜は出場していない。劇的なサヨナラ満塁ホーマーも出ていない。

ただこうも思う。もし二人の言うことを聞かずに休んでいたら、静留は退団することもなければ、三年後に北陸の高速道路で、居眠り運転によって死なずに済んだのではないかと――。

物思いに耽っていると、ライターの音がした。

薫がタバコを吸おうとしていたのだ。

「おまえ、お客さんがいる前でタバコを吸うなよ」

「別にいいでしょ？　女はタバコを吸うなって考えの方が、ジェンダーレスの常識に反してるわよ」

「別に女が吸うなと言ってるわけではないよ。相手はテレビ局の人間だから言ってるんだ」

薫は、高校野球をしていた陽司の応援に行った時も、スタンドで喫煙しているのを写真週刊誌に撮られたことがある。

「テレビ局の人間だからってなによ。別にカメラを向けられてたわけではないし。私が喫煙者であることくらい知ってるでしょ」

薫の言う通りだ。平尾に見せなかったとしても、薫のイメージが変わるわけではない。ゴールドのマニュキュアを塗ったピンと伸ばした人差し指と中指でタバコを挟んだ薫は、頬杖でもつくように肘を曲げて深く吸う。口を丸くしてゆっくりと煙を吐いた。

元女優とあってタバコを吸う仕草一つをとっても様になっている。彼女の才能ならバラエティなど出なくても、女優として成功していただろう。ただそうならなかったのは所属事務所が小さかったのと、二十六で夏川と出会い、翌年に結婚、引退したためだ。

知り合ったのは新人王に輝いたプロ一年目のオフ、薫がアシスタントを務めるバラエティ番組だった。年に一度のスペシャルで、有名タレントや芸人の名前がたくさん張り出された楽屋の一室で、自分には場違いだったと出演を受けたことを後悔していた。

体調が悪くなったと言って帰ろうとしていた時、薫が楽屋挨拶に来た。彼女は一発で灰色の胸の内を見抜いた。

——夏川さん、そんなに心配しなくて大丈夫ですよ。MCの芸人、デリカシーのないことを振ってきますけど、夏川さんは現役選手なんですから、波紋が広がりそうな内容には答えなくていいです。そういう時は私の顔を見てください。そうしてくれたら私が話を変えますから。

優しく温かみのある表情でそう言ってくれた。

本番ではMCの毒舌芸人が、どうしてバーバリアンズはいつになっても弱いままなのか、監督がアホだからじゃないですかなど、答えにくいことばかり振ってきた。

薫に顔を向けると、「大阪ジャガーズの方がひどくないですか。優勝できると思っている人なんて大阪の人だけですよ」「ジャガーズの胴上げを見るのってハレー彗星を見るより難しいって本当ですか」「大阪のスポーツ新聞って湾岸戦争が始まってもジャガーズが一面って、頭おかしくないですか」などと得意の大阪人弄(いじ)りで話題を変えた。

収録後、礼を言いに楽屋に行った。

——私も言って清々しました。東京に住んでた時はなんともなかったんですけど、大阪でジャガーズって言われると、なんか腹立つんですよね。あっ、バーバリアンズは違いますよ。お好み焼きと宝塚歌劇とバーバリアンズは私の大阪嫌いでも例外ですので。

快活に笑った薫に、一瞬で心を奪われた。

一週間後には連絡を取り、薫が一度も行ったことがないと言っていた宝塚歌劇を観て、食事をした。翌月から同棲を始め、妊娠が分かると入籍した。

大学のスター選手だった夏川には、それまでもスペックの高い恋人はいたが、薫は美しさでも性格でも、なによりも会話のセンスでも他の女性の比でなかった。野球だけしかなく世間知らずだった自分を包んでくれた大人の女性だった。

「あなた、年明けのハワイ、断ったんですって？　お得意様はみんな、あなたが来ることを楽しみにしてたのに、どうして断るのよ」

タバコを指に挟んだまま、薫は口を尖らせた。

薫の父が経営するアパレル会社の顧客を集めた接待旅行だ。義父の会社とは無関係だが、顧客がゴルフで一緒にラウンドすると喜ぶからと、毎回、呼ばれている。

「お義父さんから、今回は忙しいからいいよって言ってきたんだよ」

「そんなの父さんが気を遣ったのよ。忙しいって、まだキャンプは始まっていないじゃない」

薫はタバコを灰皿で揉み消す。

「一月となると自主トレは始まってるし、コーチミーティングもあるんだぞ」

「コーチミーティングなんてあなたの都合で日程を変えればいいし、自主トレは、監督やコーチは指導したらいけないんでしょ」

マネージメントをしているだけあって、薫は野球界の慣習に詳しい。自主トレを監督、コーチが見られるのは新人選手のみ。コーチミーティングにしたって、薫の言う通りで監督の一存で変更は可能だ。

「陽司の立場はどうなるのよ。陽司の役員としての最初の大きなイベントなのよ」

いつもなら「あなたがわざわざ顔を出しているのに飛行機代くらいしか出さないなんて、父も兄も身内だからって甘えてるわ」と接待旅行の同伴に否定的な薫だが、今年は言うことが正反対だ。

薫が不満を言い出したのは、義父の会社で働く陽司が、この春、三十五歳で役員に昇任したからだ。

義父の会社は、売り上げ五百億円の優良アパレル企業である。義父が代表権のある会長、薫の兄が社長を務めている。義兄夫婦には子供がいないため、いずれは陽司が継ぐことになるのだろうが、薫にそんな先まで待つ気はない。

義兄とは昔から折り合いが悪く、父親を説得して会社をグループ分けし、すぐにでも陽司を社長にしようと画策している。

母親から厳しく言われているせいか、陽司も役員のプレッシャーに耐えて頑張っている。息子のためにも行ってあげたいが、キャンプ直前の一月半ばに、監督が常夏の島でゴルフをしているのが発覚すれば、マスコミの批判は必至だ。

薫はまだ不満を言っていた。

「あなたは陽司の将来を考えてくれてるの？　ここまで全部私が育てたんだからね。野球だってあなたが親身になって教えてあげてたら、高校でレギュラーになれたし、大学でも続けられたのに」

考えているよ、おまえよりも俺の方がずっと、陽司の未来を考えた――そう心の中で叫んだが、口にすれば薫はいっそうヒステリックになると思い我慢する。

子供の頃から運動神経が抜群だった陽司は、幼稚園から体操を習っていた。やんちゃで、コーチが見ていないとすぐ手を抜いていたから、五輪に出るような選手までは無理だっただろう。小学校低学年の大会で大阪一位になったくらいだから、続けていたらそこそこ活躍できたと思う。

体操ではプロになっても金を稼げないと、ジェッツに移籍し東京に引っ越したタイミングで、薫が無理やり野球をさせた。センスもよく、すぐに経験者に追いついたが、いかんせん背が小さかった。甲子園に出場経験のある名門私立に入ったものの、公式戦に出場できず、高校までで野球をやめた。

高三の都大会で敗退し、落ち込んで帰ってきた日の夜、「野球だけが人生じゃないんだぞ。大学に進学して、おじいちゃんの会社を継げ」と説得したのは自分だ。「おまえは新しい人生を歩み続けるんだ。過去を振り返ってはダメだ。どんなこともだ」とも言った。陽司は言われた通り、系列の大学に進学して四年で卒業、祖父のコネで服飾系大手商社に五年務めてから、祖父の会社に入った。

息子に説いた話をしたところで、薫からは「はぁ？　それだけ？」と呆れられるに決まっている。

「分かったよ。ハワイの件は球団の人に相談してみる」と言い、夫婦の会話を一旦終わらせた。

二時間も取材を受けたことで、今日は家でのんびりするつもりだったが、口煩い薫から離れたくなり、「バッティングセンターに行ってくるよ」と伝えた。

ジャージに着替え、愛用の木製バットと人工芝用のスパイク、手袋をクローゼットから出す。

十一月二十二日、草野球チームとの対決までちょうど三週間だ。

愛車のレクサスを一時間近く走らせ、ここ数日通っているバッティングセンターに到着した。コインパーキングは満車だったので、少し離れた場所に停めた。

ここは都内でも珍しく、硬式球が打てるバッティングセンターだ。

軟球と硬球とでは、打ち方が異なる。硬球でホームランを打つにはバックスピンをかけた方が打球は伸びる。一方、軟球を同じように打つと、ボールがスライスする。ボールの中心を的確に捉え、そこで一旦ボールを潰してから、強く振ろうとせずにバットに載せて運ぶようにスイングしないと軟球は遠くに飛ばない。

硬球はボールの下半分を狙うだけではない。引き寄せて打つ。他のバッターなら差し込まれるが、腰の回転で振り抜いた。

芯で捉えてからは、相撲で言うところのかち上げのイメージで、遠くへと飛ばす。その打法は腰や膝に負担がかかるため、五十八歳の今でもできるか不安はあったが、何日か意識して練習しているうちに、すぐに体が思い出した。

筋肉痛も最初だけで、一度念のためにマッサージに行ったが、腰に問題はないし、苦しめられた膝にも異常は見られなかった。

平日にもかかわらず、硬式のケージは混んでいた。

三分ほどで一番奥が空いた。小銭をポケットから出して精算機に投入する。球速は一四〇キロに設定した。草野球チームなら一二〇キロ程度だろうが、遅い球で練習するよりは、プロ並みのスピードボールで目と体を慣らした方が、確実に感覚は戻る。

右打席に入り、スタンスは肩幅よりやや広めで、バットをやや投手側に倒して構える。

すり足打法でも足を上げる打法でもない。ボールが来るまで微動だにせずにじっと待つ。ギリギリまで見るから、ベースの手前で動くフォークボールやカットボール、ツーシームもボールゾーンには手を出さずに、見極められた。

最新のマシンから飛び出てきた一球目から、ボールの下半分を叩き、バックスピンをかけた状態でホームランゾーンに直撃させた。ファンファーレが鳴る。

二球目も三球目も飛距離が出ていそうな納得のいく弾道だった。二十球スイングしたがすべて真っ芯で捉えた。俺にヒットはいらない、ファンが待っているのはホームランだけ——その思いは現役を退いてこれだけの時間が過ぎても変わることはない。

昔はバットを持つと無心になれたが、今はいろいろ考える。しかしそれは邪心ではない。野球のこと、監督になってどうやってリーグのお荷物と呼ばれるチームを再建するか、いろんなアイデアが浮かぶ。

一年での再建は無理だろう。いっこうに強くならないのは、自分たちが作った伝統のせいでもある。バーバリアンズは親会社が変わっても、打撃優先の方が客は入るからと、投手陣の整備を後回しにしてきた。長年のツケが出ているのだ。

監督就任の条件に投手中心の守りの野球にチームを変えることを球団首脳に訴えた。今年のドラフトでは指名した七名全員が投手だし、外国人選手もフロントに訴えて、メジャー五十勝の右腕と、同じくメジャー経験のある左のリリーフピッチャー、さらにもう一人、将来性のある右腕を探してもらっている。

秋季キャンプに参加していた選手には、一点差で勝つゲームをしようと訓示した。守備コーチを任せる沖と北井には「大胆なコンバートも辞さないつもりだから、春季キャンプまでに選手の守備の適性を見直してくれ」と宿題を出した。
○対九から逆転するドラマチックなゲームなど常勝球団には必要ない。
失点を二点までに抑え、三対二で競り勝つ。かつてのライバル、北武レパーズのように全員が緻密な野球ができるのが、自分が求めるチームだ。

変化球を混ぜた二セット目もすべて打ち返し、ファンファーレを響かせた。変化球にも体が自然と反応する。ボールを捉える時のバットの角度、腕と体の距離感、インパクトを感じてから体を回転させるタイミングまでが現役時代に戻っていた。打てば打つほど、自然とフォロースルーも大きくなる。このスイングができればスタンドまで届きそうだ。

「すごいですね、夏川さん、現役時代のようです」

二セット目を終えた後、背後からサラリーマンに声をかけられた。他にも観衆が集まっていて拍手も聞こえる。

「私の現役時代を知ってるんですか」

「当然ですよ。大ファンでしたから。僕が小学校の五、六年生の時は大阪の小学校では、全男子がバーバリアンズを応援していました。それまでジャガーズ一辺倒だったのに、みんな親に頼んで、バーバリアンズのBのマークの入った帽子を買ってもらっていました」

「大阪出身なんですか？　言葉遣いから東京の方かと思いました」

「小学校だけ大阪でした。どうもあっちの言葉は苦手で、標準語を使うとスカしてると友達から弄られました」

「それだったら私と同じだ。私もバーバリアンズにいた時しか大阪で過ごしてなくて、標準語で通しましたから」

「それにボケとかツッコミとか大阪特有の文化が苦手で」

「その気持ちも分かります」

夏川も大阪人特有のノリは不得手だった。

「僕は少年野球チームにも入っていましたが、ユニホームの背番号は夏川さんの『1』と三枝さんの『3』の取り合いでしたよ。夏川さんの方が人気あったかな」

嬉しいことを言ってくれる。女性人気では三枝だったが、子供を含めた全体では自分の方が上だった。

「いよいよ監督ですね。打撃指導もされるんですか」

興奮して質問するサラリーマンに、首を左右に振った。

「心構えくらいは伝えますが、細かい指導はコーチに任せます」

「監督ですものね。それならどうしてここへ」

「身につけたものを忘れるのが怖いんですよ。これまでもたまに来ていました。ストレス解消になりますし」

ゲームをやることは平尾に口止めされているため、思いついたことでごまかす。

「僕も会社で嫌なことがあるとここに直行してストレス発散です。部長の馬鹿野郎、おまえみたいなやつがいるから、やる気がなくなるんだって、ムカつくことがあると自然に足がここに向いてるんです」

「その言い方だと、仕事をさぼってるのを公言しているようなものですよ」

「やば、うちの部長には内緒にしといてください。あっ、夏川さんはうちの部長なんか知らないか」

大阪特有の文化が苦手だと言いながら、彼は一人でボケツッコミをやっていた。

もうワンセットやろうとコインを入れかけたところで、長椅子に置いていたスマホが鳴った。後を待つ高校生に「どうぞ」と譲り、電話に出た。息子の陽司だった。

〈お父さん、今大丈夫ですか〉

少し遠慮した話しぶりに、かけてきた理由を察した。

「お母さんから電話があったんだな。ハワイは無理だよ。お父さんだって、おまえが役員になった最初のイベントだから、一泊三日の弾丸ツアーを考えた。だけどキャンプイン二週間を切ってハワイに行ったのをマスコミに嗅ぎつけられたら、あとで面倒なことになる」

〈お母さんには、僕の方からお父さんが来なくてもお客さまへの対応は滞(とどこお)りなくやるからと、言っておきます〉

そう言われて安心する。薫が心配することもないほど、陽司は自立している。だが頼もしく思えた声が、〈お父さんにお願いがあるのですが〉と媚びる声色に変わった。

「お願いってなんだよ」

〈急で申し訳ないんですけど、来月予定されている自動車協会の交通安全イベントに出てもらえませんか。協会の理事から頼まれたんですよ〉

「急なのは問題ないけど、どうしておまえがそのイベントの仲介をするんだよ」

〈来年から協会の女性社員の制服をうちの会社が引き受けることになったんです。急なのは交通安全イベントにお願いしていたタレントにドタキャンされたみたいで〉

キャンセルの話を聞いた陽司が、うちの父ではどうですかと口出ししたのだろう。

「それなら球団を通してもらわないと。もう監督として契約したんだ。お父さんは講演をやるにも球団に断りを入れる契約になってる。お母さんはそう言っていなかったか？」

〈お母さんには相談していませんよ。イベントには子供も来場するので、できればバーバリアンズのユニホームで出てほしいと、先方は望んでいます〉

「ユニホームとなると、肖像権が発生するわけだし、なおさら難しいよ」

〈そこをお父さんの力でなんとかできませんか〉

一度言い出したらなかなか引かない頑固さは父親譲りだ。子供も来る交通安全イベントなら球団も理解してくれるか。そう考えを巡らせながらも、甘やかしていてはこれから会社を背負って立つ彼のためにはならないとたしなめた。

「陽司は去年の学校の制服だって、お父さん頼みだったじゃないか。おまえも役員になったんだからもう少し自力で頑張らないと」

義父の会社はこれまで学校制服は管轄外だったが、陽司が従来の販路だけでは頭打ちになるからと開拓している。目の付け所が鋭いところは感心するが、私立の中高一貫校が導入を決めたのは、学園の理事長が父親と同じ大学出身だと聞きつけた陽司が、会ってくれないかと頼んできたからだ。

〈僕は自分の力でやっていますよ。販売成績でもトップでしたし〉

「それは分かっているよ、ただお父さんは……」

話している途中で〈それだけでは足りないから頼んでるんです。会社から永続的に評価を受け続けるのは大変なんです。お父さんはこういう苦労をしたことはないから分からないでしょうけど〉と捲（まく）し立てられた。

お父さんはもっと大変な戦いをしてきたんだぞ――喉元まで出かかったが我慢する。

「分かったよ。陽司が仕事を頑張っているのをお父さんは誰よりも知っているから、今回の件は球団に頼んでみる。これからお父さんは野球に専念しなくてはならないんだ。頼み事は今日で最後にしてくれよ」

〈ありがとうございます。お父さんの息子で良かったです〉

調子のいいセリフが返ってきた。こんな未熟のまま役員にして大丈夫なのだろうか。その点は義父や義兄、そして薫に任せるしかない。なにより俺の息子だ。負けず嫌いをむき出しにして、成長してくれ。

陽司は用件を終えると電話を切った。ハワイ旅行が一件落着しただけでも良かった。家に帰れば父子で勝手に決めたことに薫はつむじを曲げるのだろうが。

スマホをしまおうとすると、ショートメッセージが入っていて、着信があったことを知らせていた。表示された番号をタップする。

《今野寿彦》

あの年に三十六本塁打、九十九打点をマークした六番バッターだ。番号をタップする。電話がかかる。

「今ちゃん、電話をくれたみたいだな」

〈なによ、誠もしかしてバッティングセンターにおるんか〉

金属バットが音を響かせるのが聞こえたのだろう。昔から勘のいい男だった。打席でもバッテリーの配球を読んで打つ、ヤマ張りの天才だった。

「よく分かったな。今さっき、四十球打ち終えたばかりだ。やっとこさ体が思い出してきた」

〈誠だけずるいで。俺にそんな暇はないのに〉

目許を緩めながらも口をつぼめている今野の愛嬌のある顔が浮かんだ。

「なにが暇はないだよ。今ちゃんこそ毎日グラウンドにいるんだろ。そっちの方が俺よりはるかに練習環境に恵まれてるじゃないか」

〈そりゃ、監督がグラウンドにおらんかったら生徒は困るがな。そやけどバッティングやるんは生徒よ。俺はケージの後ろで見てるだけや〉

バーバリアンズの監督を三年務めた今野だが、今は滋賀の私立高校で監督をやっている。けっして強豪校ではなく、今野もしゃかりきになって甲子園を目指してはいない。

バーバリアンズの監督をしている時は、負けが込むたびに沈鬱な表情がテレビカメラに映っていた。それがやめて数年経って、NHKの番組を見て仰天した。高校野球の監督になり、現役の頃のように生き生きした顔に戻っていた。

――プロになる前から、人生の最終目標は高校野球の監督やったんです。その夢がついに叶いました。子供っていろんな考えを持ってるんですね。彼らの発想力を損ねたらあかんと、自分もプロの時以上に勉強、勉強の毎日です。

カメラを向けられた今野は顔を弾けさせていた。

同じ歳で、同じドラフトで入団した今野だが、即戦力だった自分とは違って、指名順は五位と下位指名だった。

器用な選手ではなく、プロが投げる精度の高い変化球に対応できなかったことで、一軍に定着するまで四年を要したが、定位置を獲得してからはしぶといバッティングを発揮し、三枝―夏川―ハーバートと続くクリーンアップの後を任された。

リーグ最強と呼ばれたクリーンアップを恐れて、相手が勝負を避けることが多かったため、よくチャンスで打順が巡った。今野は勝負強く、高い得点圏打率をマークした。

　ユニホームを脱ぐと、明るいナイスガイだった。平尾の話にも出てきたが、メンバーの多くが三枝にくっついていた中、今野は三枝と自分の両方と付き合いがあった。

「なんだかんだ言って今ちゃんも練習してるんだろ。最初は平日だから出られないと言っていたのが、急に出ると言い出したんだから」

〈たまに高校生相手に打たせてもらっとるよ。あの試合の再現となると、俺は七回は神父さんを一塁に置いてのゲッツー崩れのショートゴロ、八回は神父さんの犠牲フライで同点に追いついた後にシングル打ったけど、得点には絡んでへんし、活躍なしやからな〉

「そのヒットが重要だったんじゃないか。あれがなきゃ俺に九回の打順は回ってこなかったんだから」

〈そやな。サエは、今ちゃんが余計なヒットを打たなんだら、二死満塁で打席に立ったのは俺やったのにと、悔しがってたやろな〉

　同点に追いついた八回、二死走者なしから六番今野がレフト前ヒットで出塁した。七番小曾木はいい当たりがライトの正面をついてスリーアウトになったが、その結果、九回裏は八番からの打順になった。九対九の同点で七番からの打順となると、どうあがいても四番の自分に打席は回ってこない。

「テレビ局になんて言われたかは知らないけど、気にしなくていいんだよ。昔の仲間が二十数年振りに集まるんだ。好きなように野球を楽しめばいいんだよ」

〈ディレクターはできるだけ忠実に再現してくれと言うとってたで〉

「それって平尾って男か」

〈そや、その人よ、うちの学校にもインタビューに来るらしい〉

「今ちゃんもやるのか」

〈俺だけちゃうよ。当日来る八人全員やて〉

しばらく声が出なかった。てっきりインタビューは自分と三枝の二人かと思っていた。

まだ今野は分かる。プロ野球の監督までした男が、高校球児に交じって汗を流しているのだ。今野一人でも充分番組を作れる。

だがハーバートを除く八人全員となると相当な時間を食うはずだ。平尾はどのような番組構成にするつもりなのか。

「今ちゃんはどうして出ることにしたんだよ。一度は学校優先、テレビのために授業は休めないと断ったんだろ」

学業には不熱心だった自分とは異なり、今野はドラフトにかからなかったことも考え、在学中に教職免許を取得していた。今は地理の教諭として教壇に立っている。

〈そりゃ、静留の誕生日にやると言われたら、俺は行けへんなんて、冷たいことは言えんやろ〉

「おい、今、なんて言った」

耳に水でも入ったかのように、今野の声が急に遠のいた。

〈イチ・イチ・ニイ・ニイ、十一月二十二日と言えば静留のバースデーやないか〉

誕生日なのは覚えている。

甲子園の優勝投手でドラフト一位、スター選手としてプロ入りしながら、裏方としてメンバーの相談役や練習相手になっていた静留は、多くの選手から慕われていた。十一月末に監督、コーチ、選手、裏方全員が集う納会では、選手がケーキを用意して静留を祝福するのが恒例イベントになっていた。

だが今の今まで、十一月二十二日の収録日と井坂静留の誕生日とが結びつくことはなかった。

そもそも今回の番組企画とどう関係するのだ？

〈なんや、誠は平尾さんから聞いてへんのか〉

今野に不思議がられた。

「俺は単に平日しかグラウンドが取れないのかと思ってたよ」

監督に就任したための企画だと聞いたから引き受けた。企画書を確認した薫からも、静留については一切聞いていない。

振り返ってみれば、怪しむ点はいくつもあった。

平尾は三枝との不仲を確認するのと同じくらい、試合中に起きた窃盗事件について質問してきた。テレビマンとして事実を知っておきたいという理由だけで。

〈もしかしたら俺が出演できん言うたから、無理やりこじつけたんかな〉

「平尾ディレクターから静留のことを訊かれたのか」

〈あの年の優勝は井坂さんの魂がチームに乗り移ったという説がありますけど本当ですか、と言うてきたから、そうや、球団のお偉いさんを説得して静留をチームに戻すためにも、俺らは日本一が使命やったんよと言うたわ〉

「そんなことまで話したのか」

〈ほんまのことやんか。誠が言い出したんやで。静留を許してもらえるよう嘆願書を出そう、日本一になれば球団だって俺らの要望を聞いてくれるって。誠はそれで日本シリーズで二本もホームランを打ったんやろ〉

「ああ、そうだよ」

井坂静留と仲が良かったのは事実だし、世話になったことにも嘘はない。

スマホからはまだなお、今野のしんみりした声が届いていた。

〈なにもみんながいる前で、犯人は名乗り出ろなんて、問い詰めなくても良かったんよ。人の財布から抜き取るやつは、うちの二軍でもおったし、他のチームでは結構な年俸をもらってる選手が、高級腕時計を盗んだとか、表に出んだけで、あの手の事件は野球界にはなんぼでもあったやん。大概の球団は、本人に注意して心療内科に通わせたり、額が大きい時は故障など嘘の理由を作って、解雇してた。あっ、誠を非難してるわけやないで。おまえは二度も被害に遭ったから、熱うなってたやろし〉

非難しているわけではないとは言ったが、言葉通りには受け取れなかった。

「俺は被害者だから放っておけなかったわけではないよ。一回はサエが被害者だ。黙認したらサエが納得できないと思ったし、他の選手にしたって自分が疑われているかもしれないという疎ましさがあったろうから、明らかにするしかなかったんだよ。だけど今ちゃんが言うように、みんなの前で静留に恥をかかせなくても良かった、別の方法があったのではないかと今は反省してる」

〈そうは言うても、おまえがロッカールームで起きたことだからと、球団に告げずに静留を事情聴取したことには、温情を感じたけどな。球団に任せとったら警察に突き出されてたやろ。むしろ助けられんかったんは俺らや〉

「どう助けてやれたんだよ」

〈嘆願書より、みんなで静留に会いに行って、戻ってきてくれ、俺らにはおまえが必要やと訴え

れば良かったんや。そしたらあいつかて考え直してくれたかもしれん〉

　そうしていれば静留は感激しただろうか。いいや、静留の退団の意思は変わらなかったと思っている。

「そうした諸々の話も平尾さんに話したのか」

〈電話やったから詳しくは話してへんけど、インタビューでは訊かれるやろな。話したらあかんか？〉

「そんな昔話、いまさら話してどうするんだよ。静留には家族もいるんだぞ」

〈死んでえらい経つで〉

「何年前だろうが家族は家族だよ。子供だっていたんだし」

〈テレビでは事件のことは触れない。あくまでもメインは監督就任祝い、そして少しだけ、陰には元ドラ一のマネージャーがいたという体（てい）で番組を作ると言うとったけど〉

「そんなの信用できないだろ。テレビは面白おかしく番組を作るのが仕事なんだから。使わないと約束しておいて、視聴率が取れると思ったら無許可で入れてくる」

〈そやったら、話さん方がええかな〉

「その方がいい。静留だって、大昔の出来心をいまさら蒸し返されたくないと望んでるはずだ」

〈分かった。余計なことは言わんようにするわ。誠に確認しといて良かったわ〉

「それを相談するつもりでかけてきたのか？」

〈違うがな。どれくらい練習しているんか知っときたかっただけや。バッティングセンターにおるくらいやから、結構本気やな。俺も気張らんと〉

「たまただって」

〈おまえだけカッコいい思いさせてたまるかいな。そやけど俺らがここでなんぼ偉そうなことを言おうが、あの日のヒーローは誠やけどな〉

人のいい今野らしく、最後は夏川を気持ちよくさせ、そろそろ野球部の練習が始まると電話を切った。

打撃ケージは空いていた。電話を終えたらもう一度、打つつもりでいたが、その気はなくなり、夏川はシューズを脱ぎ、持参したバットとともにバッグにしまった。

汗が引いたこともあるが、胸の中が雨後の川の濁流のようにかき乱されて、バッティングどころではなくなった。

平尾はなにが目的で今回の番組を企画したのか。静留の誕生日にゲームを行うことをなぜ自分に話さなかったのか。単に言い忘れただけなのか。そんなはずはない。あれだけ静留と事件のことを訊き、そのたびに発言を拒否したのだから。

コインパーキングにレクサスはなかった。

そうだった。今日は別の場所に停めたのだった。

駐車場所も忘れてしまうほど、心が乱れていた。

3rdイニング

三枝直道

3番ショート　背番号 右投げ左打ち(当時32歳)
129試合
打率.365（1位）
31本塁打
89打点

1

【三枝直道インタビュー　収録日11月5日　於大阪梅田・三枝宅】

——三枝さんにはどのような記憶として残っていますか。

「相手のレパーズは油断したと言うか、悔やんでも悔やみ切れないゲームだっただろうね。九〇年代はレパーズの黄金時代だった。二位の福岡シーホークスにも九ゲームも差をつけてたし、誰もがリーグ四連覇は間違いないと思ってた。当時はクライマックスシリーズなんてなかったから、頭の中は日本シリーズに行ってたんじゃないかな。あのゲームがすべてに於いて隙のなかったレパーズの歯車を狂わせたのは事実で、彼らは思い出したくもないと思うよ。秋季キャンプの初日から、鬼の越智監督に『打つだけのバーバリアンズに負けやがって』と説教され、地獄の特訓だったらしいから」

——それくらいバーバリアンズは甘く見られていたということですか。

「四年連続Bクラスだったから反論はできないよ。俺は十四年目だったけど、その間リーグ優勝はゼロ、Aクラスは三回あったけど、優勝争いには程遠く、どうにか三位に滑り込むレベルだった。それが年々チーム力は上がって、俺だけでなく、みんながうちは優勝できるという強い意志を持ち始めた。気持ちが途切れなかったから叶ったんだ。それでも十六・五ゲーム差を逆転したなんて、今でも信じられないけど」

——三枝さんを中心にチームが一つにまとまったということですか。

「俺が中心ということはないね。誠であり、今ちゃんであり、スギであり、ＤＨのハーバートもみんなから『神父さん』と慕われていた。控え選手を含めて全員だ」

——レジェンドは九人ではなかったということですか？

「しいて挙げるなら十人かな」

——ピッチャーも入れてということですか。

「まっ、そういうことにしとこうか」

——なにか意味ありげですが、先に進めます。五回まで一安打に抑えられ、〇対九と大量リードされた大味の展開が六回、二死満塁で三枝さんに打席が回ってきました。どんな心境でしたか。

「いつも通りだよ。ホームランを狙ってた」

——三枝さんって、いつもホームランを狙っていたのですか？

「俺はアベレージヒッターのイメージが強いから、言っても信じてもらえないんだけど、ツーストライクと追い込まれるまでは、ホームランしか頭になかったよ。追い込まれたら三振はしないようにコンパクトに振るよう気をつけたけど、かといってバットを短く持ち替えることはしなかったし、内野安打では全然嬉しくなかった。ホームランは毎年二十本打っていたし、自分としては安打製造機ではなく、長距離ヒッターのつもりだった」

——長距離打者の意識があったとは意外でした。

「プロ野球に入ってくる選手は、最初は全員そうじゃないか。エースで四番の集まりなんだから。

バーバリアンズのような強打のチームだと、他が打てば俺もという気持ちになる」

——夏川さんは、あの打席のサエは、完璧なバッティングだった。陳のスライダーに、ゆっくり体を前に移動させながらも無意識にボールと距離をとり、スライダーの曲がりっぱなをパチンと弾いた。サエはより遠くに飛ばす技法をマスターし、それ以後、本塁打数を増やしていったと話していました。

「たいした眼力だな」

——当たっていますか？

「無意識と言ったのまで正解だよ。俺はバットを、耳の横で揺らしながらタイミングを取って、陳が足を上げるところで始動するんだけど、あの打席は上げ切るところまでワンテンポ遅れたんだ。本能が遅らせたと言った方が正確かな。あのホームランによって、ボールを遠くに飛ばすにはどれくらい体とボールとの距離感が必要かを覚えた。あれ以降、外野を越える打球がスタンドまで届くようになったから」

——三枝さんの野球人生の大きな転機となった打席だったことを、夏川さんは見抜いていたんですね。

「俺の好きな言葉に『神は細部に宿る』というのがある。最初にその言葉を聞いた時、誠の野球観と合致したよ。誠は自分の打撃のビデオだけでなく、他の選手の打撃練習でも細かいところまでよく観察し、いいものがあれば採り入れていた。だからパンチ力だけでなく、三振が少なくて、難しい球も拾ってヒットにしたりと、普通のスラッガーにはない技術を習得していったんだよ」

——三枝さんの満塁ホームランで四点を返した後、七回には一番の杉山さんにも満塁アーチが出て、八対九と一点差まで追い上げました。そして八回裏は三枝さんからの打席でした。あの打席でもホームランを狙っていましたか。

「半々かな。前の打席の感触が掌に残っていて、甘い球が来たら一発で仕留めて、同点に追いつこうとは考えたけど、九点差を一点差まで追い上げての先頭バッターだ。確実に出塁しようという気持ちの方が強かった。かといって当てるようなバッティングではないよ。軽打ではなく、強打していこうと。初球のスライダー、今でいうカットボールは打ち頃の高さだったけど、あれに手を出さなかったのが良かった。外寄りだったから打っても左方向への単打だった。あの日は勘も冴えていて、二球目はさらに甘いボールが来た」

――外角へのストレートがシュート回転して真ん中に入ってきたんですね。

「思わず舌なめずりしたよ。やや力みすぎたせいか、柵越えまで三十センチ届かなかった。いつも二塁打くらいで大袈裟に喜んだりはしないんだけど、ノーアウト二塁だから、これで同点に追いつくと、塁上で自然と手が上がった」

――あの打席の前、夏川さんと話していらっしゃいますね。お二人が試合中に会話するのは珍しかったのではないですか。

「ん？　そうだっけ？」

――はい、ウェイティングサークルを出た三枝さんが一旦、ベンチ方向に戻って夏川さんに話しかけています。その後、三枝さんは打席に向かいますが、夏川さんは一塁側のベンチの上の方に目をやります。何度も繰り返してテープを見たので間違いありません。

「なんだったかな。記憶はないな。誠はなんて言ってた？」

――サエからは須崎のピッチングの癖を教えてもらったと。

「癖？」

――はい、須崎さんの球種は真っ直ぐとスライダーだったそうですね。スライダーを投げる時に右手のグローブが立つというのを三枝さんが見抜いたと。

「須崎にそうした癖があったのはその通りだけど、正直よく覚えてない」

――夏川さんは普段の三枝さんなら相手の癖が分かっても伝えないけど、あの日だけは手を差し伸べてくれたと言っていました。

「誠がそう言うならそうだったんだろう」

――その夏川さんですが、無死二塁から初球を右方向に打ち、セカンドゴロで二塁ランナーの三枝さんを三塁に進めました。それはどう思いましたか。

「びっくりしたよ。誠が右打ちしたことなんて、見たことなかったから。誠は大スランプだった。スランプなんて言ったら申し訳ないな。ドクターストップがかかっていたのに強行出場したんだから。ゲーム前、トレーナーにテーピングをしてもらうんだけど、巻き終えて体を回すと、脇腹を押さえて顔を歪めるんだ。そして『もっと強く巻いてくれ。これじゃバットが振れない』と巻き直しを頼んでた」

――夏川さんは右打ちをしたわけではない。図らずもセカンドに飛んだだけだと言っていました。

「そうなのか？」

――インタビューではそう答えました。あっち向いてホイ、だったと。意味分かりますか。

「体と打球方向が逆だったという意味だろ」

――さきほどの三枝さんの驚いた反応を見ると、夏川さんの言葉を疑っているように聞こえましたが。

「せっかくファンに美談として受け継がれているのに、なぜそんなことを言うのか不思議に思ったただけだよ。選手というのは毎度本当のことを話すわけではないからな。俺だって新聞記者にズバリ言い当てられたのに、素知らぬ顔で違うと答えたことがある」

――やはり夏川さんはチームバッティングをしたと。

「それは分からないよ。誠が否定している以上、俺からはなにも言えない」

――話を先に進めます。カイル・ハーバートの犠牲フライでついに同点に追いつきます。次の九回、二死二、三塁でまた三枝さんに打席が回ってきます。なにを考えていましたか？

「野球選手ならあの打席で考えることは一つ、俺が決める、だけだよ」

――ホームランを狙ったということですか。

「いつも狙っていたと話したから、語弊を生んでしまったな。基本はそうだけど、あの打席はヒットでもサヨナラ勝ちだし、前の打席と同じで強く振る意識。バットに当てる自信はあったし、二死二、三塁で外野は下がってから、フルスイングすればグシャっと詰まっても、外野の前に落ちてサヨナラだと思った」

――ですがフォアボールで満塁になりました。相手バッテリーは三枝さんより夏川さんとの勝負を選んだんですかね。

「あの日は三打席目がホームラン、四打席は二塁打と当たってたからな。全球、際どいコースだったよ。いくら不調でも、二死満塁で誠と勝負するのは相手バッテリーは嫌だったと思うけど」

――一塁に歩いた時のお気持ちは？

「誠、打ってくれ、それしかないだろう」

――それだけですか。

「ずいぶん時間が経つので記憶は曖昧(あいまい)だけど、一塁に到達して打席に向かう誠を見た時の印象は鮮明に残ってるよ。打つと思った」

——骨折してたのにですか？

「ああした決定的なチャンスを、誠は確実にモノにしてきた。思いつめたような厳しい顔をしていたけど、プレッシャーに押しつぶされている感じでもなかった。観客席にいた全員が息を止めて見つめるほど、球場は静まり返って異様な雰囲気だった」

——ホームランが出た瞬間はいかがですか。

「両手を上げて、よっしゃーだよ。打った瞬間、入ったと思ったから」

——夏川さんに主役を取られたという感じはなかったですか。

「そんなこと考えないさ。九点差を逆転したのに」

——それは大変、失礼しました。

「打つとは思ったけど、まさかバックスクリーンに叩き込むとは予想してなかったけどな。さすがあの年のホームラン王だけのことはある。誠こそ本物の四番だ。あの年のバーバリアンズは三十本塁打以上が五人も出た破壊力のある打線だったけど、飛ばす力に関しては怪力のハーバートも及ばない、誠がナンバーワンだった。あいつほどの四番バッターは後にも先にもいない。そのことは誠の前の三番を打ち続けた俺が一番知っているつもりだ」

2

平尾というテレビディレクターがハンディカメラのモニターから視線を外し、お疲れさまでしたと言った。

思いのほか短かったというのが三枝直道の感想だった。

三枝は腕を曲げ、フランクミュラーで時間を確認する。三時三十五分。三枝のマンションで行われたインタビューは三時十分にスタートしたから、二十五分で終わったことになる。

長話は好きではないため、最後は締めるつもりで、誠ほどのバッターは後にも先にもいないとリップサービスをした。打ち合わせでは、似た内容を何度も確認されただけに、平尾がそのコメントであっさり引き下がったのは案外だった。

「いい話が聞けました。中でもプロ野球選手は毎度本当のことを話すわけではないと言ったところは思わず膝を打ちました。私もスポーツ局に来て、様々なヒーローインタビューを聞いてきましたが、これは事実でないなと思ったことが何度もありましたから」

毎回ラフな服装で来る平尾は飄々(ひょうひょう)とした表情で言った。おとなしそうだが、謎めいていて摑みどころがない。どこか陰を感じるのも、この企画を持ち掛けてきた時から変わらない。

「打つ自信がありましたなどと言うと、相手バッテリーは癖を盗まれていたんじゃないかと警戒するだろ？　だから現役の間は、『無我夢中でバットを振りました』と無難なことを言っといた方がいいんだ。無我夢中で結果を残せるほどプロの世界は甘くないけどな」

「夏川さんに癖を教えたということは、三枝さんは相手ピッチャーの癖を盗んで打っていたということですか」

返答にしばし窮した。

「そういう意味じゃない。癖を見抜くというか、気づきだよ。別に研究してたわけではないから」

「てっきりビデオを見て調べたのかと思っていました」

「癖より大事なのは、気配を感じることができるかだよ。ピッチャーは投げるボールがなくて困ってるから、ここは間違いなく真っ直ぐが来るとか、打席に立ったバッターにしか分からない感覚がある。あの八回の打席がそうだった」

「具体的にどんな感覚で待っていたんですか」

「須崎とはオールスター前の三連戦でも二度対戦して、俺は二度ともヒットを打ってる。初球のスライダーがやや甘めでヒヤッとしただろうから、次は真っ直ぐだろうとおのずと絞った」

「気配というのは、解説者でも気づけないものですか」

「こんなことを言ったら、俺のYouTubeを観てくれる人がガクンと減るだろうけど、解説者なんか、なんも分かってないよ」

解説ほど難しい仕事はないと思っている。打席の中で狙っているボールがなにかなど考えがころころ変わるのだ。それを遠く離れた解説者席やテレビで見抜けるわけがない。

監督をやめた後に解説者のオファーを断ったのは、好き勝手なことを言う先輩OBたちが嫌いだったからだ。

解説はやらずに、現役と監督時代に稼いだ金で、少年野球のオーナー兼総監督をボランティアとしてやりながら生活していたが、五年前にＹｏｕＴｕｂｅ配信を始めた。動画配信に力を入れている芸能事務所から依頼を受けたのだが、その時は「外から好き勝手なことを言うのは俺の生き方に反する」と解説者の時と同じ理由で断った。だが、その事務所の社員が熱心に口説いてきた。

——好き勝手なことではなく、三枝さんが感じたことをストレートに言ってほしいんです。テレビだとしがらみがあって難しいことでも、ＹｏｕＴｕｂｅなら言えます。誰にも気にせず、選手を褒める時は褒める、批判する時はしっかり批判する、野球の奥深さを伝える人がいないと、野球人気はますます低迷します。

元気だった妻からも「面白そうじゃない。あなたが先駆者になり、解説の仕事が減って困ってる引退した選手の、第二の人生のモデルになるかもしれないし」と後押しされ、スタートした。それこそいいプレーは褒める、ダメなプレーは厳しく指摘し、どうすれば回復できるか、リカバリーの方法や、投手なら先発からリリーフへの配置転換、野手なら目指す目標を変えるべきなどと事細かに発言している。

言った通りになると口コミで広がり、今では登録者数も視聴回数も元野球選手で三指に入るらしい。ただし自分だけが正しいことを言っているから人気があるという意識はなく、登録者数が多いのは他の元選手が始める前にスタートさせたから、テレビに一切出ないので、新鮮味があるからだと思っている。

「誠のインタビューはどうだった？」

三枝から「インタビューをするなら誠を先にしてくれ」と頼んだ。

「これまでマスコミに出てない話や、面白いエピソードを聞かせてもらいました」

「念願の監督になれたんだからな。これまではOB会さえ来なかった男が、バーバリアンズの監督になるわけだし、俺と同じでマスコミ嫌いだった誠も、多少は気の利いた話をするだろ」

　言いながら自分の言葉が胸をちくちく刺すのを感じた。自分が先に監督をやった。しかし、引退して即就任、三十九歳と若かったことで、監督として勝たせる術を知らなかった。おそらくヤツは自分よりはるかにいいチーム作りをして、結果を残すだろう。

「夏川さんも、三枝さんがこの企画を受けたことを不思議がっていました」

「俺が誠の監督就任を歓迎していないってことか？　どうせ誘導尋問したんだろ。平尾さんは最初から、俺と誠が不仲だった説に固執していたし」

「説ではなくて事実ですよね。他のメンバーも打ち合わせの時に言っていましたよ。バーバリアンズは三枝派と夏川派とに分かれていた。いいえ、夏川さんは一人だったから、三枝派VS夏川さんですね」

「それだと俺たちが寄って集って、誠をいじめてたみたいだな」

「いじめてたんですか？」

「馬鹿なことを言わないでくれ。子供じゃあるまいし。逆だよ、誠が俺たちを相手にしていなかった。誠は少し小狡いところがあったから」

「狡いとは」

「別に悪口だけの意味ではないよ」

「いい面で小狡いと言われても理解できませんが」

「理解できなきゃしなくていい。だいたい俺たちは遊び仲間ではない。結果を出した者だけが評価される世界にいたんだ」

「夏川さんからは、三枝さんに対して劣等感と優越感の二つを持っていたと聞きました」

「優越感ってなんだよ？」

「大卒だからだそうです。プロ野球界は学歴社会だと。あの年のメンバーでは夏川さんと今野さんだけが大学卒からでしたよね」

「あいつ、そんなこと言ってるのか」

　ヤツらしいとムッとした。いい歳して大卒も高卒もなかろうが。

「ですがこうも言っていました。サエは高卒であることに劣等感など持っていなかった。逆に夏川さんのことを、高校でドラフトされなかったから、大学に行ったんだろうと思ってるって」

「その通りだよ。だけど一般論で言うなら、誠の言うように野球界に学歴による嫉妬があるのは事実だ。大卒の先輩の中には言葉の端々に、おまえら高卒やろ、と愚弄(ぐろう)してくる人間もいた。そういう時はこっちも、大学に入っても勉強はしないで野球やってただけでしょ、と心の中で毒づいてた」

「ですが夏川さんの話にも、これは本当のことを言ってるのかな、と疑う内容もありました」

「夏川さんの話にもって、その言い方だと俺まで嘘を言ったみたいじゃないか」

　ヤツがなにを言ったかより、自分の話を平尾がどう感じたかの方が気になる。

「大変失礼ですが、そう思っています」

　遠慮なく答える。

「どの部分にそう思ったんだよ。今さら隠し事なんてしないよ」

　そう否定しても平尾の表情から猜疑心は消えない。インタビューを振り返り、思いついたことを話す。

「いつもホームランを狙っていたってことか？　最後に言い直したから頭がこんがらかったかもしれないけど、六回の打席は本気で狙ってたよ。ヒットで二点返しても二対九と七点差だ。レパーズはたいしてダメージを受けない」

「そこではありません。三枝さんはあの年に三十一本塁打した後、三十九本、三十八本と長距離打者に変貌します。元より自分はアベレージヒッターではない、ホームランバッターだと意識していないことには、華麗なる転身はできないはずです」

インタビューでは聞き返してきたくせに、平尾は最初から分かっていたとでも言いたげだった。こうした平仄が合わないところが、この男への印象を複雑にする。

「ならどこが嘘だと思ったんよ」

「八回、三枝さんの打席の前、夏川さんに声をかけたことです」

「俺が忘れたと言った話か」

「はい、その部分です」

平尾は、三枝の胸の中を見抜いていた。その通りだ。覚えている。だが思い出したと言った方がいい。平尾から訊かれるまで、海馬から消えていた。

「夏川さんから話しかけたのではない、三枝さんから話しかけているんですよ。それを忘れますか？」

「忘れたんだから仕方がないだろ」

なぜ癖だと言ったのか、ヤツがついた嘘が気になって、あやふやにごまかした。

「夏川さんが癖の話をしたと私が話しても、ピンと来ておられませんでしたし」

「それくらいあの時の俺は、自分が出塁してチームが勝つことに集中していたってことだよ。誠がそう言ってるのなら、癖の話は事実だろう。あなたにだって話したことを失念し、他人から指摘されて、そんな話を自分がしたかって思うことがあるだろ」

「私にもありますが、癖を教えたんですよ。それも夏川さんは、骨折による痛みで大スランプだったからサエが教えてくれた、つまりあの日が特別だったと話していたんですよ」

「そこまで疑うなら、俺がなにを誠に話したと思ってるんだよ」

「よく分かりませんが、たとえばあの日起きた盗難事件についての重要なヒントとか」

まったく想像もしていなかったことを言われ、返事ができなかった。

「そんなことを言った覚えはないな」

心の動揺を隠して答えた。

言い返されると思ったが「そうですよね。八対九と一点差に迫り、試合をひっくり返せるかどうかの大事な場面ですものね。雑念が生じるような余計な話はしませんよね」と平尾は引き下がった。

「常識的に考えてくれ」

「それより夏川さんが、三枝さんのどんなところに劣等感を持っていたか聞きたくないですか」

平尾から話を変えた。ちょうど飲んでいたペットボトルのお茶がなくなった。「ぜひ教えてほしいな」と席を立つ。

去年、妻を癌で亡くした。子供には恵まれなかったため、六十平米のタワーマンションの二十七階に一人暮らしだ。料理は外食するので寂しさはあっても不自由さは感じない。もとより几帳面な性格で、部屋は毎日掃除して、テーブルの上にも物を置きっぱなしにしないよう整頓しているため、急な来客にも困らない。

冷蔵庫を開け、顔だけ平尾に向けた。

「平尾さん、ビール飲むか」

「気を遣わないでください」

「気なんか遣ってないよ。俺が飲みたいだけだ。それともまだ仕事があるのか」

「この後、会議が一つあって社に戻らなくてはいけないのですが、一本くらいなら」

ドアポケットから一番搾りの缶を二本取り、冷蔵庫のドアを閉めて、リビングに戻る。平尾が座るソファーの後ろの窓からは秋晴れの空が広がっていた。

目の前には大阪城の天守閣が見え、景色だけ見ているとポカポカしているように感じるが、もう十一月だ。昔の仲間たちが集まる二十二日は、かじかんだ手をストーブで温めながらプレーしなくてはならないかもしれない。

冷えた一番搾りを平尾に渡す。ソファーに座り直すと、プルトップを引き、口をつけた。

「昼間から飲むビールは最高ですね」

平尾が笑顔を弾けさせる。こんな笑みも見せるんだと意外に思った。

「俺なんか動画の撮影でもない限り、毎日、昼間からビールだぞ。暇を解消するのは早い時間から飲んで、明日が来るのを待つのが一番だ。そう思わないか」

「私は会社員なので」

「マスコミなら関係ないだろ。俺の頃の記者は、二日酔いでキャンプ地にやってきて、夕方には大酒を食らってたよ」

「いつの時代の話ですか」

人に好かれそうな優しい顔で返してくる。厳めしい顔で質問を重ねてくる時と、どちらが素顔なのか、さっぱり分からない。

「それよりさっきの話ですが」

「えっ、なんだっけ」

「嫌だな、ぜひ教えてほしいと言ったじゃないですか。夏川さんが三枝さんに劣等感を持っていたことですよ」

「そうだったな。最近は物忘れがひどくて」

物忘れどころか、すぐにスマホで調べておかないと、なにを思い出せなかったのかすら、忘れてしまう。若いつもりでも、再来年には還暦を迎えるのだ。衰えるのも当然だ。

「劣等感というかリスペクトですね。夏川さんは自分がジェッツにＦＡ移籍したのは三枝さんが理由だと言っていました」

「どうして俺が理由なんだよ」

「ファーストにコンバートしてほしかった。でもライバルのサエがショートでバリバリやっているのに、バーバリアンズでは言い出せなかった。だから他に移るしかなかったと話していました」

ライバル心は別にして、ヤツがファーストへのコンバートを希望していたことは事実だ。あの逆転優勝した年の途中から膝が悪くなり、とくにボテボテの打球への処理にミスが出るようになった。

膝を痛めたのは、死球で肋骨を骨折しながら無理して出続けたからだ。体の回転を使って打てないから、下半身に無理が生じた。体というのは言うまでもなくすべて繋がっている。ヤツのように上半身を痛めて、次に下半身が悪化する者もいれば、下半身の怪我で走り込み不足になって、肩や肘など上半身に大きな故障が生じる者もいる。

強行出場したのはヤツの意思だ。しかし怪我を負ったのは三枝をはじめ、バーバリアンズのチーム全体の責任であり、自分たちが夏川誠という才能ある選手の野球人生を短くしたようなものだ。

「夏川さんはこのことはインタビューで入れないでくれと言っていました。サエに対するつまらない見栄だからと」

つまらない見栄、そんな言葉までが誉め言葉に聞こえた。ヤツから言われるのが一番嬉しいかもしれない。仲は良くなかったが、才能は認め合っていた。

「それを言うなら俺だって誠のことをリスペクトしていたよ」

お返しのつもりで、これまで公にしたことのないことを明かすことにした。

「なんですか」

平尾はすぐさま食いついてきた。彼はビールも最初に飲んだきり一度も口をつけていない。

「一つは守備力だな。長距離ヒッターであれだけの守備力のある選手は、誠を置いてほかにいなかった」

「守備力なら三枝さんには敵わないんじゃないですか。三枝さんはショートで、ゴールデングラブ賞を六回も獲得してるし」

守備のスペシャリスト九人が選ばれるゴールデングラブ賞の受賞回数は、ヤツの五回より自分は一回多い。だが敗北感を覚えたのはタイトルの数ではない。

「誠は大学ではサードしか守っていなかったんだよ。だけど誠がドラフト指名された時のバーバリアンズにはサードに山口さんという、ベテランでクリーンアップを打つ人がいたんだ。そのため、監督はキャンプで誠にショートの練習をさせた」

「三枝さんのポジションじゃないですか」

「高卒でプロ入りして、四年かけてやっとレギュラーを摑んだポジションだ。あろうことか、監督やコーチから、『三枝、ショートの基本的な動きを夏川に教えてやってくれ』と言われたんだ」

「教えたんですか」

「教えたよ」

「本当ですか。ライバルになるのに？」

「サードしか守っていなかった男がショートをできるはずがないと思っていたからな。足の動かし方から、ダブルプレーのベースの入り方まで全部教えた。誠からも毎日、練習終わりにありがとうって礼を言われたよ」

「素晴らしい友情話じゃないですか」

「友情じゃないよ、教えたところで、絶対に俺には敵わないって見下してたんだから。ところが、誠は俺が教えたことを一つも漏らさずにマスターした。キャンプが終わって、オープン戦が始まった頃には、俺と遜色ないほど一流のショートのフィールディングができていた。バッティングはヤツの方が上だったから、このままでは開幕ショートは誠に取られると俺は焦ったよ」

「ですが夏川さんはプロでショートを守ったことはありませんよね」

「それは山口さんが、オープン戦の最終戦でアキレス腱を切る大怪我を負ったからだ。誠は急遽、本職のサードを守ることになった。ショートの動きを一カ月でマスターするくらいだから、守り慣れたポジションに戻って、惚れ惚れするくらいの動きをしてたよ。山口さんなら間違いなくヒットの当たりも誠はアウトにするから、ピッチャーも大喜びだ。翌年山口さんが戻ってきても、サードは完全に誠の定位置になっていた」

「そんな事情があったんですね。まったく知りませんでした」

「山口さんの故障がなければ、俺はせっかく摑んだレギュラーを剝奪され、控えに逆戻りしていたってことさ」

言ってからなにもテレビマンに話す必要はなかったなと反省した。開幕レギュラーをヤツに取られても取り返したかもしれない。それは無理か。あの年、ヤツは二十本塁打して新人王に輝いたのだから。五月にはクリーンアップ、秋には四番を打っていた。

「ビールがなくなったな、もう一本持ってくるよ」

腰を浮かす。

「これ以上飲むと、上司に叱られそうなので私は結構です。三枝さんは気にせず飲んでください」

「それなら俺もいいわ。昼から飲んだらアル中だと言われてしまう」

ビール二本くらいで酔うこともないが、そう言った。

「もう一つはなんですか」

平尾がまた質問してきた。

「えっ」

「さっき、夏川さんへのリスペクトの話で『一つは守備力だな』と断って、今の話をしたじゃないですか、一つということはもう一つ以上あるってことですよね」

「そう言ったかな？」

記憶にはなかった。

「言いました」

平尾の視線が目に刺さる。

「だとしたらそれは言い間違いだな。俺は動画でも視聴者が分かりやすくなればと、一つ目は、二つ目はと数を言うのが口癖だから、それが出たんだろう」

「なんだ、そこに夏川さんへのひけ目があるのかと思ったのですが残念です」

「ひけ目？」

無意識に平尾を睨んだ。視線を感じなかったのか、平尾は「リスペクトでしたね。負い目ではないですね」と言った。今度は負い目――この男、まさかあのことまで知っているのか。

疑念が過ったが、それを考えるより先に平尾がなおさら気になることを言ってきた。

「井坂静留さんの話をしてもらえませんか。事前の打ち合わせでカメラを回している時は話さないけど、そうでなかったら知っていることは教えると言ってくれたじゃないですか」

「構わないけど、すでに平尾さんが調べたことと変わらんぞ」

「バーバリアンズのロッカールームは、伝統的に選手と一軍マネージャーの井坂さん、それと広報兼通訳の人しか基本は入れない決まりになっていたと聞きましたけど、選手は一度ベンチに入ると、二階に戻ったりはしなかったんですか」

「時には戻ったよ。リストバンドを忘れたとかうっかりもあったし、バットが何本も折れて取りに行かざるをえないこともあった。まぁ、そういう時は静留か、もしくは特別ルールで裏方のスタッフに頼んで取りに行ってもらった」

「ということは、試合中にこっそり誰かがロッカールームに行くことは可能だったたってことですね」

「おいおい、平尾さんは誰を疑っているんだよ」

その質問には平尾は答えず、話を変えた。

「今回、夏川さんが杉山さん、沖さん、小曾木さん、玉置さん、北井さんとレジェンド九名のうち五名をコーチングスタッフに入れたこと、三枝さんはどう思いますか」

「率直に良かったなと思ったよ。みんなコーチになりたかっただろうし」

「五名とも三枝派のメンバーですよね。疑問に思わなかったですか」

この男が疑っている中身が分かった。

「まさか、誠がその五人を怪しんでいて、コーチに入れたと言うのか。二十六年前の真相を暴こうと?」

「飛躍しすぎですか?」

「そんな理由で大事なコーチを決めるわけがないだろ。それに同じ犯罪が起きるわけでもあるまいし」

「そうか突飛すぎるかぁ」

平尾は惚(とぼ)けた口調で語尾を上げる。

「誠が警備員から聞いて、静留しかロッカールームに入っていないと言い出し、静留は自分がやったと認めたんだぞ。静留が選手の誰かを庇(かば)ったとでも言いたいのか」

「井坂さんは選手思いだと聞いたので」そう言ってから平尾は、「庇ったとしたら、真犯人は今も罪の意識に苛まれているかもしれませんね。井坂さんはその後亡くなったのですから」と三枝から視線を外すことなく話した。

ヤツが優勝メンバーから五人をコーチに入れると明言したという記事をネットニュースで読ん

だ時は意外に思った。

北井を除く四人はコーチ未経験で、現場を離れて十五年から二十年が経過している。ただ自信家のヤツのことだ。自分が指示してコーチを動かせばいいと考えているはずだ。

そしてこうも思っている。コーチにしてくれなかった三枝より、俺の方がよほど人として温かいだろ、現役時代も三枝ではなく、俺にくっつくべきだったのではないかと。そうした皮肉もこめられているように感じた。

気持ちを落ち着かせようとビールを口にする。生ぬるい数滴が舌に落ちただけで、飲み終えたことを忘れていた。おずおずと視線を平尾に移した。彼は涼しい顔をして、窓の外に広がる手の込んだ絵画のような大阪の景色を眺めていた。

「誠がなぜ五人をコーチにしたのか、その意図は分からないよ。誠はなんて言っていた？」

「そんな理由でコーチを選んだのですかとは、訊けませんでした」

この男にもデリカシーというものがあるようだ。

「静留の件は？　当然訊いたんだろ？」

「仲間の金に手をつけた井坂さんを許せなかったですかという質問には、俺は静留が陰でチームのために必死に働いている姿を見てきたんだと、強い口調で否定されました」

「そんなのみんな見てたよ。マネージャーになってからの静留は全試合ベンチ入りして、結果を出せなかった選手を慰めたり、体調の悪い選手を見つけたら相談に乗って、コーチに伝えたりしていた。まさに陰の立役者だった」

「なんでも話してくれた夏川さんですが、井坂さんのことだけは話したくないと断られました。静留の家族だって、いまさら蒸し返されたくないだろうと」

「普通はそう言うわな」

　静留には妻と小学生の息子がいた。事故後、妻が一人で子供を育てたと聞いた。葬儀は家族のみで執り行ったらしい。三枝は球団からその連絡を受けた。すでにヤツはＦＡ移籍、ハーバートも帰国していた。バーバリアンズに残ったメンバーで、せめて線香だけでもあげにいかせてほしいと球団に頼んだが、遺族から遠慮してほしいと連絡があったそうだ。遺族も球団にいい印象はなかったのだろう。

「あの日、夏川さんの財布から金が抜き取られた。それが井坂静留さんの仕業だった。それも初めてではなく、一回目が三枝さん、二回目が夏川さん、そして再び夏川さんとその時が三回目だった。私がその話をしたら、夏川さんは顔色を変え、チーム内の秘密をどこから聞いたんだと逆質問されました」

「俺が話したと言ったんじゃないだろうな」

「約束した通り、話していません。夏川さんが嘆願書を提案し、一軍選手全員の署名が集まった。球団は処分解除を決めたけど、井坂さんはチームを去って三年後に亡くなった……そう私が言った時には、いちいち繰り返さないでくれと、強い口調で注意されました」

「誠が嘆願書を出そうと言い出したのは本当だ。誠は静留の復帰に懸命に動いていた」

「犯人が井坂さん以外のスタッフなら、警察に突き出されていたでしょうね。被害者が夏川さんだったことで井坂さんは助かった。いえ、被害者であるのは三枝さんも同じですね」

　頭の中で記憶が目まぐるしい速さで巻き戻され、ふと思いついたことが口から出る。

「被害者？　静留に一番感謝しているのは俺だよ」

「一番って、どういうことですか」

好奇心で平尾の角膜の奥の水晶体が膨張して見える。話していいものか逡巡した。だがここで話す勇気はなかった。

「それこそ俺は話したくない。これだけ協力したんだ。一つくらいノーコメントがあってもいいだろ」

「それは三枝さんが、事件の真相を調べることを出演の条件につけたからであって……」

「俺が静留に感謝しているのはみんな知っている。俺だけでなくみんなも静留には世話になった。それこそ静留が俺たちの負い目を取り除いてくれたんだから」

その時になって自分が発した言葉と、平尾が言ったそれが同じだったことに気づいた。負い目——。負い目があったのは事実だ。通常の会話では滅多に聞くことのない言葉を繰り返したのに、平尾が突っ込んでくることはなかった。この男はやはり、あのチーム機密まで取材し終えているのか。

「いろいろありがとうございました。三枝さんのご協力で、いい番組ができそうです」

質問が続くと思ったが、平尾は話を切り上げた。そう言えば会議のために会社に戻らなくてはならないと話していた。

「礼を言うなら俺より誠だろ。あいつが協力しなきゃ実現しない番組なのだから」

「三枝さんと夏川さんですよ、私はお二人がこの番組のキーマンになると思っていますので」

二人がキーマン？　まただ。言外を匂わせる嫌らしさが胸を揺さぶる。

時折強い視線になる平尾だが、朗らかな表情に戻して、ソファーを立つ。

床に置きっぱなしにしていたカメラをリュックに入れて、背中に担いだ。

3

平尾が帰ったあとも、三枝は落ち着かずソファーでじっとしていた。

自宅にいる時は大画面のテレビをつけ、野球に限らずスポーツ中継をしていたらそれを、もしくはニュース番組、稀にＹｏｕＴｕｂｅに切り替えて観る。自分の番組は照れ臭いので視聴せず、他の元野球選手がどんな話をしているかを確認する程度だが、今日に限っては野球から離れたかった。

ソファーに横になって部屋の天井に目をやる。度数の合っていない眼鏡をかけた時のように当時の景色が歪んで見える。

嫌な仕事を引き受けた。平尾が次々と予期せぬ質問をしてきたことで、言っていいことかどうかも判断がつかぬまま、余計なことを口走った気がする。

そのたびに平尾は驚いていたが、衝撃度で言うなら三枝の方が大きい。元チームメイトから五人がコーチに呼ばれたのは、夏川が真犯人を捜し出そうとしているから？　あの推論は馬鹿げていると一蹴した。

一番の驚きだったのは、八回裏の攻撃、三枝が話しかけた内容を、ヤツが三枝から癖を教えてもらったと話したことだ。なぜそんな嘘を平尾に言ったのか？

頭がいっぱいになり、目を開いた。遠くから懐かしい声が聞こえてきた。

——サエ、親父さんが危篤だそうだ。すぐに帰った方がいい。

　あれは九点差を逆転したレパーズ戦の三カ月前、ゴールデンウィーク前の福岡遠征中だった。父が、仕事からの帰宅中に激しい腹痛を訴えて、救急車で搬送された。すい臓癌の末期で、危篤状態だと姉から球団に電話が入った。

　母親を幼い頃に亡くした三枝は、大工をしていた父と姉に育てられた。へとへとになって仕事から帰ってくるのに、父は毎晩、素振りやティーバッティングに付き合ってくれた。ティーバッティングのネットは父の手作りだった。小学校高学年になるとバッティングセンターに連れていってくれと父に頼み、好きなだけ打たせてもらった。父はなにも言わなかったが、その頃、なにも食わぬ顔で酒とタバコをやめた。

　プロ野球選手になることは、野球好きの父の夢でもあった。契約金は全額、「家を建て替えて」と父に渡したのに、「息子の世話になるわけにはいかない」と使わずに貯金していた。中継のあった全試合を観ていた父は、不振になると電話を寄越し、ちょっとしたアドバイスをくれた。

　父に会うため地元に戻れば、少なくとも一試合は休まなくてはならない。

　チームはすでに借金「５」と下位に低迷していたが、ペナントレースは始まったばかりだ。その年は開幕からバットが好調で、打率部門のトップに立っていた。チームを離れて自分の調子が崩れるのではという不安も、頭の片隅にあった。

　これまでもシーズン中であることを理由に、親の死に目に会えなかった先輩選手を見てきた三枝は、これもプロ野球人になった宿命だと自分に言い聞かせた。そう思いながらも割り切れていなかった本音を察し、動かしてくれたのが静留だった。

　――サエはお父さんに鍛えられて、プロ野球選手になれたんだろ。新入団会見でも一番にお父さんに感謝してたじゃないか。入団会見の時に来ていたお父さんが顔を涙でくしゃくしゃにしていたのを、俺は今でも覚えているよ。

ドラフト一位というその年の新入団選手の中の主役だったくせに、静留はこれから仲間になる他の選手の家族までよく観察していた。

――サエはお父さんに別れを告げるべきだ。そうしないと一生後悔する。

タクシーに飛び乗り、搭乗ゲートが閉まる直前の飛行機に乗れたことで、臨終に間に合った。父は息子の豆だらけの掌に嬉しそうに触れ、笑みを浮かべたまま永遠の眠りに入った。魂が抜けていく父の体を強く抱きしめて号泣した。

あの年の出場試合数が百二十九と一試合少ないのは、いまわの際に立ち会ったからだ。父の満足した顔を見られたことで、チームに合流した日には気持ちを切り替えられた。天国から父が見ていると思うと、一打席でも無駄にできないと、それまで以上に集中できた。それが三割六分五厘というハイアベレージでの初の首位打者奪取に結びついた。

静留とは夏の甲子園一回戦でも対戦している。

高三の地方大会前から、今秋のドラフト候補と呼ばれていた三枝は、静岡の高校に井坂静留という投手がいることすら知らなかった。三枝の高校は春の選抜の決勝で、一点差で惜敗して以降、公式戦、練習試合を含めて負け知らずで、夏の甲子園の優勝候補の本命と呼ばれていた。

それが投球練習を見ただけで、これは気を引き締めて臨まないことには抑えられると感じた。嫌な予想は的中し、静留の前にチームは散発三安打で完封負け。三枝も四打数で内野安打一本に抑えられた。

甲子園での対決話は、プロに入ってからもよくしたが、静留は「あの日はたまたま俺の調子が良かっただけだよ。この男が全国で有名な三枝直道かと思うと、マウンド上で足が震えそうになったから」と立ててくれた。

世間では、優しい性格がプロ向きではなかったと言われるが、三枝はそうは思っていない。プロで活躍できなかったのは高校で肩を酷使されたせいだ。静留は静岡大会からほぼ一人で投げた。今のような球数制限も定められていなかったし、エースが連投するのは当たり前の時代だった。

一年目は体力作りに終始した静留だが、二年目にはウエスタンリーグで優秀選手賞の表彰を受けた。ところが一軍キャンプに呼ばれた三年目の春に肩の異常を訴え、「左肩関節唇損傷」の手術をした。

静留が三軍で軽い鉄アレイを繰り返し持ち上げ、腕の筋肉を一から作っていた夏場、遅ればせながら三枝も一軍に昇格、先発出場も増えた。

四年目には三枝は、レギュラーを勝ち取った。社会人から同い歳の杉山が入ってきてスタメンに抜擢された。一つ下の沖も守備や代走要員で何度か一軍に呼ばれた。

五年目にはドラフトの目玉だった誠が入ってきて開幕から「五番・サード」で起用され、一年を通して大活躍する。

その頃の静留は、リハビリを終えて、二軍で実戦登板できるようになった。それなのにまた肩に痛みを訴え、再手術に踏み切った。

同世代が次々と活躍すると、怪我でリハビリを続けている選手はいっそう焦り、性格も腐ってくるが、静留は違った。二度目の肩の手術のリハビリを終えて医師から投球許可が下りてからはサイドスローに転向し、慣れないフォームを固めようと、二軍練習場のブルペンが空くと、手ぬぐいを使ってシャドーピッチングを続けていたらしい。

静留のモチベーションがどこから来ているのか、不思議で仕方がなかった。自分なら二度も肩にメスを入れたら諦めてしまう。二人で飲んだ時、酔った勢いで、今思えば必死にプロでの居場所を探していた静留の心の傷をえぐるような質問をした。

その時も気を悪くすることはなく、静留らしい朗らかな顔でこう答えた。

——俺は一度目の手術を終えて、二軍戦で投げられるようになった時、甲子園で優勝した時よりも感動したんだよ。二度目の時も同じだった。この気持ちを次は一軍のマウンドで味わいたいんだ。

プロ八年目の二十六歳で静留は左のワンポイント要員として初めて一軍に上がった。静留の努力を知る全選手が、自分のことのように喜んだが、祝福ムードは続かなかった。球速も出なければ、変化球のキレも悪い。高校時代は捕手の構えたところに正確に投げていたコントロールまでが定まらず、たった一試合投げただけで二軍落ちした。

それでもめげずに二軍で結果を出して這い上がってくるが、一軍では通用せず、数試合で降格を通達される。

強い気持ちの持ち主である静留なら、また戻ってくる、そう信じて願っていたが、野球の神様は非情だった。今度は肘に痛みを訴え、二十六歳のオフに球団から自由契約を宣告された。

ドラフト一位選手とあって、職員として球団に残ることはできた。引退した選手で、コーチ以外でチームに残る場合、スカウトやスコアラーをやるのが一般的だが、静留に与えられたのは打撃練習前にケージをセットしたり、打撃投手の横にボールの箱を置き、打撃練習後は球拾いしてまだ使えるボールかどうかを確認したりする用具係だった。

とても元ドラフト一位選手がやることではない屈辱的な仕事であるにもかかわらず、ユニホームから白のポロシャツとジャージに着替えた静留は、一番にグラウンドに出て、アルバイトに指示を出し、鼻の上に玉の汗を浮かばせて、重たい道具を率先して運んでいた。

その頃には不動のショートになっていた三枝は、オフの契約更改で「いくらなんでも静留の扱いがひどすぎる」と球団代表に抗議した。球団代表からは「我々は井坂くんの人間性を評価している。彼には将来、フロント幹部になってもらいたい。チームの隅々まで知っておくために、あえて裏方の中でも一番しんどい仕事をさせているんです」と聞かされ、それなら仕方がないと引き下がった。

静留は二年間用具係をやり、二十九歳からは一軍マネージャーになった。肉体労働からは解放されたが、遠征先ホテルや飛行機や新幹線の予約、さらに遠征地での練習場の確保など、マネージャーの仕事量は用具係以上だ。

マネージャーだけでも目が回るほど忙しいのに、不振な選手を見つけると、早出特打ちにバッティングピッチャーを買って出ていた。

左の変則フォームを苦手にしていた三枝も投げてもらったし、疲れが出てフォームに異変が出ると、コーチより先に静留に相談した。それこそレパーズの須崎をカモにできるようになったのは、静留のおかげだ。

本来ならあの年の優勝は、三枝にとっても、同期入団の静留にとっても初めての経験で、ゲームセットの瞬間、仲間と抱き合うより先に静留を探して、喜びを分かち合っていたはずだ。

静留がチームを離れてからも、彼のことは一度たりとも忘れなかった。ロッカールームにはマネージャーと広報以外の球団職員は入れないことになっていたのだ。球団にも伝えず、穏便に済ませられたのではないか。その悔いは今も心にくすぶっている。

だが、そう思うのは自分を正当化しているに過ぎない。静留がどれだけ辛い思いで謹慎させられていたかも知らずに、自分たちはペナントレース、そして日本シリーズと二度の優勝を味わい、ビール掛けをしてはしゃいでいた。

悔悟を嚙み締めていると、再び静留の声が耳の奥で反響した。

──それでいいと思っているのか。このままだと誠は壊れてしまうぞ。

温和な静留の声とは思えないほど、声に怒気がこもっていた。脳は激しく揺さぶられる。

静留の顔が平尾の訳知り顔に転換された。「ひけ目」「負い目」……やや低く、淡々と話した声が鼓膜を叩く。

そりゃひけ目も負い目もあるさ。俺たちだってこんなことやってていいのかと苦しみながら、毎日野球を続けていたんだから──。

気づいた時にはソファーから起き上がり、テーブルに置きっぱなしのスマホを手に取った。

履歴をスクロールしてタップする。相手はすぐに出た。

「平尾さんか。さっきはお疲れさま、今、話せるかな」

〈はい、電車を降りたところなので大丈夫ですが、どうされましたか〉

平尾は声をくぐもらせた。周りに気を遣っているのか。

「俺が誠をリスペクトしていると言った時、平尾さんはすごく興味を惹かれていたよな」

〈別にそのことだけじゃないですよ。他にも興味深い話をいっぱい聞きましたから〉

「いいよ、本心を言ってくれて。俺が『一つは』と言った後に、『もう一つはなんですか』と問い質(ただ)してきたじゃないか」

リスペクトではない、その時には平尾はひけ目、負い目と言い換えた。

〈あれは三枝さんの口癖だったんですよね。別に二つあるわけではなかったと〉

「あったよ。むしろ、そっちの方が誠が羨ましいという思いは強かった」

〈それはなんですか?〉

すぐに声は出ず、心の底に散らばった言葉を探す。

回りくどい言葉はいくらでも見つかったが、そんなふうに言うのは卑怯者のようで自分を惨めにさせるだけだ。一度、唾を呑み込んでから言葉をまとめて吐き出す。

「あの頃のバーバリアンズはサイン盗みをしていたんだよ」

ついに言ってしまった。門外不出、仲間同士でも口にしなかった秘密……。

〈サイン盗みってバックスクリーンからキャッチャーのサインを盗むとかですか〉

平尾はとくに驚くことなく、サイン盗みの方法の一つを言う。

「それもあったけど、他にもいろいろあった」

〈それがどう夏川さんへのリスペクトに関係しているんですか〉

平尾が知っていて惚けているのか、それとも本当に知らないのか判別はつかなかった。早くなった鼓動を整えながら話すことに専念する。

「誠だけはサイン盗みをしていなかった。そんな誠を、俺は羨ましいと思っていた。それが俺にとってのひけ目であり、負い目だった」

予想できたことだが、話した悔いが胸の中で広がった。

4thイニング

杉山匠

1番レフト　背番号7 左投げ左打ち(当時32歳)
128試合
打率.305
33本塁打
75打点

1

「お疲れさまでした」

中継の終了を告げた若いディレクターに、杉山匠(たくみ)は「ごくろうさん」と返答し、「よっこいしょ」と放送席から腰を上げた。

この日は日本代表と台湾代表との親善試合の解説だった。

一応、「侍ジャパン」の国際試合だが、前回のＷＢＣに出場したトップクラスは選ばれず、若手中心だった。それなのに杉山の古巣で、来シーズンから打撃コーチを務めるバーバリアンズの選手は一人もいないことが寂しい。

今季は投手陣が崩壊しただけでなく、チーム打率も本塁打数もリーグ最低で、海賊打線と呼ばれた昔の面影はないのだから、それも仕方がない。

この国際試合を中継したのは毎朝放送系列だ。大阪毎朝放送と専属解説者契約を結んでいる杉山は、ゲスト出演の日本人メジャーリーガーと二人で解説に臨んだ。

あの時のバーバリアンズのメンバーで引退後に解説者になったのは三人のみだ。誠は東京の東都テレビで、今野はバーバリアンズの監督になる前、近畿テレビで解説を務めた。三枝には監督をやめた後にＮＨＫをはじめ全局から声がかかったそうだが、受けなかった。

引退後にテレビ解説者、新聞の評論家に招かれるのは、一流選手だったという証しだが、報酬はそれほどでもない。昔はテレビ解説者の年収は一千万円、スタープレーヤーとなると複数年で数億円が保証されたらしいが、地上波での野球中継が激減し、ＢＳ、ＣＳ放送、オンデマンドに移行した今は、専属契約とは名ばかりの一試合三〜五万円の本数契約だ。五時間も六時間もかかる長時間ゲームだと、割に合わないと思ってしまう。

それでも昔の名前が一切通用しない野球とは無縁の職場で頑張っている者、職探しに追われている者もいる。

二番セカンドの沖は千葉で家業である漁業を手伝い、七番ライトの小曾木は山梨で子供相手の野球塾を経営、八番キャッチャーの玉置は岡山の繁華街で飲み屋を開いている。三人とも実入りは良くなく、年に一度のＯＢ会で顔を合わせると、現役時代の貯金を取り崩し、生きていくのが精いっぱいだと愚痴ばかり。そんな難渋しているメンバーを、誠はコーチに招聘した。

新コーチ陣としておおよそ二十年ぶりに顔を合わせた秋季キャンプでは、全員が新監督に礼を言っていた。

自分もしかりで、チームの中心で輝いていた誠のために自分ができることをすべてやろう、そう意気込んだ。ある意味、優勝した時に感じた仲間意識、バーバリアンズの一員であることへの誇りを取り戻した。

「タクシーを二台、呼んでくれるか」

ＡＤに頼んで、ゲスト出演のメジャーリーガーと談笑しながら関係者専用の細い通路を歩く。

「杉山さん」

背後から名前を呼ばれた。振り返ると、カジュアルな身なりで、落ち着いた感じの男性がすぐ背後に立っていた。

「うわっ、びっくりした、平尾ちゃんやないの。球場に来てたんかいな」

野球中継ではディレクターを務める平尾だが、今は二十六年前の番組企画に専従していると聞いている。

大阪毎朝放送の中で、もっとも評価しているディレクターが平尾である。視聴率の低迷に悩むプロ野球では、たまの地上波中継となると、ドラマの番宣になる俳優や、オリンピックなど世界大会で活躍した他競技の選手を呼ぶ。野球の素人が入って、そこに無理やりアナウンサーが話を振るものだから、プレーや試合展開についての説明がちょいちょい脱線する。

そんな薄っぺらい中継が増えた中、平尾だけは「野球の本質を追求し、真のファンが満足する中継を目指しましょう」と言い続けている。そう話す時の顔つきが、根っから野球を愛しているようで好きだった。

腰を抜かさんばかりに大袈裟に驚いた杉山に、笑って付き合う平尾の雰囲気が、いつもとどこか違う。立ち止まったまま近寄ってもこない。

「なによ平尾ちゃん、気難しい顔して。この前の収録、テープが回ってなかったんか。それやったらいつでも付き合うけど、今日は勘弁してや。しょうもないゲームを四時間半も見せられて、疲れてもうた」

腰をとんとん叩きながら苦笑いするが、平尾の表情はより厳しくなった。

収録と言ったのがいけなかったのか。番組企画については口外しない約束だが、それくらいはいいだろう。自分のインタビューは、四日前の十一月二日、彼が誠の収録を終えて、三枝の収録にかかる前に済ませている。

「インタビューとは関係がありません。どうしても教えてほしいことがあるのですが、少しだけお時間よろしいですか」

平尾は眉間に皺を寄せた。

「ええけど、立ち話ではあかんの？」

平尾はいいともまずいとも答えずに「こちらで」と控え室に入っていく。あらかじめ部屋を用意していたようだ。

日本人メジャーリーガーは困惑した表情のまま足を止めていた。

肩をすくめ、「すまん、先に帰ってや」と伝えて、平尾に続いて控え室に入る。

杉山が入るのを扉を押さえて待っていた平尾は、ドアを閉めてから施錠した。

「なんやねん、クビ切り宣告かいな」

鍵まで閉められた緊張感に堪えかねてまた冗談が出た。

例年なら、本気でびくびくしていただろうが、コーチに就任するため、今年いっぱいでの契約満了が決まっている。

平尾は冗談につられることもなく、杉山が腰かけてから、向かいの椅子に腰を下ろす。

少し溜めを作ってから平尾が口にしたのは、想像もしていない内容だった。

2

「サイン盗みって、ほんまにサエがそう言うたんか」

あまりの驚きに、杉山は口を開いたまま、しばらく呆然とした。

「はい、間違いなく」

「なんでそんな話になったんよ」

「きっかけは三枝さんが夏川さんをリスペクトしていたという話からでした。私が、夏川さんがFA宣言したのは、お金でも奥さんの希望でもなく、ライバルのサエがショートで頑張っているのに、自分がファーストにコンバートしてくれとは言えなかったからだという話を三枝さんに伝えました」

平尾によると、それを聞いた三枝が、会社に戻った平尾に電話をかけ、バーバリアンズはサイン盗みをしていた、誠だけはしていなかったと話したという。

「意味が分からんわ。なんでその話が覗きになるんよ」

覗き——選手の間で呼んでいた言葉で尋ね返す。ここで否定しなければ、認めることになるが、なぜ三枝が明かしたのか、そっちの理由を先に知りたい。

試合中の外部からの情報伝達は、杉山の現役時代から禁止行為に該当していた。だがコミッショナーから通達されただけで、処分内容も曖昧、覗きが根絶したわけでもなく、グレーのままだった。

ネット記事や動画で、「昔はサイン盗みが普通にあった」と語る者はいるが、自分がしていたと話す元選手は皆無に等しい。サイン盗みを一度でも認めれば、生涯記録のすべてが不正で得たものだと見られてしまう。ある意味ドーピングと同じである。

それが選手心理であるだけに、三枝はどうしてバーバリアンズがサイン盗みをしていたことを話したのか、しかも四番の誠だけはしていなかったことまで明かしたのか、それが解せない。

お喋りなひょうきん者として名が通り、他人の長広舌にすぐに口を突っ込む杉山だが、今は、平尾が説明を終えるのを、息を殺して待った。

「どうして教えてくれたのですかと尋ねましたが、三枝さんからは、これ以上は勘弁してくれと、電話を切られました。そのため三枝さんの家で聞いた話を、改めて思い返してみたんです。三枝さんが、明らかに嘘をついているなと思ったところが一度だけありました。それは八回の打席のことです」

「八回って、サエが二塁打を打った打席のことか？」

「三枝さんは打席に入る前に、夏川さんに話しかけているんです。正確に伝えますと、三枝さんはすでに打席に向かう準備ができていました。そこにヘルメットを被ってバットを持った夏川さんがベンチから出てきます。ウェイティングサークルを出た三枝さんは体の向きを変えて夏川さんに近寄り、話しかけます。そうしたら夏川さんが『えっ』て顔をして、一塁側のベンチの上の客席を見るんです。杉山さんは記憶にありませんか」

「知らんな」

三番からの打順だったので、一番打者の自分には当面打席は回ってこない。便所にでも行っていたかもしれない。

「そのこと、二人はなんて言うてんねん。平尾ちゃんのことやから取材済みなんやろ」

「夏川さんは、須崎投手のスライダーを投げる時の癖を三枝さんが教えてくれたと言ってました。普段なら教えないけど、あの時は、骨折してるのに無理して出ていたので、サエが助けてくれたのだろう、と」

「それに対してサエは？」

「覚えてない、でした。でも自分から伝えておいて、覚えていないなんてありえないと私は思っています」

ここではサイン盗みではなく、癖の伝授についてだった。杉山も二人が事実を隠しているように感じた。

三枝は確かに投手の癖や配球の傾向を読むのが上手だった。だからと言って、知り得た情報を誠に教えたりはしない。

怪我で本来のバッティングができなくとも、癖を教えることは誠のプライドに傷をつけることになる。

「その部分はあやふやに終わったのですが、その後にお互いがリスペクトしているという話になりました。夏川さんからはさきほど話したファーストへのコンバートの話を。三枝さんからは夏川さんが入団してきた時、一緒にショートの練習をやったけど、開幕前にはレギュラーを奪われるのじゃないかと焦ったほど、夏川さんの守備力は上達していたという話をされました」

「なんか気持ち悪いな」

「気持ち悪いですか？」

「あの二人がお互いを褒め合うなんて。まぁええわ、続けてや」と顎をしゃくる。

「三枝さんは夏川さんをリスペクトしていた点が二つ以上あるかのように言いましたが、その話は一つのみで終わり、井坂静留さんに話題が移ったんです。三枝さんから誠はなんて言ってたと訊かれたので、夏川さんは井坂さんのことは話したくないと言っていたと私は正直に伝えました」

「サエは静留のこと、なんて?」

「静留に一番感謝しているのは俺だよ、と。どういう意味か尋ねたのですが、三枝さんは一つくらい自分もノーコメントがあってもいいだろうと答えてくれませんでした。そこから自分が静留に感謝していることはみんな知っている。チームのみんなも世話になった。それこそ静留が俺たちの負い目を取り除いてくれたんだからと言われました」

「負い目?」

「電話でサイン盗みの告白をされた時にも、夏川さんだけはサイン盗みをしていなかった。それが三枝さんの負い目だったと言われました」

そこまで聞き、三枝の肺腑が少しずつ見えてきた。

「なるほど、平尾ちゃんはサエに静留のことを根掘り葉掘り訊いたわけやな。そりゃそやな。あんたのほんまの目的は、静留の追悼試合なんやから」

あの夜になにが起きたのか、二年前に平尾から訊かれた。

——忘れたわ。

その場は惚けたが、平尾が試合状況まで細かく調べて、それこそ会うたびに訊いてくるため、根負けした。

あの年にはレジェンドと呼ばれる九人以外にもう一人、欠かすことのできない十人目のレジェンドがいた。それは井坂静留という元ドラ一選手だ。ただ窃盗事件があってチームを去ったと説明した。

「平尾ちゃんはなんで、静留と事件にそこまでこだわるんよ」

「出演交渉では乗り気でなかった三枝さんが、私が井坂さんの名前と事件の話をしたら、真相を調べるならと条件つきで受けてくれたからです」

「その話は聞いたよ」

「実はもう一人、井坂さんの名前を出したら受けてくれた人がいたんです」

「誰よ」

「今野さんです」

「今ちゃんか」

今野に限らず、あの時のメンバーは誰一人、静留が仲間の金を盗んだことに納得していない。

「夏川さんにも説明しましたが、窃盗事件を番組で触れないとしても、事件があったことを知った上で放送するのと、知らないまま放送するのとでは、メディア人としての姿勢が違うと思っているからです」

「事件の経緯についてはわしがインタビュー前の打ち合わせで、順を追って説明したやんか。もうええやろ」

「一人だけに訊いても意味はないので」

「わしだけじゃ信用でけへんのか」

「そういう意味ではないです。お気に障ったのならすみません」

頭を下げたが、平尾の険のある目は変わらなかった。

　この男はあの事件の真相を本気で探ろうとしている。なぜ静留があんなことをしたのか。その疑念は脳裏から消えたことはなく、砂を噛んだような不快さが何十年も続いている。

「裏を取るのはマスコミの鉄則やもんな。わしもマスコミに長いこと世話になってるんや。それくらいの知識は身についてるから気にせんでくれ」

　声に出して笑うと、平尾も安心したのか少しだけ表情を和ませた。

「そこまで聞いて、なんでサエがわしらの秘密を話したのかよう分かったわ」

「どう分かったんですか、話してください」

　緩んだ顔が再び引き締まり、平尾は前のめりになる。

「サエが言った、静留への感謝というのがキーワードやな。サエの言った通りや。わしらは覗きをしとったが、誠だけはせんかった。わしも認める。これは平尾ちゃんやから話すんやで。他言無用。番組で使うなんて言語道断やで」

　目許に力を入れて確認した。今度は自分の方が怖い顔をしていたはずだ。

「約束します。自分の胸にしまって、鍵をかけておきますので」

「せやけどわしが、誠だけはやってなかったと話すんやったら、こう付け加えとるけどな。だから誠はこれまで長いこと、監督になれんかったんやと」

　平尾の眉が寄った。意味が分からないのだろう。

「誠が監督になれなかった理由の方を早く聞きたいやろけど、ちょっとの間辛抱してや。まず最初にサイン盗みの歴史から話すわ。あの時代はバーバリアンズだけやのうて、多くのチームが覗きをしてた。もちろん他がやってたから、わしらもやっていいという理由にはならんけどな。ただしルールで厳格に禁止されてなかったんやから、勝つためにどこもやるわ」

「分かりました、杉山さんの好きなように話してください」

平尾はノートを出そうとしたが、「メモはせんでくれ」と強い口調で止めた。「まさか録音してへんよな」

「もちろんです」平尾はズボンのポケットからスマホを取り出して、録音していないことまで見せた。「バッグの中も調べてもらって結構ですけど」

リュックを手に取った平尾に、「ええよ。あんたを信じてるから」と手で制した。

平尾がリュックを床に戻してから、プロ野球の黒歴史について順を追って語った。


日本のプロ野球にサイン盗みが導入されたのは一九六〇年代からだ。その頃、メジャーリーグからやってきた助っ人選手や外国人コーチを通じて各球団に広まったらしい。

基本はどのチームも手動式だったスコアボードの隙間から望遠鏡、もしくは双眼鏡で捕手のサインを覗いた。西宮(にしのみや)など競輪場と併用している球場もあって、そうした球場には、走路妨害などの審議をするカメラがいたるところに設置されており、それを使用していた。

「スコアボードやカメラから覗いたサインをどうやって打者に伝達するのですか」

説明がひと息ついたところで、平尾が口を挿(はさ)んだ。

「大昔は外野席で大漁旗が振られてたやろ。応援団に扮したスパイがイヤホンでラジオを聴くふりをして、トランシーバーで伝えた情報をもとに、右に振ったら真っ直ぐ、左に振ったら変化球とかバッターに伝授するわけよ。アベックに扮したスパイを置いたという話も聞いたことがあるな。変化球の時だけ二人がチュッチュするって。昔のパ・リーグはガラガラやったから」

いろんなやり方を見てきたが、その中でも極めて目を疑ったのは、ある球団の本拠地でスコアボードのストライク、ボールの電光掲示板が、球種によってチカチカ点灯したことだった。杉山たちが二十代半ばくらいの話だが、監督が抗議しないのは自分たちもやっていたからだ。マスコミが報じなかったのも、スパイ野球という言葉が普通に記事になっていたくらいだから、野球には情報搾取がつきものという認識があった。

「一番多かったのはバイブレーションやったけどな」

「なんですか、それ？」

「選手は太腿の内側に受信機をつけといて、ベンチ裏からの発信機で送信するんよ。ピピッは変化球、ピッはストレートとか。別にわしら打者はカーブとかシュートとか球種を知りたいわけやない。速球なのか変化球なのか、あるいは真っ直ぐかフォークかを知りたいだけや。速球と遅球、あるいはフォークなどの半速球とでは対応がまったく違う。最初からフォークが来ると分かれば、そこにタイミングを合わせられる」

平尾は相槌（あいづち）を打つこともなく真剣に聞いている。真顔が気になるが、ここまで話したのだ。どうにでもなれ、と開き直って先を続けた。

「道具を使うと、もしバレた時に言い訳が利かんやんか。わしがレギュラーになってからのバーバリアンズは、ベンチ裏の素振りルームにモニターテレビを持ち込んで、それを見ながらスコアラーがストレートは壁をドン、変化球はドンドンと二度叩く。背中で感じたコーチがメガホンで『いけいけ』『狙ってけ』とか声を出して知らせた。『いけいけ』は真っ直ぐ、『狙ってけ』はフォークとか、まぁそんな感じや」

「私が古い新聞で調べたところ、九〇年代に、そういったサイン盗みは代表者会議で禁止事項になり、見つかった場合は永久追放処分もありえることになったと出ていました。それでもバーバリアンズはやっていたんですか」

　声に非難が混じる。

「うちだけやない言うたやろ」

　無意識に語勢が強くなった。

「そうでしたね。私が見た新聞記事にも罰則規定が曖昧だったようなことが書いてありましたし、一九九八年に福岡の球団がサイン盗みをしていると新聞にスクープされ、大問題になっています」

「その後も完全になくなったわけやないで。やり方が高度化されただけやとわしは思てる。今の子はフォークでも一四〇キロは出るやんか。低めからボールゾーンに落ちる速いフォークに、打者が微動だにしないケース。そういう時は解説者はもどかしいわな。みんな覗きやと分かってる。せやのにわしら解説者は、『すばらしい選球眼でしたね』と事実に知らんぷりして、しょうもないことしか言えんのやから。さすがにここ十年くらいは露骨に怪しいケースは見んようになったけど」

「どうしてなくなったんですか」

「選手同士が仲良うなったからやな。監督も選手の口封じはできないと思てるやろし、選手としても友達のいるチームにそんな卑怯なことをしてることがバレたくないやんか」

「夏川さんは、本気で相手を倒すという真剣勝負の醍醐味が野球から薄れたのは、ＷＢＣやオリンピックがもたらす悪影響だろうと言っていましたけど、スパイ野球を消滅させた貢献もあるんですね」

「メジャーリーグではつい最近でもワールドシリーズを制した球団が組織ぐるみでサイン盗みし

ていたのが発覚して、大騒ぎになったわな」

「二〇一七年のワールドシリーズでのヒューストン・アストロズですね」

「あれはモニターでサインを盗んだコーチがゴミ箱を叩いて選手に球種を伝えてたみたいやな」

この行為にリーグはチームに罰金五百万ドル、二年間にわたってドラフト一、二巡目の指名権を剝奪、GMと監督に一年間の職務停止処分を下した。同じ頃、名門ボストン・レッドソックスでもビデオ判定ルームを利用したサイン伝達が発覚、これは一部の選手のみに行われていたらしいが、監督も処分された。

当時、昼間の情報番組にゲストとして呼ばれた杉山は、まるでそのようなやり方を初めて知った顔でコメントしたが、デジタルの時代になっても自分らの頃と同じやんかと、心底は呆れていた。

「アンフェアな行為をしてでも勝たなくてはならんという考えは、勝者のみにビッグマネーと名誉が与えられる戦いである以上、未来永劫消えんとわしは思てるよ」

正当化するつもりはない。ただ戦いである以上、きれいごとだけでは済まされない。スポーツマンはフェアプレー精神を忘れてはいけないが、いくらフェアに戦い続けても、負けが続けばファンは離れ、選手はクビになるのだから。

「全チームがサイン盗みをしていたわけではないんですよね。でしたら、やっていないチームは抗議しないんですか。審判に言ってベンチ裏まで調べてもらうとか」

「そんなことはせん」

「じゃあ、されるがままですか」

「されるがままなんかでおるかいな」

「それだと、打たれる一方じゃないですか」

「逆に利用するんよ。たとえばアベックを使ってサインを伝えてるチームがあったら、その横に別のアベックを用意して、向こうが肩を組んだら、こっちはわざと離れたりするわけや」

「そんなことされたらバッターは混乱しますね」

「アベックなんか可愛いもんやけどな。わしが現役の頃は外への変化球のサインを出して、打者に踏み込ませて、顔付近に放ってきた。下手したら頭にガツンよ。そんなことをされたら打者はどう思う?」

「怒りますよね。というかベンチを信用しなくなります」

「そこよ、サインを盗まれてるチームにとっては、相手の選手と首脳陣との信頼関係を断つ絶好のチャンスでもあるんよ」

「すごく高度なやり取りがあったんですね。まるで戦争みたいだ」

「あんたかて、最近のプロ野球を、本気で相手を倒す真剣勝負が薄れてきたと言うたやんか」

「その緊迫感がなくなったことが、野球中継が視聴率を取れなくなった理由だと、私もテレビ局の一員として憂えているので」

「さっきも言うたけど、全選手やないで。やってたのは一部の主力だけや。そこだけは勘違いせんでくれよ。なぜなら命じられた選手が多くなればなるほど、他球団にバレる危険性は高なるから」

「バーバリアンズでは誰と誰がやっていたんですか」

「個人名は勘弁してくれ。本人の名誉に関わる。わしの口からは言えん」

監督から呼ばれて伝授方法を教えられたのは杉山、沖、三枝、ハーバート、今野の五名である。

三十本塁打以上を記録した五名のうちの四名がサイン盗みをしていたのだから、この事実が明るみに出れば、あの年のすべての記録も、ドラマとして刻まれた記憶も幻と消える。

「あの日もやっていたんですよね。六回の三枝さんの満塁ホームランも、七回の杉山さんの満塁ホームランも」

「アホな。〇対九では監督もそんな危険なことはせんわ」

手振りで撥ねつけた。

「杉山さんの打席は四対九ですよ」

「わしの打席でもやってへん。あの年の前半戦最後のゲームを機に、うちはスパッとやめたんよ」

「史上最高の逆転劇の四試合前からじゃないですか。そんなに都合よくやめられたのですか」

「そこに静留の話が関わってくるんよ。さっきの対抗策の話やけど、一番ひどい報復はわざとぶつけること、ビーンボールや。DH制のあるパ・リーグで狙われるのはキャッチャーが多かったけど。わしも前の打席でホームランを打つと、ツーアウトランナーなしなら、来たわな。避けたのに太腿の裏に当たって、コブラ返りになったことがあった。あっ、こむら返りって言うんやっけ」

大阪特有の言い方を直したが、平尾からは「私も小学生までは大阪にいたので子供の頃はコブラ返りでしたよ。東京の大学でそう言った時には友人に笑われましたけど」と今日の会話は珍しく、無駄話に付き合った。

「うちの監督も、キャッチャーにぶつけろとサイン出してたからどっちもどっちやけど、一番卑怯なんはレパーズよ。あそこの越智監督は狡猾で、誠だけを標的にした。なんで誠だけなんか、平尾ちゃんなら分かるよな」

「夏川さんがサイン盗みをしていなかったからですね」

「そや。誠にしてみたら、みんながズルするせいで、なんで俺が痛い目に遭わないかんのやって、わしらを恨むやんか。レパーズの監督は、四番がチーム内で孤立することを狙ったわけよ」

「杉山さんたちが監督の指示でさせられたのは分かりました。どうして夏川さんだけはしなくて済んだんですか」

「簡単なことよ。誠はやりたくないと監督に言うた。球種が分かった方が打ちにくいと」

「本心はそんな卑怯なことをしてまで勝ちたくなかったんじゃないですか」

再び平尾の目に非難が浮かぶ。

「それを言うならわしらかて同じよ。誰かてそんなことはしとうなかった」

「杉山さんや三枝さんも、夏川さん同様に断れば良かったじゃないですか」

普通はそう思う。だが遠慮もせずに口にできるのは、最高レベルでの団体スポーツを経験していないからだ。

「やりたくないと拒否することは、監督の命令に背いたと受け取られる。チームでは監督の指示は絶対なんやから」

「夏川さんは拒否できたんですよね」

「誠は入団一年目から中軸を打ち、監督が就任する前から文句のない成績を上げてたからな」

「他の選手では拒否はできなかったということですか」

「最初はわしも下位打線を打ってて、代わりになる選手はなんぼでもおった。僕はやりませんと言うたら、厳しい監督やったから二軍に落とされてた。サエにしたって誠ほど絶対的な存在ではなかった」

「それでも断るべきだったと思いますが」

平尾は納得しない。

いくら言ったところで、あの胸苦しさは当事者でなければ分からない。説明しても無駄だと、話を変える。

「ここまで話してやっと本題や。なんでわしが、誠がこれまで監督になれんかったと話したのか、ここまで聞いて分かったか」

「薄っすらとは感じますが、確信が持てないので杉山さんから話してください」

「わしらの中に、誠のことを監督の命令に従わない自分勝手な選手やという思いがあったんよ。誠もわしらが打てんと、『球種が分かってんのに、おまえらはなんで打てないんだ』とあからさまに言うてきたしな。そんなこと言われたら、わしは爪が食い込むほど拳を握りしめて、この野郎って誠を睨みつけたわ。せやけど誠は知らんぷりよ。逆に誠が凡退した時はこう思った。おまえはええな、サインを教えてもらえてへんから、打てんでも許してもらえるなと」

「実際に言わなかったんですか」

「言えんよ。それこそ誠に対する負い目よ。サエだけやのうてチーム全員が持ってたわ」

「三枝さんは、夏川さんには小狡い面もあったと言っていました」

「自分一人で監督に言いにくいかんと、わしらも引き連れてくれてたら、わしらも長いこと呪縛に苦しまずに済んだやんか。あの頃の誠は王様よ。だからわしらはなにも言えんかった」

「話を聞いて、チームが三枝派と夏川さんとに分かれていった状況がよく分かりました。夏川さんがなかなか監督になれなかった理由までが」

「他のチームにも実績を残しとんのに、なんで監督になれへんのやろと思う選手がおったら、あらかた誠と同じ、サイン盗みを拒否した選手よ。ＯＢからの信頼もないし、球団フロントかて、協調性のない人間と見なしている」

「そのため夏川さんは監督になるのに時間がかかったんですね。そのことは理解しました。三枝さんが夏川さんを羨ましく思ったと話したことも納得しました。だけど三枝さんが、静留に一番感謝しているのは俺だよと言ったのはどういうことですかね」

「なんや、一番聞きたいんはそこかいな。せやったら、わしはせんでええ話までしてもうたな」

「そんなことはないです。他の人からでは聞けないことを聞けましたし、絶対に他言しませんので」

「サエがなんであんたにそんなことを言うたかは本人に聞いたわけではないから分からへんけど、静留に感謝しているという意味では、わしかて同じや。あんなことがあったんやから」

「あんなこととは？」

「前半戦最後のレパーズ戦の話や。また少し長なるけど平尾ちゃん、辛抱して聞いてや」

ゆっくりと記憶を巻き戻し、最悪な一日を思い出した。

3

あの夜は試合開始前から降っていた雨が、途中でじゃじゃ降りになった。

三十分間中断し、再開してからも靄（もや）がかかって、ボールが見にくかった。レフトを守る杉山にも二度、フライが飛んできたが、一球はあやうく打球を見失いそうだった。

試合巧者の首位レパーズ相手だったが、その日は序盤から打撃戦の様相を呈した。五回裏、無死二塁から杉山のタイムリーで六対五と逆転、その後、沖、三枝の内野ゴロの間に杉山は三塁まで進み、打席にはこの日ホームランを二本打っていた誠が入った。

その一球目だった。

体に向かってきたストレートを、誠は右肩から回って避けようとしたが、球が速くて背中まで回りきれず、脇腹に直撃を受けた。

ずしんという鈍い音を立ててボールはその場に落ちて転がった。体に当たったボールが弾まなかったケースでは、骨が折れていることが多い。

三塁ベースから数歩のリードをとっていた杉山は、右腕投手の顔が真正面に見え、セットポジションから始動した瞬間から、誠の体をめがけて投げようとしていると感じた。

レパーズの越智監督が、ぶつけろと捕手にサインを出したのだ。バーバリアンズが反撃しだすと誠が標的にされる。レパーズ戦では毎度のことだった。

一塁側ベンチから選手、コーチが出てきて、倒れた四番を囲んだ。杉山も駆け寄った。呼吸をするのも苦しいのか、誠は寝転んだまま体を微かに波打たせて、唸っていた。

──動かさないで、担架を用意して。

トレーナーが大声で叫ぶ。スタッフによって担架に乗せられた誠は、ナイターの照明さえ眩しいのか、顔を手で隠して退場し、南大阪スタヂアムの隣にあった市民病院へと搬送された。

わざとぶつけたのだから乱闘になっていてもおかしくなかった。それなのにバーバリアンズ側は、誰一人として文句を言う者はいなかった。試合前に監督から「今日はやるからな」とサイン盗みの指示が出ていたからだ。

病院に引率したトレーナーから「肋骨が折れています。長期離脱になるかもしれません」と試合中に連絡が入った。四番が重傷を負ったのだから、乱闘して相手バッテリーを叩きのめしてやれば良かった。相手の四番に報復してもいい。

それなのにバーバリアンズの監督はそうした指示は出さない。卑怯なことを選手にさせるくせに、問題が大きくなると自分は関係ないと見て見ぬふりをする。悲しいかなバーバリアンズを統率していた指揮官は臆病な男だった。

ゲームは毎度のパターンでリリーフ陣が崩れ、八対九と逆転負けした。

病院に同行した静留から、「骨折はしていたが、休まずに出たいので登録抹消はしないでくれと誠が言っている」と、終了後に連絡が入った。

帰らずに待っていた仲間は、静留からの知らせに安堵の息をついた。

欠場しないと聞いて気が緩んだのか、四番を失った上に戦いに負けたというのに、みな白い歯を見せてロッカールームで談笑していた。

——おまえらなにやってんだよ。

和やかなムードが、一人の男の声でピンと張りつめた。

椅子に座ってくつろいでいた杉山が振り向くと、ロッカールームの出入口に静留が立っていた。おとなしくて、怒っている顔など見たことのない男が、顔を真っ赤にしていた。

——どうした静留、そんな怖い顔をして。病院から戻ってきたんか。

出入口付近にロッカーがあった今野が声をかけた。

——どうしたじゃないよ、おまえら。なんとも思わないのかよ、うちの四番がやられたんだぞ。

乱闘にならなかったことを静留は怒っているのだろうと思った。

——俺だってピッチャーの胸倉をつかんでぶん殴ってやろうと思ったよ。だけど向こうも済まなそうな顔をしてた。前にも誠がぶつけられた時、監督の指示だ、ごめんと言われたから。

三枝が声を振り絞って言い訳をした。

——それでいいと思っているのか。このままだと誠は壊れてしまうぞ。

——俺かて去年、デッドボールを受けたよ。

指を骨折して二週間戦列から離脱した今野が言った。

自分らだって好きで覗きをやっているわけではない。そのことをマネージャーとして理解してくれていると思っていたが、静留の怒りは、杉山たちの自己弁護とは異なる方向に向いていた。

——俺が言ってるのは、怒る相手はレパーズじゃない。こうした卑怯な命令をしているうちの監督に対して戦うべきなんじゃないかということだよ。監督の命令だからやむを得ないと、仲間を見殺しにして平気でいる人間を、俺はチームメイトとは思いたくない。

不調な選手を見つけたら真っ先に慰める優しい男が、その時は憐憫（れんびん）の視線を選手に注いだ。

——静留さんが言いたいことは分かりますけど。監督に余計なことを言ったら、背反行為だと受け取られ、使ってもらえなくなりますよ。前にエンドランのサインを見落としただけで、俺は二軍に落とされたんですから。

二番を打つ沖だった。

——それは沖がレギュラーになりたてで、若かったからだろ。今は不動のレギュラーで、リーグ屈指の海賊打線の一員なんだぞ。今後は従いませんと言っても、監督はなにもできない。みんなを一遍にスタメンから外せば、マスコミが調べ始め、やがてチームぐるみでサイン盗みをしていたことまで判明する。そうなったら監督は出場停止処分で辞任、場合によっては永久追放されるかもしれないんだ。

永久追放という言葉が十字架のように重くのしかかってきた。このままでいいのか、同じことを選手は感じたはずだ。

——みなさん、ボスの部屋に行きましょう。

少しの沈黙の後に、カイル・ハーバートがたどたどしい日本語で声をかけた。

——よし、行こう。

三枝が体の向きを変えてロッカールームを出た。自分や今野も動き出し、監督室に向かった。盗んだサインを伝授されていたのは五人だったが、小曾木、玉置、北井といったサインを教えてもらっていないレギュラー野手や控え選手も追随した。

彼らもこう思ったのではないか。

直訴したレギュラーメンバーが外されたら、次は自分たちが同じ目に遭う。そんな卑怯なことをしてまで、試合に出たくないと。

試合が終わると、すぐに帰る監督が多い中、バーバリアンズの監督は毎試合後、コーチミーティングをして、負ければ反省会、勝っても重箱の隅をつつくようにミスを指摘してはコーチを叱責する。

——監督、お話があります。よろしいでしょうか。

監督室の外で許可を得た三枝がドアを開ける。投手コーチを説教していた監督は、次々と選手が部屋に入ってきたことに目を丸くした。

——おまえたち、大勢でなにをしに来たんだ。

投手コーチが咎めるが、選手の誰一人、コーチには目もくれない。

――明日からサイン盗みの指示を出さないでください。こんな野球で過去最高の個人記録を残しても僕らは胸を張って喜べません。

三枝がはっきりした口調で言った。

――なんだと。

監督は顔を紅潮させたが、怒りなど気にすることなく、今野が続く。

――金輪際、覗きの指示が出たら僕はその打席を放棄します。

杉山もそれまで溜めていた怒りを腹の中からすべて吐き出した。

――認められないのなら明日から先発を外してくれて結構です。喜んで二軍に行きますんで。

監督はなにも言えず、ただ歯軋りをしていた。

正式に方針が撤回されたわけではなかった。ただし、オールスター明けの後半戦から、サイン盗みの指示が出ることはなかったから、行動に移したことは充分な意味を為した。

4

夏川が怪我をし、それをきっかけに選手が直訴した話を、平尾は口を挿むこともなければ、瞬きすることもなく聞き入っていた。

「これで理解できたんやないか。どうしてサエがサイン盗みの話をしたのか」

「井坂さんに感謝していることまで理解できました。三枝さんにとっての井坂さんは、その後の野球人生を左右した恩人だと」

「サエだけやない。わしや今ちゃん、神父さんにしたってみんなそう思てる」

「夏川さんも同じじゃないですか。自分が狙い撃ちされることはなくなったわけですから」

「覗きをやめても、誠への内角攻めは減らへんかったけどな。そりゃ毎年四十本以上打ったら、相手も警戒するわ。せやけど他のバッターなら腰を引く内角球でも、誠はうまく腕を畳んでスタンドまで放り込んでた」

「夏川さんはすごいバッターだったんですね」

「そや」と返事をしてから「今日の話はほんまに内緒やで。平尾ちゃんが約束してくれたから話したんやぞ」と人差し指を立てて念を押した。

こんな話をしたことが知れたら、チームメイトは怒る。静留の行動は、チームが一つになった美談かもしれないが、その前提として、サイン盗みをしていたという今日まで全員が心に隠し続けた疚(やま)しさが表面化する。

「絶対に番組に入れませんし、他人にも話しません」

「同じ黙っててくれるのでも、知らんまま黙ってるのと、知ってて黙っているのとでは違うやろしな。平尾ちゃんの言う通りかもしれんわ。わしも少しは気が楽になったわ」

話した後悔が消えたわけではないが、平尾を信じるという意味を込めて、あえて笑みを作った。

「一つ疑問なのは、三枝さんは二年連続優勝した年はホームランの数が三十一本から三十九本に増えています。杉山さんにしても成績は下がっていませんよね」

「わしもホームランこそ二十九本と少し減ったけど、打率は三割一分と上がったよ。平尾ちゃんはサインが分からんのに、なんで成績が変わらんのかが謎なんやな」

「はい、そうです」

「確かに真っ直ぐやと分かったら、落ちる球とか外に逃げてく変化球とか邪魔になるボールは捨てられる。その分、打ち損じられないと余計な力が入るから、長い目で見たらどっこいどっこいなんよ」

「サイン盗みをしてもしなくても成績は変わらないってことですか」

「変わらん。けどそれは選手心理であって、首脳陣はサインが分かった方が打つ確率があがると決めつける。言うたら覗きなんてもんは、首脳陣が選手を信じてへん古い時代の象徴よ」

「そんなチームの暗い過去まで話してくれたのに、どうして三枝さんはあのことは教えてくれないんですかね」

「あのことってなんやっけ？」

「打席に入る前に三枝さんと夏川さんが話した内容についてです」

　そうだった。平尾は三枝が明らかに嘘をついていると感じたのが、八回裏の始まりの二人の会話だった。その部分を追及したことが、三枝のサイン盗みの暴露のとば口となった。

「誠が癖の話をしたことで、大逆転したあの試合まで、バーバリアンズはサイン盗みをしていたと疑われるのをサエは恐れたんちゃうか。この平尾というディレクターはそれを知っていると思ったか」

「私はまったく知らなかったですよ。初耳でした」

「こんな企画を言い出したんやから、サエがなにか裏があると疑うのも当然やん」

　監督就任に合わせたのではなく、二年前にこの番組を思いつき、誠に打診していたと聞いた時は、杉山も驚いた。静留の話をした直後だったので、このディレクターは、あの事件に関係する番組を作ろうと企んでいるのではないかと疑った。

「なんやねん、全然納得してへん顔やな」

「逆に私は、夏川さんに話した内容を、三枝さんは公にされたくなかったのかなと思いました」

「平尾ちゃんはどないしても誠とサエを不仲にしておきたいんやな」

「そういうわけではないですが、三枝さんが話した内容が、ピッチャーの癖というのも、事実と異なるでしょうし」

「せやったら、なんで誠は癖やなんて言うたんよ」

「夏川さんもまた、三枝さんに言われた内容を私に知られたくなかった。それこそ井坂さんに関することです」

「まるで誠とサエの二人が、静留に罪を押し付け、退団に追い込んだみたいやんか。聞き捨てならんな」

「違いますか」

「アホらし、話にならんわ」

「深読みしすぎですね。実際に窃盗はあったんですものね。他に怪しい人はいなかった。なにせみなさんは試合中でした」

「その言い方やと、わしらまで容疑者やな」

そっぽを向いたことに平尾もまずいと思ったのか、「たびたび不快な思いをさせてしまいすみません」と謝罪した。

「ええよ、あんたも熱心やから、いろんな考えが浮かんでしまうんやろ」

とりなしてから、静留の顔を思い浮かべた。

最初に出てきたのはチームメイトを励ましてくれた笑顔、次に浮かんだのは杉山たちを監督への直訴へと動かした目を吊り上げた顔だった。あそこまで真剣に怒った顔は、チームに尽くした者でなければできない。

ロッカールームで三度目の窃盗が発覚した後、静留の顔も浮かび上がった。

誠が「またやられた」と財布を持って叫んだ時、杉山は偶然、静留の顔が見える場所にいた。静留が驚いた表情をして、そこから先は顔から血が引いていくようだった。

誠がまだ警備員に訊きに行く前で、その時点ではゲーム中にロッカールームに入ったのが、静留一人であったことも知らされていなかったというのに。

どうして静留は顔を青ざめさせたのか。

目を瞑って必死に記憶を手繰り寄せるが、静留の犯行だったというその先のショックが強すぎて、思い出せなかった。

5

本社に戻った平尾茂明は、空いていた会議室に入った。

そして四日前撮影を終えた【杉山匠インタビュー　収録日11月2日　於大阪毎朝放送会議室】とラベルを貼ったUSBメモリをモニターテレビに挿し込んで再生する。

インタビューの前半はその年まで、いかにバーバリアンズが弱かったかという話から始まり、あの日の試合内容に入っていく。

杉山はサービス精神旺盛なので、カットするのがもったいないと思うくらいどれも面白い。

四対九から八対九へと一点差に迫った七回の杉山の満塁ホームランはボールツーのカウントから、大きなカーブを打ったものだ。ボールゾーンだったが、高かったので思い切り叩いた。大根斬りのようなバッティングになったが、思いのほか打球は飛んでいったと杉山は語っていた。

杉山の性格からして、やっていなかったと言った以上、あの試合でサイン盗みの指示がなかったのは事実だろう。球種が分かっていたなら、あんなボール気味のカーブを無理して打たない。サイン盗みという行為が昔のプロ野球では行われていたという知識はあったが、バーバリアンズもやっていたとは三枝に言われるまで考えもしなかった。

ただ当時のテレビ局員だったとしても、そのことについて深追いはしていないように思う。杉山も話していたが、紳士協定のようなもので、厳格にどう処分されるのか、どのように調べるのかなどルールが明確化されていなかったからだ。

夏川のような選手が、チーム規律に従わない自分勝手な選手だとみなされたことも、杉山が丁寧に話してくれたことでよく理解できた。

一方、正しいことをしているのになぜ自分がチームで浮くのか、夏川が不満に思っていたことも納得がいった。

これこそどちらが正しいのか、答えは永久に出ない。正義とチームへの献身が、交わることなく並行して伸びていく。

ただあの年のバーバリアンズには、スポーツ選手が抱える矛盾を解決させる存在、井坂静留がいた。

井坂静留が三枝たちを監督に直訴させ、その結果、分裂していたチームが一体化した。ただしその後のドラマの序曲となった九点差を逆転したレパーズ戦の最中に、三度目の窃盗事件が起き、その犯行に及んだ井坂静留は球団を離れる。

意外なのは仲間の財布から金を盗んだ井坂を、非難する人間は今のところ一人もいないことだった。それどころか井坂が残る方法があったのではないか、自分のせいではないかなどと、インタビューを済ませた夏川、三枝、杉山の三人は一様に後悔を滲ませる。

画面からは収録した杉山のインタビューが流れている。同点に追いついた九回、夏川の打席について尋ねたところだった。

「あの場面でホームランを打つんだから誠はたいしたもんよ。前の打席までは、痛みでまともにバットが振れんのか、へっぴり腰なスイングしかでけへんかったのに」

——前の回、八回無死二塁の場面でもセカンドゴロでしたね。夏川さんは、引っ張りにいったけど期せずしてセカンドの方向へ飛んでいったと答えていましたけど。

「そりゃ誠の強がりよ。引っ張ろうとしたけど、体が痛くてできんかったんやろ。ベンチに戻ってきてもそのまま裏に引っ込んだもん。せやなければ、あんなちびりなバッティングにはならんて。手打ちやったもん」

——その悔しさが、九回裏の打席に結びついたのですかね。

「二死満塁で回ってきたとなれば、当てにいくわけにはいかんやん。打つしかなかった状況が、バットを振ることを躊躇(ちゅうちょ)していた誠から、痛みの恐怖を取り除いたのかもしれんわな」

——ヒーローインタビューは夏川さんが一人で立ってますね。満塁ホームランが三本出たのですから、三枝さんと杉山さんと三人一緒でも良かったと思うのですけど、あれは杉山さんたちの思いやりですか。

「わしは行く気満々やったよ。それなのにテレビ局のディレクターが近づいてきた時、サエが『スギ行くぞ』ってバットを持ってロッカールームに帰ろうとするから、わしもああ、今日は誠の日やなと、引き揚げたんや」

――夏川さんに譲ったということですか？

「詳しくは言えんけど、わしら全員が誠に借りがあったんよ。それでサエとわしは他の選手と一緒に二階のロッカールームに戻った。最後にヒーローインタビューを終えた誠が帰ってきた」

――そうしたら夏川さんの財布からお金が抜き取られていたわけですね。

「そや、またやられた、って誠のおっきい声が聞こえてびっくりしたわ……あかん、平尾ちゃん、わしの悪い癖や、要らんことをカメラの前で言うてもうた」

――大丈夫ですよ、流すわけではないので、このまま続けてください。その後、どうやって犯人の特定に結びつくんですか。

「あかん、あかん、カメラ止めてくれ。そうでないとわしは喋らへんぞ」

大きく手でバツを作ったところで、収録は停まっている。

この後、杉山に、つい熱くなってしまったことを謝罪した。

ただこうやって見返すと、サイン盗みの件がインタビューに示唆(しさ)されていたことに気づく。

ヒーローの座を譲った理由を、杉山が「わしら全員が誠に借りがあった」と話した点だ。

自分たちのせいで、夏川は死球を受け、怪我をした。

三枝からサイン盗みをしていた事実を聞き、この日、杉山にサイン盗みをやめた経緯を聞かなければ、この「借り」という言葉の意味は永遠に理解できなかった。井坂静留にチームメイトたちが感謝しているという真意にも辿り着けなかった。

部屋のドアがノックされた。

一時停止状態だったテレビの電源を消してから「どうぞ」と答えた。

「失礼します」

入社一年目の松浪直人が入ってきた。

身長は一七五センチほどで、野球選手だった割にはとりわけ大きくなく、体つきもスリムだ。口数が少なく、茶に染めた髪が目にかかる今風の髪型とあって、聞かなければ、去年まで大学野球で活躍していたピッチャーだったとは思いもしない。

「取材から戻ってきたところなのに悪かったな」

夜のニュースで扱う取材を終えて帰社した松浪は、息が少し乱れていた。

「田村局長からすぐに平尾さんの元に行くように言われましたので」

「それより松浪はサウスポーだったんだな。ペンを持つのが右手なので右投げだと思ったよ」

「字を書くのと箸を持つ以外は全部左です。どうして分かったんですか」

「松浪直人で検索したら、ドラフト探偵所というサイトに名前と映像が出てきたよ。あとウィキペディアにも、ちょっとだけだったけど載ってた。そんな有名な選手を、俺は在阪のテレビ局でスポーツ担当してたのに知らなかったのだから、自分の無知を恥じたよ」

「知らなくて当然ですよ。ウィキペディアは友人が書いたものですし、言うほどの選手ではありませんでした」

「なに言ってんだよ。大学通算十二勝十六敗と書いてあったぞ。関西六大学で二桁勝つのは大変だろ」

同じ社ではなかったら一生知らないままだった。よほどの野球通でなければ、アマチュアで名前を覚えてるのは、ドラフト上位での指名が確実視される注目選手か、甲子園で活躍した球児のどちらかだ。

「どうして野球を続けなかったんだ。テレビの仕事がしたかったのか」

上のレベルまでは達しなかったのかと思った。松浪は投手としては背が低い。

「社会人野球からも声がかかったんで、もう少し続けようかと迷ったんですが……」

意外な言葉が返ってきた。

「最近はプロのピッチャーでも球が速ければ体格に関係なく活躍してるものな。松浪もパワータイプのピッチャーだったのか」

「僕は制球力で勝負する技巧派でした。無四球試合が七度もあります」

言ったことがことごとく外れる。別人と感じるくらい、口調まではきはきしている。野球には相当な自信を持っているようだ。

「それほどの選手だったのに、取材側に回るとは、少しもったいないなかったな」

なにか言いかけて、口を噤(つぐ)んだ。

「どうした？　言いかけたなら、話してくれよ」

「平尾さんですからお話ししますけど、今でも続けておけば良かったと悔やむことがあります」

「会社をやめようと考えているのか」

「それは……せっかく入れたので」一度は否定したが、「どうしてもやりたくなった時のために練習はしています。時間がある時にランニングをするのと、たまにピッチングをする程度ですけど」と白状する。

「ピッチングってどうやって」

「うちの実家は祖父の代からの植木屋で、土地が結構広いんです。それで庭に自前のマウンドを作って、休日に大学時代の仲間を呼んで、受けてもらっています」

　庭にマウンドがあるなんて初めて聞いたが、それで今も練習しているとはたいしたものだ。昔ほどテレビ局はブラックではなくなったが、新人は下請け会社のAD並みに働かされ、編集が追いつかずに会社で寝泊まりすることもある。せっかくの休日に練習するとは、よほど野球が好きなのだろう。

「今の話は内緒にしといてください。ただでさえやる気がないと思われているのに、野球に未練があると思われると、スポーツ局から外されてしまいます」

「やる気がないなんて、俺は思ってないよ。真面目で一生懸命だから松浪に手伝ってほしいと局長に頼んだんだから」

「ありがとうございます。なんでも言ってください。僕も平尾さんの今回の企画、すごく興味を持ってますんで」

「それにしては、企画会議では俺にダメ出ししてきたじゃないか」

「あれは……すみません」口籠ってから、頭を下げた。

「気にするな。俺はいかにも野球経験者らしい的を射た疑問だとむしろ感心したんだ」

　なぜ十一月二十二日に収録するのか、松浪が訊いてくれて良かった。そうでなければ取材を手伝ってくれた局員や下請け会社のスタッフに、井坂静留という存在を収録当日まで知らせず、彼らは番組の趣旨とは異なる方向に台本が進んでいくことに戸惑っていただろう。

「手伝ってもらうのは今のところ、松浪だけだ。他から訊かれても、適当にごまかしてくれな」

アナウンサーの新川透子にはいくらか説明しているが、田村局長にも詳細は報告していない。

「はい、分かりました。内密で仕事をします」

答えた時には姿勢がピンと伸びた。こういうところは体育会育ちで、上の言うことは絶対なのだ。それは四番の夏川誠を除くバーバリアンズのメンバーも同様だった。だからサイン盗みなどやりたくなくても、監督に刃向かえなかった。

「さっそく、明日から手伝ってくれるか。これまでは自分でカメラを回しながらインタビューしてたんだけど、手振れが心配なんで、松浪にカメラを回してほしいんだ」

思わぬ方向に取材が展開し、落ち着いてカメラを構えていられそうもないと、田村局長に助っ人を頼んだ。

「分かりました。明日は誰のところに行くんですか」

「今野寿彦だ。今は滋賀の高校で監督をやってる」

「知っています。栗東学園（りっとうがくえん）ですね」

「松浪は大阪の高校だよな。滋賀なら練習試合とかで対戦したことはあったんじゃないのか」

「予定はあったんですけど、台風で中止になって実現しませんでした。今野監督の噂はよく聞いていました。プロ野球の監督までやった人なのに、押し付けるのではなく、選手の自主性に任せるいい監督だと。僕の大学の同級生も栗東学園に行けば良かったと後悔していたぐらいですから」

「カイル・ハーバートは不参加だけど、八名のうちまだ五名もインタビューが残ってるんだ。沖、小曾木、玉置、北井の四選手は頼むかもしれない」

彼に任せてみたいと思った。テレビのスポーツ局員というのはチームや選手を持ち上げ、出演オファーを承諾してもらうだけではない。メディアに携わる者はつねに懐疑的に物事を見続けなければならない——松浪にはスポーツ局員としてより、メディアの一員だという自覚を持ってほしい。

「僕一人でやらせてくれるんですか。すごく光栄です」

「カメラを回すだけでなくインタビューもするんだぞ」

「質問内容は教えてくれるんですよね」

「聞いてほしいことは伝えるけど、いいインタビューにするにはその都度、頭を働かせて、視聴者が知りたい話を掘り下げていくことだ。マニュアル通りにはいかないよ」

「選手がなにを話しても突っ込めるように、一度ゲームを見て確認します」

「なんだよ、まだ見てないのか。見て勉強したから自信満々に言ってるのかと思ったぞ」

注意すると、松浪は素直に「今日帰ったらすぐに見ます」と、再び頭を下げた。

5thイニング

今野寿彦

6番ファースト　背番号36 右投げ右打ち（当時32歳）
129試合
打率.301
36本塁打
99打点

1

【今野寿彦インタビュー　収録日11月10日　於草津・栗東学園グラウンド】

「あの試合はほんまにすごかったですよ。○対九言いましたら、高校野球やったらコールド負けです。それが三枝、杉山が満塁ホームランで瞬く間に一点差でしょ。八回にハーバートの犠牲フライで追いつくと、九回には誠にこの日チーム三本目の満塁ホームランが出たんですから。あんなミラクル、プロやらアマやらで長いこと野球をやらせてもらってますけど、見たことありません。今思い出しても鳥肌が立ちます」

——ベンチに諦めムードのようなものはなかったんですか?

「正直言うたらありましたよ。僕も今日はあかんな、明日からやり直しやと頭を切り替えてました。切り替えって大事ですけど、慣れてしまうと負け癖になるんですよね。少し点差がついただけですぐに今日はあかん、明日やて……あの回までのバーバリアンズは典型的な弱者のチームで、なにがなんでも勝つという意識に欠けていました。だから万年Bクラスだったんです」

——追いつけたのはなぜだと思いますか。

「○対九の六回裏、北井、杉山、沖の三連打が出て満塁になりますけど、こう言うたら三人には悪いけど、あれはレパーズの油断やったと思うんです。レパーズはそろそろ主力を順々に引っ込め、休ませようとしてましたから。ヒット一本に抑えていた陳作明もこの回までと言われてて、それがツーアウトから北井にヒットを打たれて、早くこの回を終わらせたいと投げ急いだんやないかな」

——二死満塁での三枝さんのホームラン、今野さんはどう見ていますか。開き直っていたから打てたのでしょうか。

「それは違いますね。サエは本気で満塁ホームランを狙ってました。ベンチに諦めが漂う中で、サエだけはここで四点返したら試合は分からんようになると、ホームランを打ちにいったんだと思いますよ」

——三枝さんも、追い込まれるまではホームラン狙いだったと言っていました。

「やっぱり言うてましたか。サエは鍛えても体が細いままで、ずいぶん苦労してましたけど、パーソナルトレーナーを雇って、ウエイトトレーニングの比重を増やし、亡くなった奥さんが栄養士の資格を取って食生活を変えた結果、見違えるほど体が大きくなりました。サエも奥さんには感謝してましたね。そういう意味では誠もそうですよ。薫さんはメディアからは叩かれてましたけど、誠が長く活躍できたんは薫さんの内助の功ですわ。二人とも良き伴侶に恵まれましたね」

——夏川さんは恐妻家のイメージがありますが？

「薫さんはすべてにおいて厳しく誠を管理してましたからね。誠はどこに遠征行くにもビタミンのサプリメントをいくつも持ち歩いてて、毎回新しいボトルが増えてくんです。『それなによ』と訊くと、女房から体にいいから飲めと言われてるって。いつしか誠は健康オタクになってました」

――その夏川さんも九回裏にはサヨナラホームランを打ちます。

「見てる方はイケイケドンドンでしたけど、打席に立った誠は九点差を追いついたこのチャンスで自分が打てへんかったらと、相当なプレッシャーがあったでしょうな。それなのにちゃっかり結果を出すんやから、たいした男ですわ」

――三枝さん、夏川さんの他、杉山さんにも満塁ホームランが出ました。今野さんもあの年に三十本塁打以上打った五人の一人で、夏川さん、ハーバートさんに次ぐ九十九打点を挙げました。今野さんも打ちたかったのではないですか。

「僕にも満塁のチャンスが回ってきてたら……いやいや、僕ではヒットが精々でしたでしょうな。七回、神父さんが死球で出塁した後のショートゴロ、あの日の活躍はあれくらいですな」

――ショートゴロが活躍ですか？　今野さんはその後の八回にもヒットを打ってるじゃないですか。

「七回の打席は走者を進めるより、内野ゴロを打って神父さんと入れ替わろうと思ったんです。それでわざと高いバウンドのゴロを打ったんですわ。僕はこう見えても、そこそこ足が速かったんで」

――どうして走者が入れ替わることが大事だったんですか。

「僕の前で神父さんが右腕にデッドボールを受けたんですよ。トレーナーが出てきてコールドスプレーをかけたけど、一塁に歩いてからもまだ右腕を押さえて、痛そうな顔してました。うちは誠が骨折していたし、これで神父さんまで欠場したらえらいこっちゃ。治療させるためにも、早くベンチに返してやらないかんと思たんですわ。一番ええんはツーランですけど、ツーストライクと追い込まれたんで、切り替えました。僕の中ではイメージできてて、地べたを転がるような速い打球はゲッツーやけど、地面に叩きつけて、高く上がったバウンドになれば、自分の足ならセーフになるって」

――あの内野ゴロにはそのような高度な技術が隠されていたんですね。また新たなチームプレーを知ることができました。どうしてこれまで話されなかったんですか。

「わざとショートゴロなんて、負け惜しみみたいですやん。ただあの後にベンチに戻ったら、神父さんはまだ痛そうにしてましたから、そういう意味ではチームに貢献したと思ってますけど」

――ハーバート選手は病院に行くことにはならなかったんですか。

「本人が大丈夫だと言うたんです。神父さんも真面目な男ですから。でも次の打席も当たったらえらいことなんで、エルボーガードを着けた方がいいということになって……。神父さんは、エルボーガードはバッグに入れっぱなしにしてるからロッカールームに取りに行かないといけないって」

――二階のロッカールームにですか？　誰が取りに行ったのですか？

「普通は広報を兼ねてた通訳が行くんですけど、あの日は夏風邪ひいて休みでした」

――もしや井坂静留さんが行ったのでは？

「あなた、なんでそんなことを言うんですか」

――いえ、これまでのインタビューで、井坂さんはつねにベンチに入っていて、選手の痒いところまで手が届くような気配りのできた人だとみなさんが話されていましたので。

「エルボーガードは結局、誠が使ってたのがベンチにあったんで、それを使うことになりました。誠と神父さんは左右違うけど、防御する分には問題ないやろってことになって。ただ……」

――ただ、なんですか？

「静留がいなくて、ちょっとした騒ぎになったのはほんまです」

――井坂さんがベンチにいなかったことに気づいたということですか？

「気づいたというか、『あれ、静留は？』『俺は見てへんけど』くらいな感じですわ。その話はカメラの前ではいいでしょう。回ってない時にしましょ」

――すみません、もう少しだけいいですか。井坂さんはいつからいなかったんですか。そしていつ戻ってきたんですか。

「八回に同点に追いつき、九回はサヨナラ満塁ホームランとベンチは大盛り上がりだったので、静留のことはその後は話題に出ませんでした。いなくなったんがいつかも正確には分かりません。あっ、そう言えば沖が、『静留さんなら回が始まった時からいませんでしたよ』と言ってましたかね」

――七回裏の攻撃が開始された時には不在だったということですね。

「平尾さん、番組の趣旨からズレてますよ。その話はカメラの前ではやめときましょ」

――そうですね、失礼しました。では八回裏の攻撃をお願いします。一死三塁からハーバート選手の犠牲フライで九対九に追いつきます。その後、今野さんがレフト前にヒットを打って、続く小曾木さんがアウトになって、同点で九回を迎えます。結果的にこの回に二死走者なしから今野さんが出塁したおかげで、九回二死満塁で夏川さんまで打順が回りました。あのヒットもとても大きかったですね。

「本当はホームランでも打ってヒーローになってやろうと、意気込んで打席に立ったんですけどね。三人みたいにそこまで持ってなかったですな」

――夏川さんも、今野さんが出塁したら、九回に自分にまで打席が回ることまで計算していましたかね。

「頭には入っていたでしょうね。バッターというのは打順を見ながら、これなら次の回、こういう場面で自分に回ってくると想定します。そやけどあの日のうちの打線は、誰がヒーローになってもおかしくないほど、不思議な力を持ってました。僕がアウトになってたら、九回二死満塁でサエがサヨナラ満塁ホームランを打ってたかもしれません。そんなこと、間違っても誠の前では言えませんけどね」

2

予定の時間を五分回った。聞き手役だった平尾茂明が手を上げて合図し、カメラを回していた松浪が止めた。

「ありがとうございました」

平尾が今野に近づき、ピンマイクを外す。

「こんなやかましいところでも、声が入るんかいな」

インタビュー中はやや堅苦しさがあった口調が、気さくになった。高校野球の監督として人前で喋り慣れている今野でも、テレビカメラの前だと緊張するようだ。

今野は六時限目まで授業があるというので、放課後の練習中に収録をお願いした。グラウンドの一塁側ファウルグラウンドの柵の外、大きな楠で陰になっている場所に置いたパイプ椅子に座ってもらっている。

インタビューの途中でバッティング練習が始まったので、選手の掛け声だけでなく、金属バットの音も結構響いた。

「大丈夫です。今はマイクの性能もいいので、今野さんの声だけを拾ってくれます」

「他のメンバーはスタジオとかでしてるんやろ？　俺だけ浮いてるんちゃう？」

「みなさんこんな感じです。夏川さんと三枝さんはご自宅でお願いしましたし、杉山さんはうちの局ですが、ドキュメンタリー番組のように背後に暗幕を垂らしたりしないで、会議室でお願いしました」

「なんでそうしたん？」

「かしこまってやるより、バーバリアンズらしいかと思いまして」

できるだけ予算をかけたくないとは言えずに、言い訳をした。

「うちらしいか。庶民派球団やったもんな。優勝した二年間以外は、スタンドはガラ空きやったし」

今野はとくに疑うことなく納得した。

十一月二十二日の収録への参加は承諾してくれたが、インタビューは「俺はええよ。あの試合はなにもしてへんもん」となかなか同意してくれなかった。

ただこうしてインタビューをすると、ホームランを打ったわけでも打点を挙げたわけでもない今野が、大逆転劇にしっかりと貢献していたのがよく分かった。一つは七回、死球のハーバートと入れ替わろうとゲッツー崩れのショートゴロを打ったこと。あれこそ無形の力だ。意図してゲッツー崩れにすることは、走者を進めるより難しい。

もう一つは八回のヒットで出塁し、九回に夏川まで打席を回したこと。自分がヒットを打たなくても、三枝が決めたかもしれないと冗談混じりに補足したが、どこからでも点は取れると自分たちの打力に自信があったのだろう。

「今野さんの話を聞いて、海賊打線のすごさが改めて分かりました」

持ってきた缶コーヒーを今野に手渡した。緩やかな風が吹き、木漏れ日が躍っている。

十一月とは思えないほど暖かい日だ。先月末から雨が降っておらず、大阪では水不足を懸念するニュースもちらほらと耳にする。府民には申し訳ないが、できれば二十二日まで雨は降らずにいてほしい。

「最後に言うた、俺が倒れてたらサエがサヨナラを打ってたというコメントは使わんでくれるか」

打ち合わせから様子を聞かせてもらったが、闊達（かったつ）な今野がコメントを使うなと言ったのは初めてだった。

「どうしてですか」

「そりゃ誠は気い悪いやろ。自分やから、あの場面で打てたと思てるわけやし」

大半の選手が三枝派と言われた中で、今野は同期入団の夏川と親しかった。そうはいっても夏川派だったわけではなく、ほどよい距離感で接していて、双方をつなぐ役目をなしていた。両方に気を遣っていたという点では井坂静留と同じだ。

「やっぱり、夏川さんと三枝さんって仲は悪かったんですか」

「あんたは、どうしても二人が不仲だったことにしたいみたいやな。打ち合わせの時もそのことばっか訊いてきたし」

出演を渋っていた今野には電話で番組の趣旨を説明した。井坂静留の名前を出したことで「静留には世話になったから」と受諾してくれたが、最初の打ち合わせの早々に、夏川と三枝の不仲に質問が終始したがために、「そんなドロドロした話にするなら、授業もあるし協力できんわ」と断られそうになった。

　今思えば、夏川が浮いていたのは監督から命じられたサイン盗みを拒否していたからだ。杉山からは個別の選手名は勘弁してくれと言われたが、今野もキャッチャーのサインをベンチから教えられた一人だったのだろう。サイン盗みについて口外しないように言われているため、今野の前では口にしていない。

「けっして不仲にしたいわけではありません。選手同士がいがみ合っていたら、普通はあんなドラマチックな逆転優勝は生まれませんから」

「正直、仲良うはなかったよ。けど俺が言いたいんは、プロチームというのは強い個性の集まり、それこそみんなが子供の頃からお山の大将、自己中でプレーしてきたんや。沖にしたって、プロに入るまで送りバントなんてしたことないと言うてたし」

　二番セカンドの沖は身長が一七〇センチと小柄だった。それでもアマチュアでは三番で、プロに入ってからも毎年十本以上、最初に優勝した年は自己最多の十六本のホームランを放った。

「その自己中な選手たちが、優勝が近づいてきたら一つになるんよ。そうや、神父さんがアメリカではこんな格言があるって言うてたな。『選手はゲームのために戦う、チームはチャンピオンシップのために戦う』って」

「それって同じ意味に聞こえますが」

「全然違うやん。個人が目指すのは目の前の試合よ。自分の打席で責任を果たし、勝利に貢献すればヒーローになれる。そやけどチームが目指すのはリーグ優勝であり、日本一になることよ。

シーズン当初にはなかったチームワークが優勝に近づいていくことで、自然と一体感が生まれる。ファンかてチームが一つになったのを感じるから、優勝した瞬間は感情移入して涙まで流してくれるんや」

そこで松浪が欠伸(あくび)をしかけて、慌てて手で押さえて嚙み殺した。

普段なら相手の前で失礼だぞと、目で注意するが、今日に限ってはやむをえない。松浪は昨夜、十時の夜のニュース番組が終わってから帰宅、今朝も午前中に別件の取材があったにもかかわらず、渡したレパーズ戦を徹夜で見たらしい。

しかも一回から九回まで、四時間三十五分にわたる全イニングを鑑賞したらしい。

――今回の企画は六回裏から始めるんだから、六回裏からでいいんだぞ。

そう言ったが、松浪は「大量リードされていた前半と逆転する後半とでは、バーバリアンズのベンチのムードがどう変わったのか見ておきたかったんです」と答えた。本当に真面目な男だ。

グラウンドでは野球部の選手がきびきびと動いて、交代でバッティング練習をしている。大勢の部員がいる強豪校では、下級生や補欠は球拾いや声出しをしているイメージだが、この学校では三組に分かれて、一組目がバッティングをしている時は、二組目はウエイトトレーニング、もう一組は校外をランニングと、合理的にメニューを組んでいた。そして打撃練習が終わった段階で、三組に分かれた部員全員で球拾いをする。ちょうど一組目の打撃練習終了のタイミングになり、八十人ほどいる部員が一斉にグラウンドの隅々に散らばったボールを集めだした。インタビューをしていた柵の外にも飛んできたボールを、体の細い一年生らしき部員が拾いに来た。

部員は「失礼します」とお辞儀をしてボールを集め、「ありがとうございました」と去っていく。

「時間通りに選手が集散するのって、見ていて気持ちがいいですね」

「それだけがうちの自慢よ、俺が大学からプロに入って一番びっくりしたのが、時間通りに動くことやったから」

今野は懐かしそうに視線を遠くに向けた。

「そう言えばプロ野球のキャンプを取材に行くと、タイムスケジュールが細かく発表になりますね」

「キャンプはとくに時間に厳しいよ。メイン球場、サブ球場、屋内練習場とそれぞれに分かれて、バッティングや守備練習をやる。一人でももたもたしたり、時間を間違えたりしたら、他の選手の練習時間が削られてまうやろ。新人の頃は時間通りに動く方に気がいって、なかなか練習に集中できんかったもん」

「そうしたことも教育の一環ですね」

「うちの学校から教育を取ったら、ただの校外学習やん。特待生制度もないし」

それでも今野のもとで野球をやりたいという生徒は県外からもやってくるらしい。寮もないので県外出身者はアパート暮らしだ。

大阪の帝塚山(てづかやま)という高級住宅街に一戸建てを持っていた今野は、その家を売って学校の近くに下宿所兼用の家を建てた。普通の監督は有力選手を手元に置いておこうとする。今野は逆で、まだ一人暮らしが慣れない一年生部員を下宿させ、一人で生活できる目処が立った二年生になってからアパートに移させている。

洗濯は各自でさせるが、食事の世話をしているのは奥さんだ。一人娘は結婚しているが、自宅の近くに住んでいて、週に何度かは手伝いに来てくれるそうだ。

「いっつもいがみ合っていたわけではないけどな」

　ふと漏らした今野の言葉に、平尾は一瞬、誰のことか分からなかった。

「サエと誠の話よ。仲良くはなかったけど、通じ合うてたというか、頼り合ってたもん。二人ともどちらか一人では優勝できなかったと思てるんやないかな」

「信頼の『信』はなかったけど、『頼』はあったということですか」

　意地の悪い質問に、今野は眉を上げた。だが呆れ顔をしたのは数秒で、「うまいこと言うな」と目を細める。

「すみません、嫌な言い方をして。ただ夏川さんに話を聞いても、三枝さんに話を聞いても二人からは距離感を覚えたので」

「二人きりとなると、こそばゆい感じになるかもしれんけど、他の人間がおると普通に話してたで」

　それが今野であり、井坂静留なのかと思ったが、今野が言ったのは違った。

「例えば子供が来た日がそやねん」

「誰の子供ですか」

「誰の子供でもよ。うちのチームは小さな子供がいる選手が多かったせいで、日曜日は子供を連れてきていいことになってたんよ。俺は女の子やったけど、誠やスギ、沖らは男の子を連れてきて、キャッチボールしたり、準備運動に参加させたり。サエには子供はおらなんだけど、よく遊んでくれたな。うちの娘は、サエからホームランを打った時のぬいぐるみをもらってたし」

「三枝さんは甘いマスクで女性に人気があったから、娘さんも喜んだでしょうね」

「俺かて、三十六本もホームランを打ったんよ。父親が持ち帰った人形には目もくれんのに。だけどサエが子供と遊んであげて一番感動したのは、二度目の日本シリーズの最終戦やったけど」

バーバリアンズは翌年も九人のレジェンドの活躍でリーグ優勝、日本シリーズ制覇を果たす。日本一が決まった七戦目が、本拠地の南大阪スタヂアムだった。

第七戦は日曜日だったが、シリーズ連覇がかかる大事な一戦とあって杉山たちは子供を連れてこなかったそうだ。

それが夏川だけは息子を練習中のベンチに入れた。すると三枝が「陽司くん、キャッチボールしよう」と、夏川の長男をグラウンドに引っ張り出し、二人で始めた。そこに夏川も加わって、バーバリアンズのスター二人と交互にキャッチボールをしたらしい。

「陽司くんは小学五年生やったかな。器械体操してて運動神経は抜群やったけど、前の年に薫さんの希望で転校させられたインターナショナルスクールが合わなくて、不登校になってたらしい」

「息子さんってインターナショナルスクールに通ってたんですか？」

「そうよ。言うても編入やけどな」

「いつから編入したんですか」

「前の年、四年生の時よ。俺らが九点差を大逆転したあの試合の数日後が親子面接やと言うてたな。薫さんが英語の家庭教師つけたりしてたから、無事試験に通って。あの年はチームが優勝して、夏川家にとってもいい年やったんやないの」

「そのインターナショナルスクールで、息子さんが学校に行かなくなったんですね」

「陽司くんはゴンタやったから、外国人の子から束にかかって虐められたんちゃう？　今思えば、誠は子供の教育を考えてジェッツに移籍したんやろな。これは俺の想像やけど、サエは誠が子供のことで悩んでいるのに気づいて、それで陽司くんに『東京行ったら、もうお父さんに心配かけるなよ』と伝えたかったのかもしれん。陽司くんは今、薫さんのお父さんの会社で役員してるらしいやん。そこまで成長できたのもあの日のキャッチボールが生きとんちゃうかな。そこまでいくと俺の願望が入りすぎてるのかもしれへんけど」

シーンが浮かんだのか、今野は鼻を啜った。

「どうして三枝さんはそんなことをしたんですか」

その方が謎だった。

「その日が誠のバーバリアンズでの最後のゲームやったからよ」

そうだった。日本シリーズが終わった後に、ＦＡ有資格者が権利を行使するための申請期間がスタートとなる。夏川はＦＡ宣言して東都ジェッツに移籍したのだった。

「みなさん、夏川さんが移籍することが分かってたんですか」

「知ってたと言いたいところやけど、残念ながら俺らはなんも気づかんかった。サエだけが察したんやろね」

「夏川さんは三枝さんに言ったんですかね」

「言うてへんと思うよ」

「言ってないのに三枝さんは気づいたんですか」

「そこがあの二人が通じ合うてたという根拠よ。ちなみに新聞記者も誰一人気づいてへんかった。キャッチボールの写真は撮ってたけど、新聞には、三枝と夏川が子供を交えて、リーグ三連覇を誓い合ったみたいな呑気な記事が載ってたもん。それが誠が突然ＦＡ宣言して、東都ジェッツへの移籍を発表するから、俺らもすったもんだよ」

「そうなると他の選手は別として、三枝さんは、チームを去った裏切り者だと夏川さんを恨んでなかったってことですかね」

「誰がそんなことを言うてるのよ。FAは選手の当然の権利やん」

「夏川さんがいなくなって以降、チームは低迷期を迎えたので、てっきりそうなのかなと思っていました。ただ三枝さんと杉山さんにインタビューしましたが、二人からもそのような恨みつらみは聞かれなかったです」

「低迷期に戻ったのは、メンバーの多くが三十代で、みんな歳を取り、成績が下り坂になったからよ。若い選手を育てる言うても、俺らが百三十試合のほとんどに出てまうから、育つ場所もなかった。高校生と違って、プロは三年で選手が入れ替わるわけではないしな」

その話しぶりには少し悔いも混じっているように聞こえた。三枝のあとに監督に就任した今野だが、Bクラスを脱出できずに解任された。バーバリアンズがうまく世代交代ができていたら、監督としてもマシな結果を残せたかもしれない。

「それよりカメラも止めたんやから静留の話を訊いたらええやんか。あんたはそれを知りたくてこんな面倒な番組を作ろうとしているんやろ」

話してくれるのは井坂静留との関係であり、事件のことは隠したいのかと思った。だが今野は「あんたが訊きたいのは、どういう経緯で静留が盗んだことが分かったんかやろ」と知りたいことを先に言ってくれた。

「おっしゃる通りです。井坂さんの事件について話してください」

隣で松浪が鞄からノートを出そうとしたので、メモしなくていいと手で合図した。

「最初にサエが盗難にあったのは五月やったな。額は聞いてるか」

「一万円ですよね。二度目の夏川さんも一万円、そして三度目の夏川さんも一万円です。ずいぶん少ないなと思いましたが」

「そうした犯罪はそんなもんよ。盗まれた本人に気づかせない目的もあるし、そういった手癖の悪さは金を盗ることよりスリルを楽しんでるケースもあるし」

「井坂さんもそうだったんですか」

「静留に手癖の悪さがあったなんて気づかんかったけどな」

「疑われてもなかったってことですね」

「チームで一番疑われていなかったと言うてもええくらいよ。だからってほかに疑う選手がおったわけちゃうよ」

「三枝さんは怒っていたでしょうね」

「自分の金が盗られたことより、サエは見逃したら一回では済まなくなると予感してたんちゃうかな。それで警察に通報してくれと球場職員に頼もうとした。それを誠が『たった一万だろ。その程度の額で、おまえは俺たちのプライベートルームに警察を入れる気か』と言うたんよ」

　プライベートルーム、そうだった。バーバリアンズのロッカーは基本、選手とマネージャー、広報兼通訳のみが入ることが許されたいわば聖域だ。バッティング投手など裏方は別の部屋が用意され、選手から用事でも言いつけられない限り、彼らが入ることはできなかった。

「警察に届けるのを夏川さんが拒否したってことですか」

「拒否というより、嘲笑やな。『それくらいの金で、せこいこと言うな』まで口にしたからな」

「ひどい言い方ですね」

「ほかの選手にはそうでもなかったけど、誠はサエにだけは一丁嚙(いっちょか)みしよるんよ。そのたびにチームが重苦しい雰囲気になったわ」

やはり不仲は間違いなかったのだろう。しかもその原因は夏川にあった。そう言えばサイン盗みをしていた時、打てない打者に「球種が分かってんのに、おまえらはなんで打てないんだ」と夏川が不用意な発言をし、本意でなく従っている選手の神経を逆撫でしたと杉山は苦い顔で話した。そうした夏川の配慮のなさもまた、チームで浮いていた要因だったのだろう。

「貴重品はどうしてたんですか」

「そのままよ。私服のポケットやスポーツバッグ、あとはセカンドバッグが流行ったからそこに入れっぱなしやな」

「金庫を設置してほしいと、球団に要求されたりはしなかったんですか」

「そんなん必要やと思ったこともないよ。知らん人間が出入りするゴルフ場の更衣室やない。俺ら仲間しか入れんロッカーや。仲間を信頼している」

「その性善説が崩れることはなかったんですか。口には出さなくても心の内では怪しんだとか」

「そりゃ……」

途中まで言いかけて、今野は黙った。一度目か二度目かの犯行のあと、仲間の仕業(しわざ)ではないかと疑った瞬間はあった？　だが人のいい今野はそのたびに否定した？

当時はどのチームのロッカールームにもセーフティーボックスなどなかったのだろう。これでは今野を責めているようだと感じて、質問を変えた。

「三枝さんの財布からは、間違いなくお金は盗まれていたのですか」

「間違いないと言うとったで。サエは帰りに後輩と飲みに行く約束をしてて、ピン札を二十枚、財布に入れてきたらしい。それが十九枚しかなかった」

「カードでなく、現金ですか」

「カードを持たん選手もおったよ。俺らが若い頃は、長財布に帯封を入れてる先輩に憧れとったから」

「普通にクレジットカードが普及してる時代ですよね？　こう言っては失礼ですが、野球選手は遅れてるような気がしますけど」

「カードやったらホステスにチップもあげられへんやん。愛妻家のサエはクラブには行かへんけど、給料の安い若手を飲みに連れていき、帰りのタクシー代を渡してた」

「なるほど」

　タクシー代なら現金が必要なのも納得がいく。

「次は夏川さんの財布から金が盗まれたんですよね。七月の前半戦最後のレパーズとの三連戦の初戦、夏川さんが死球で負傷する二日前です。最初の五月から少し時間が空くんですね」

「しばらくはみんな、球場に大金を持ってこんようにしてたからな。そういった警戒感が解けた時やった。今度は誠が財布に入れてた五万から一万が抜かれた。誠は警備員にロッカールームに入った人間を確認しようとした。そしたら、サエが『俺にはたった一万でせこいこと言うなと言っといて、おまえも同じじゃないか』と挑発したんよ」

「夏川さんはどうされたんですか」

「黙って奥歯を嚙み締めてたかな」

「その場は黙ってたけど、その後に警備員に訊きに行ったりはしなかったんですか」

「行ったかもしれんけど、次からは誰が通ったかしっかり把握しといてくれくらいちゃう。三度目の時に警備員に確認しに行ったんが誠やから」

「その三度目の話をしてもらえませんか。ヒーローインタビューを終えた夏川さんが、『またやられた』と大声を出したんですよね」

杉山から詳しく聞いたが、おおまかにしか知らないふりをして確認する。

「それはもう大騒ぎよ」

「その後、どうなったんですか」

「誠が警備員のところに訊きに行き、戻ってきた。そしてみんなを集めた」

「みんなって」

「ベンチ入りしてた選手全員よ」

「それとマネージャーもですよね」

本来は広報兼通訳もだが、彼は夏風邪をひいて休んでいたと聞いた。「夏川さんはなんて言ったんですか」

「警備員に訊いたら、『ゲーム中にロッカールームに入ったのは一人しかいない』って」

「そうしたら?」

「急に犯人捜しみたいのが始まったから全員がびっくりよ。だけど驚いたのはその先よ。なにも言われてへんのに、俺の隣にいた静留がおどおどして、『違う、俺じゃない』と呟いたんよ」

「否定したんですか。でもおかしくないですか。まだ自分だと言われてないのに」

「静留は自分しかロッカーに入ってないという自覚があったんやないか。誠が訊いた警備員も井坂さんだけだと答えたそうやし」

「みなさんはどう思ったんですか。井坂さんの犯行だと思いましたか」

「思うかいな」今野は否定するが、すぐに「ただ……」と言葉を濁した。強張った表情からは俺に答えさせずに察してくれ、そう言っているようにも感じた。

「井坂さん、七回から姿を消していたんでしたね」

「そやねん。みんな同じことを思たんちゃうかな。それでも信じられへんかったけど」

「井坂さんは認めたんですか」

「その場では認めんかった。ずっと黙ってた」

「その後はどうしたんですか」

「誠が別室で事情聴取をした」

「夏川さんが被害者だからですか、それなら三枝さんだって同じじゃないですか」

「誠が選手会長やったからな。誠が、俺が訊くといって静留を別室に連れていった」

「井坂さんはそこで認めたんですか」

「いいや認めてへん。けど、やってないならそう言うわけやから、否定もしなかったという方が正解やな。ずっと俯(うつむ)いて黙ってたそうや」

「それじゃあ、井坂さんが犯人かどうか分からないじゃないですか」

「それが翌日、サエが球場で、静留を呼んで訊いたら、静留は自分がやったと認めたらしいわ」

そんなこと初めて聞いた。三枝はひとことも言っていなかった。

そこで隣から松浪が質問した。

「どうして選手の二人が聴取をしたんですか。普通は球団がやるものでは」

「それは誠がロッカールームの出来事だから選手で解決すると言い出したからよ。誠が選手会長、サエが副会長やったから」

「夏川さんと三枝さんが別々にやったのは？」

「二人で迫ったら、静留を余計に追い込むことになる。確かそんな感じで、初めは誠が一人で訊くことになったんよ」

「そもそも二度も事件が起きていたなら、早く警備態勢を強化すべきだったんじゃないですか。警察への通報は大袈裟だとしても、警備員を多くするとか未然に防ぐ方法はあったはずでは」

素朴な疑問だが正鵠(せいこく)を射ている。二度も窃盗事件が起きていたのだ。しかもチームの中心である二人が被害者になり、そのことで言い争いになった。

「あの球場は狭いから、したくてもできんのよ」

今野は小枝を拾い、土の地面に球場の見取り図を描き出した。

「南大阪スタヂアムは今も変わってないと思うけど、ベンチ裏を出て、バックネット裏への通路を歩くと、二階への折り返しの階段がある。上がるとすぐ、左に細い通路があって、手前から左右に監督室とコーチ室、トレーナー室と裏方さんの着替え部屋とあって、一番奥が選手用のロッカールームやったんよ。警備員が立っているのは細い通路の出入口だけ。そこ以外は狭くて邪魔になる」

「通路が狭いのなら、ロッカールームの中でも良かったじゃないですか」

松浪も食い下がる。

「ロッカールームなんてものは俺らの憩いの場よ。そこに警備員が立っててみい。俺らは監督や球団の悪口も言えへんやん」

「ただの警備員ですよ。誰かのスパイではありません」

「そんなん本物かどうか分からんやん。部屋に知らん人間がおるだけで、俺らは見張られてるような気になってリラックスでけへん」

「それは言えるかもしれませんね」

疑問を重ねていた松浪が折れ、平尾も納得した。自分たちテレビ局員にしたって、上司のいない仕事部屋に無関係の人間が立っていたら、会話も躊躇(ちゅうちょ)するし気が休まらない。

「出入りできるのは、当然、二階への階段を上がって左に曲がるところだけですよね」

再び平尾が尋ねた。そうだと決めつけたのだが、今野は苦い顔で否定した。

「それが通路の途中に扉があって、一般通路の非常口が、その細い通路に通じる構造になってたんよ。俺らでさえ、中に入ったことがないから、どこから通じてるのか分からんかったけど、何年かに一度、一般客が紛れ込んできたことがあったな。俺がルーキーの頃、迷子の子供が狭い通路で大泣きしてて、その時は大騒ぎになった」

「扉に鍵はかけてないんですか」と平尾。

「非常口やもん。かけへんよ」

選手かコーチ、もしくは球団関係者のみに容疑者は限定されるのかと思ったが、そうではなかった。施錠をしていないドアがあるなら、一般ファンでも、新聞記者でも忍び込める。

今野の説明には当時の球団の杜撰(ずさん)さが表れていた。不人気チーム、貧乏球団であるがための、脇の甘さと言った方がいい。

そこで「監督、危ない！」と選手の声が聞こえた。

打球が飛んできたようだ。平尾は手で頭を押さえてその場に屈んだ。今野も頭を隠したが、松浪は顔を上げて、高く上がった飛球を両手で捕球した。

「おっ、さすが元野球選手」

思わずそう声を出した。危ないと言われても慌てることなく、素手で硬球をキャッチするとは、野球経験者でもなかなかできないだろう。

柵の外までグローブを嵌めた選手が出てきて、「すみませんでした」と帽子を取って頭を下げた。

松浪は左手で返球した。ボールは高校生の胸元に真っ直ぐ伸びた。

「いい球投げるやん。元野球選手やて？　どこで野球してたん？」

今野が目を丸くして尋ねる。

松浪が大学名を言うと、「俺のライバル校やん」と返した。今野も関西六大学野球連盟に所属する大学出身だ。

「ポジションはって、今のフォーム見て聞く必要はないわな」

今野は松浪が投手だったことまで理解した。

「何勝してん？」

「十二勝です」

「関六で十二も勝つとは立派なもんや」

「負けも十六ありますけど」

「プロに誘われんかったんか」

「僕はそのつもりでドラフトが終わるまで待っていましたが、残念ながら名前は呼ばれませんでした」

元プロ野球選手に向かって、そのような冗談も言えるのか。

仕事では、必要な質問でもなかなか切り出せないことが多い松浪だが、今日は肝が据わっていた。

3

ＪＲの草津駅から乗った新快速電車の二列シートの隣から松浪が話しかけてきた。

「噂通り、立派な監督さんでしたね。夏の高校野球の取材もしましたけど、今野監督ほど丁寧に応対してくれる人はいませんでした」

「元プロ野球選手だけど、そういう経歴は脱ぎ捨てて、教育者になりきってるよな。全然自慢しないし」

素直に感じたことを話した。

優勝した年にあげた九十九打点に、「他の年なら打点王でしたね。それより少ない打点でタイトルを獲った人もいますし」と持ち上げたが、「誠と神父さんに釣られただけよ。それに打点というのは前を打つバッターが塁におらんことには挙げられんもん」と謙虚さは変わらなかった。

「松浪は今日の取材でどの部分が気になった？」

「いろいろあります。企画会議で平尾さんが話すまで、僕は試合当日に窃盗事件があったことすら知らなかったわけですし。それも元ドラフト一位の井坂静留さんが犯人だったなんて」

「それを知った上で、なにか感じたことはあったろ？」

「優勝が決まった時、みんなこれまでの悔しさが爆発して大泣きしたのに、夏川さんと三枝さんだけは泣かなかったということですかね。僕が心を打たれたのは今野さんが言った二人が泣かなかった理由ですけど」

意外なところに着目するなと驚く。

その話は収録したインタビューの最初に聞いたことだ。みんなで抱き合って喜んだが、二人だけは涙を見せなかった。そのことを今野は「二人に人間的な感情が欠けているわけではないですよ。二人は優勝よりもっと上の目標を持ってプレーしていた。涙でもなんでも、溢れるということは、心の器がいっぱいになったということです。誠とサエは、その容量が自分たちと違ったんですよ」と心の器という言葉を使い、嚙み砕いて説明した。

「今野さんの言った通りだと思いました。メジャーリーグで活躍する選手もそうだし、他のスポーツでもオリンピックでメダルを取る選手は簡単に泣きませんものね」

「取材者が感動で涙ぐんでいるのに、選手はけろっとしていることもあるよな。松浪はどうだった？　高校や大学の最後の試合は泣いたか？」

「泣かなかったですね。高校の時は僕以外全員泣いてましたけど」

「じゃあ、松浪も心の器が大きいんじゃないか」

冗談で言ったが、松浪は「大学ではこんな悔しさを味わいたくないと、気持ちを切り替えていました」と真面目に答えた。

二人のように感情を表に出さないよう、今野は教え子たちに指導しているそうだ。

——喜怒哀楽って言うくらいですから、泣かないってことは簡単には怒らないってことにもなります。そうした選手はどんな場面でも取り乱したり熱くなったりせず、冷静沈着にプレーできる。うちの生徒にも言うんです。気合を入れるのに大声を出すのはいいよ、でも打った抑えたで過度にガッツポーズしたり、相手を挑発してはあかん。自分がされたらどう思うかを考えなさいってね。

グラウンドには「冷暖自知（れいだんじち）」という言葉が書かれた横断幕が掲げられていたので、そのこともカメラを回した際に尋ねた。

――選手の頃に、お坊さんに教えてもらったんですけど、冷たいか温かいかは食べてみないと分からへん。だからまずやってみなはれという意味ですわ。でも僕はもう一つ上の解釈をして、冷たかろうが熱かろうが自分の中で治めて頑張りなさい、そういう姿勢が戦う者には必要だと生徒に説いてます。

今野の教え子が活躍する理由が分かった。栗東学園は今秋の滋賀県大会では準決勝まで進出、あと一勝で近畿大会に出場できた。いずれは甲子園にも出られるのではないか。

「ただ、僕は二人が泣かなかったのはなにか意味があったのかなとか思ったんです」

予期せぬことを言う。

「意味ってなんだよ」

「それは……」

口籠った松浪の心の中が見えた。

「井坂静留のことで泣けなかったということか？　井坂本人を聴取したのは二人だけだものな。まさか二人が罪を擦（なす）り付けたとか」

「ドラマの見すぎですね」

否定はしたが、そう感じたようだ。夏川と三枝の二人がなにか嘘をついていると思っている平尾にしても、二人への疑惑は晴れていない。

杉山からサイン盗みをやめた全貌を聞いたことで、三枝が井坂静留に感謝した理由は分かった。三枝が言ったノーコメントは、果たしてサイン盗みのことだけだったのか……。

スポーツ取材ではよく耳にする「ノーコメント」が、小骨のように刺さっている。

車内アナウンスが入り、新快速は減速しながら京都駅のホームに入っていく。京都タワーの正面で停車すると、松浪が会話を続けた。

「井坂さんがベンチを離れていた時間帯も驚きでしたけどね」

「七回の攻撃が始まる時、沖選手が井坂さんがいないことに気づいたんだったな」

「そんな長い間、不在だとバレますよね」

九回裏のサヨナラホームランの時にはベンチに戻っていたようだから、おおよそ二イニング。一イニングは通常、表裏で二十分ほどだが、あの試合は七回、八回とバーバリアンズの猛攻撃が続いたから、一時間前後、井坂はベンチを離れていたことになる。

京都駅に停止した電車が動き出す。夕方の帰宅ラッシュ前だが、結構な客が乗ってくる。

「通路の途中に外部に通じる非常扉があるのに、警備員は二階に上がった入口一箇所にしか居なかったというのもびっくりしました。二回も事件が起きたら、警察に巡回を頼んでもいいくらいですけどね」

「プロ野球でも物取りは普通にあるって聞くしな」

「恥を忍んで話しますが、うちの大学でもありました。その選手は現行犯で見つかったんです。当然野球部にもいられなくなって、大学もやめました」

難関校で知られる松浪の出身大学なら就職も安泰だっただろうが、その選手はそのことで人生を棒に振ったのだ。

常識で考えるなら松浪の言う通り、最初の事件の段階で警備態勢を強化するべきだったが、そうするにはチームの複雑な人間関係が邪魔をしていた。

五月に三枝が盗難に遭った時、夏川が、たった一万でせこいことを言うなと三枝を非難した。次に七月半ば、その夏川の財布が狙われた。警備員に確認しようとした夏川に、今度は三枝が、おまえも同じじゃないかと挑発した。結局、なんの警備も施されずに、三度目の事件が起きた。

犯人は二人の性格を把握していた？　そうなると怪しいのはチームメイトについては、頭のてっぺんからつま先まで熟知していた井坂静留が一番怪しくなるが。

窓の外で上り電車とすれ違った。窓が振動して耳をざわつかせる。電車が通り過ぎてから会話を再開した。

「松浪を連れてきて良かったよ。頭は一つより、二つある方がいろいろ考えられる。松浪が質問してくれたおかげで、球場の構造も分かったしな」

「そう言ってもらえて安心しました。でも平尾さんって変わってますね」

「なんだよ、藪から棒に人を変人扱いして」

「変人という意味ではないんです。僕は平尾さんが、井坂さんは犯人でないと、決めつけているように感じました」

「決めつけてなんかいないよ。ただ取材していくと、井坂さんだと疑うには証拠が少なすぎる気がしてしまうだけだよ」

「翌日、三枝さんには、やったと認めたんですよね」

「最初は、俺じゃないと否定したと言ってたじゃないか」

警備員に訊きに行った夏川が名指しする前に、井坂静留はそう呟いたという。

「本当にやってないなら、次の日の三枝さんにも、貫き通しませんか」

「そうだよな。認めないよな」

自分の前で犯行を認めた三枝が球団に伝えたのか。だとしたらどうして事件の真相を調べるならと条件をつけてきたのか。

「仮に井坂さんが誰かしらを庇っていたとしても、いまさらその人間を告発して、真犯人は誰々ですと訴える意味なんてあるんですか。被害届すら出てないですし、出していてもとっくに時効です。だいたい今になって真犯人が発覚したら、番組が放送できなくなりますよ」

「もちろんそういう方向に持っていくつもりはないよ。井坂静留以外に真犯人がいるというのは、あくまでも俺個人の興味であって、番組作りとは関係ない」

顔を上げると座席近くに立つサラリーマン風の乗客と目が合った。こんな話、誰が聞き耳を立てているか分からないと考えを改め、会話をやめた。

6thイニング

沖博康
小曾木健太

沖

2番セカンド　背番号4 右投げ右打ち（当時31歳）
130試合
打率.300
16本塁打
49打点

小曾木

7番ライト　背番号24 右投げ右打ち（当時28歳）
124試合
打率.275
24本塁打
68打点

1

【沖博康、小曾木健太インタビュー　収録日11月15日　於グランドホテル新大阪】

——試合についてはありがとうございました。ここから先は井坂静留さんについて話していただけますか。

小曾木「静留さんについての話もするのですか」

沖「試合とは関係ないじゃない」

——事前に説明しましたが、収録は、みなさんが毎年、納会で祝福していた井坂さんの誕生日、十一月二十二日に実施します。それはレジェンドのみなさんから、井坂さんにどれだけ助けられ、感謝していたかを聞いたからです。バーバリアンズの優勝をひと一倍願っていたのに、その瞬間の喜びを分かち合えなかった井坂さんの無念は推して知るべしです。うちの解説者である杉山さんやすでにインタビューを終えた三枝さんも同じことを言っていました。バーバリアンズには井坂静留という名マネージャーがいた。あの年のレジェンドは九人じゃない、十人いたのだと。

沖「スギさんやサエさんがそこまで言ったのなら俺も話すわ。静留さんは俺が高校二年の時に甲子園で優勝したので憧れの人でね。すげえ実績があるのに、全然、偉ぶったところがなくて、寮でも後輩に一番優しかった。高校の時の投げすぎが原因で、怪我と闘っていて辛そうだったけど」
小曾木「現役を引退して、用具係になったんですよ。球団にはスポーツメーカーから出向してくる人もいますが、静留さんは彼らにも夏の暑い日は休憩しろよと気を遣ってました」
沖「子供にも優しかったよね。日曜にうちの坊主を連れていった時は、静留さんにずいぶん遊んでもらった」
――それって三枝さんじゃないんですか。今野さんからは自分の娘さんにぬいぐるみをくれたり、夏川さんの息子さんとキャッチボールしたりと聞きましたけど。
沖「サエさんも面倒見は良かったけど、静留さんもだよ」
小曾木「それでいてサエさんや誠さんが、静留も子供を連れてこいよと言うと、俺は裏方だからいいんだよ、と遠慮してましたね。サエさんや誠さんの代で、最初に結婚したのが静留さんです」
沖「二十一で結婚したんだものな。結婚を決めた途端に怪我をしたから、早過ぎた。女房に迷惑をかけたと言ってたな」
小曾木「デキ婚だと照れてましたけど、中学の時から付き合ってて、彼女一筋だったというんだから早いとか関係ない。純愛ですよ」
沖「子供が生まれた時、俺は二軍にいたんだけど、一軍のみんなから静留さん宛にクラブハウスにお祝いが届いたんだよ。静留さん一人では持ちきれないから俺が車まで運ぶのを手伝ったんだけど。静留さん、こんなにたくさんのプレゼントもらうの、高校の時以来だって喜んでたのを覚えてるよ。甲子園で優勝投手になって、女の子からもらった時より、仲間からのプレゼントの方が嬉しいって」

——お二人は井坂さんが亡くなられたのはどこで知られたのですか。最初の優勝から三年後の十二月十日のようですが。

沖「それはみんなと同じだよ」

——同じとは?

沖「南紀白浜(なんきしらはま)で選手会主催のゴルフコンペがあったんだよ。ラウンドを終えてクラブハウスに戻ってきた。行きはサエさんの車に乗せてもらって、帰りは和歌山の友達に会いに行くつもりだったので、ゴルフバッグを送ろうと宅配便の伝票を書いてたんだ。そしたらロビーが騒がしくて。球団職員にサエさんが食ってかかるように大声を出してたよ。『嘘だろ、嘘だ!』って」

小曾木「僕は次の組でしたが、戻ってきた時にはみんなが集まってて、近くの後輩に訊いたら、静留さんがトラックの事故で死んだと聞いて……」

——その時、どう思いましたか。

小曾木「信じられなかったですよ」

沖「俺もショックだったけど、サエさんが泣き崩れていたのが記憶に残っているな。静留さんのことは、あんなことがあってもみんな大好きだったから、他にも泣いてる人はいたけど、サエさんが涙を流してるのは初めて見た」

小曾木「過労で居眠り運転と聞いて真っ先に思ったのは、こんなことになるならチームに残っていれば良かったのに、でした。いや無理やり残せば良かった、かな」

——みなさんで嘆願書を提出したんですよね。どんなお気持ちでサインされましたか?

沖「そりゃ戻ってきてほしいの一心だよ」

小曾木「誠さんからリーグ優勝して、日本一になって静留を戻そうと言われ、それでもう一段、ギアが上がりましたから」

——選手の金を盗んだんですよ。普通は関わりたくないと思うものではないですか。

小曾木「盗られたのが、自分の金じゃないからそんなこと言えるんだと怒られるかもしれないけど、静留さんが犯人だとは、僕はいまだに信じていません」

——誰に怒られるんですか。お金を盗まれた三枝さんですか、それとも夏川さんですか。

小曾木「口がすぎました。あの二人が一生懸命、静留さんの復帰を働きかけたんですから」

——沖さんはどう考えられていたんですか。

沖「なにが？」

——質問が説明不足でしたね。どんな気持ちで嘆願書にサインされたのかと思いまして。

沖「みんなと同じだよ。戻ってほしかったし、誠さんの話だと、必ず戻ってくると言ってたから」

——夏川さんがそうおっしゃってたんですか？

沖「今思えば願望だったんだろうね。球団のお偉いさんが連絡したら、静留さんは退団しますと断ってきたというから。最初から日本シリーズ終了を機に、やめるつもりだったんじゃないの」

——ところで井坂さんの死、夏川さんはどこで聞いたんですか。

沖「知らないよ、その頃、誠さんはジェッツの選手だから」

小曾木「僕がジェッツの選手に聞いた話では地方でのサイン会に出席した時に、控え室で伝えられ、泣いたらしいですよ」

——サイン会はどうなったんですか。

小曾木「普通は中止じゃないですか。やれないでしょう」
――ところでお二人が井坂さんについて思い浮かぶエピソードってなにがありますか。
小曾木「バッティング投手をやってもらったことかな。僕は右打ちなので最初は左ピッチャー限定で先発することがあったんだけど、右より左ピッチャーの方が、体が開いて苦手だったんです。コーチは教えるより叱る一方だったけど、静留さんが『俺がバッピをやってやるから早出特打ちしよう』って買って出てくれて。全体練習の前に打ち込みをしました」
沖「俺も投げてもらったよ。静留さんって、入団した時は真上から投げる本格派だったけど、肩の手術をしてから、腕を下げるスリークォーターに変えたんだよ。だからその日の相手先発や、中継ぎにサイドスローが出てくる相手だと、そのピッチャーを真似して投げてくれた。俺も右打ちだけど、前後を打つスギさんとサエさんが左打ちなので、左のリリーフをぶつけられることが多かった」
――井坂さんは肩を壊して現役を引退したんですよね。なのに投げられたんですか?
沖「実戦は無理でもバッピくらいはできるよ。一四〇キロのストレートを投げるわけでもなければキレキレの変化球も求めてないし。バッピはバッターが打ちやすい球を投げるわけだから」
小曾木「その実、痛かったのかもしれませんよ。投げた後、ベンチ裏で肩を押さえて顔をしかめている静留さんを見たことがあります。大丈夫ですかと訊いたら、『なにが?』と惚けてたけど。普通のバッティングピッチャーは投げたらその日の仕事は終わりですけど、静留さんは用具係の仕事があったし、マネージャーになってからは、ベンチ入りして試合終了まで帰れなかったですからね。頼まれると嫌な顔一つしないでやってくれるから、僕らも甘えてしまったけど、そういうのもストレスになっていたのかな。人の物を盗る行為って、今は病気だと言われてるんでしょ。

この前テレビで摂食障害と関係してると放送してたし」

——井坂さんは摂食障害だったんですか。

小曾木「それはなかったですけど、調べたらなにか関連する病気があったのかもしれないじゃないですか？　昔はそういう考えはなく、ただ手癖が悪いで済まされてたから」

——手癖ですか？

小曾木「今のも取り消してください、静留さんに失礼でした」

——沖さんはどう思いますか。小曾木さんは言い直されましたが、聞きながら私が感じたことをはっきり言いますね。私には井坂さんはストレスを抱えていた、だから試合中にチームメイトの金を盗んだ、そう聞こえました。

沖「ストレスがあったのは間違いないけど、それが関係しているかは、俺には分からないよ」

——小曾木さんはさっき病気とも言いました。

小曾木「あれは取り消してくださいと頼んだじゃないですか。テレビでは使わないでくださいよ」

——それは承知しました。ところで井坂さんには、まずは選手会長の夏川さんが、翌日、副会長の三枝さんが事情聴取をしたそうですね。被害にあったのは夏川さんと三枝さんですが、ロッカールームは選手に平等に与えられた場所です。お二人にも井坂さんに確認する権利があったのでは？

沖「俺らに言われても……俺ら後輩だし、選手会の役員でもなかったし。サエさんがあくる日の練習前、静留さんと話して、その場で自分がやったと認めた。そこまで聞いて、俺らが確認しに行ったら、サエさんは気を悪くするじゃない」

――三枝さんが翌日に球場で話していたのは今野さんからも聞きました。
小曾木「僕も早く球場に着いたんで、二人がグラウンドの隅で話してるのを見ましたけど、サエさんより先に、誠さんが球場に来て、静留さんと話したそうですよ」
沖「えっ、誠さんも。そんなの初めて聞いたわ」
――どうして夏川さんは訊いたんですか。前の日に話してるんですよね。
小曾木「前の晩は答えなかったので、はっきりさせたかったんじゃないですか」
――井坂さんは夏川さんにも認めたんですかね。
沖「そりゃ、そうだろ。二人に話したことが一致してないと、騒ぎを知った球団も自宅謹慎にしないだろうし」
小曾木「誠さんが早く来てたこと、沖さんも知らなかったってことは言ったらいけなかったのかな？ 誠さんやサエさんに叱られるから、この部分も流さないでください」
――もちろんです、番組で使うために撮影しているわけではないので。
沖「流さないなら、なんでカメラを回してるのよ」
――事実を知っておくだけです。完全なドキュメンタリーではないですけど、だからといってやらせや事実とかけ離れた内容の番組は作りたくありませんので。
沖「そんな理由なら止めてよ。俺らこれだけ協力してんだし、さっきから気になって仕方ないわ」
――このままカメラを回させてください。他のメンバーから、井坂さんがいないことに気づいたのは、七回裏の攻撃で死球を受けたハーバート選手がベンチに戻ってからだと聞きました。三枝さんが、静留はどうしたと口にしたとか。そうしたら沖さんは、静留さんなら七回の攻撃の初めからいなかったと答えたそうですね。
沖「話したのは事実だよ」
——どうして井坂さんがいないことに気づいたのですか。
沖「理由なんかないよ。いるはずの静留さんがいない、そう思ったから口にしただけだよ」
——七回の攻撃だと、前の回に三枝さんの満塁ホームランで四点取って、さぁ追い上げようと盛り上がっていた場面ですよね。裏方の井坂さんがいないことなど気づかないのでは。
沖「まだ五点差あったからそんなに浮かれてなかったよ」
——沖さんは守備から戻ってどうしましたか。
沖「どうって、ベンチに座ってたよ」
——他の選手と一緒に応援してたということですか。トイレに行ったりはしませんでしたか。五番のハーバート選手からの打順となると、二番の沖さんには当面、打順は回ってきませんよね。
沖「な、なによ、急に」
——そうなんですね。トイレに行った。そこで井坂さんが二階に上がったのを目撃したんですね？
沖「ちょっと、あんた、勝手に決めつけんでくれよ」
——決めつけているわけではなく、尋ねているんです。トイレに行きましたか？　行ってませんか？
小曾木「なんですか、これ？　インタビューではなくて取調べじゃないですか」
——お二人はなにか隠し事をされているんですか？
小曾木「隠し事なんかしてませんよ」

沖「もうやめだ、やめ。これ以上カメラを回したら、俺は収録に出ないぞ」

2

「最後はすごい、うろたえようでしたね」

平尾茂明が忘れ物がないか確認してからホテルの部屋を出ると、隣を歩く松浪が話しかけてきた。

沖がこれ以上撮影を続けたら来週に迫った収録に出ないと言ったところで、平尾は松浪に撮影を止めさせた。

その後も彼らは「どうしてカメラを回す必要があったんだよ」と怒りが収まらなかった。「早い段階でカメラを止めるべきでした。ついインタビューに夢中になってしまい申し訳ございません」と謝罪し、なんとか二人を宥めた。あと一週間に迫った南大阪スタヂアムでのゲームに、予定通りに出てくれるとも約束してくれた。

実家が千葉で漁業をやっている沖は、魚市場で働き、忙しい時期は漁にも出るそうだ。顔も腕も真っ黒だった。

高校野球の監督の今野もよく日焼けしていたが、海で力仕事をしているせいか、沖の肌の色は深みが違った。その上、服の上からでも分かるほど胸や二の腕は筋肉が隆起していた。現役時代も一七〇センチと小柄の二塁手だったが、送りバントをするような二番打者ではなく、パンチ力があった。

故郷の山梨で野球塾を開いている小曾木も、五十代とは思えないほど若々しい体をしていた。沖も小曾木もとうの昔にコーチになっていても不思議はないほど実績を残したが、彼らが呼ばれなかったのは球団が身売りされ、新オーナーが、旧バーバリアンズ色を一掃して新しい球団に生まれ変わらせようとしたことが大きい。

もうユニホームを着ることはないと諦めていた時に、さほど親しくなかった夏川から声がかかり、二人とも飛び上がるほど嬉しかったはずだ。カメラを止めるほど立腹したのに収録への参加を断らないのは、この企画じたいが、夏川誠が監督に就任した祝福番組であり、自分たちが出場を断れば、夏川が気を悪くすると気にしたからだろう。

「あの調子だと沖さんは間違いなくトイレに行き、そこで井坂さんが階段を上がっていくのを目撃してますね」

ホテルのロビーを歩く二つの足音の隙間から松浪の声がする。

「俺もそう確信したよ」

「平尾さんはどうして沖さんがトイレに行ったことを知ってたんですか。今野さんは、沖さんが井坂さんはイニングの初めからいなかったと言っただけで、トイレに行ったなんて話、これまでの撮影データにも出てきてませんよ」

松浪には夏川、三枝、杉山のインタビューデータも渡した。毎晩遅い時間に帰宅する松浪だが、三日かけて最後まで見たそうだ。

「知らないよ。俺が知っていたのも松浪と同じ、今野さんが言った話までだよ」

「ブラフをかけたんですか」

松浪が足を止めた。

「やればやるほど新事実が出てくるから取材は面白いよな。まさに今野さんが言っていた冷暖自知、やってみないと分からないってことだよ」

素知らぬ顔で先を歩く。エレベーターホールが近づいてくると、松浪が駆け足で寄ってきた。

「隠された事実を明らかにするために、撮影しながら質問してるんですか。相手は嫌がっているのに」

「悪いな、嫌な役を押し付けて」

やめろと言われるのは平尾だが、カメラを回しているのは松浪だ。

「カメラを回すと本当の話をしてくれなくなるのに、平尾さんの考え方は違うんですね」

「普通は話してくれなくなるよ。それは後ろめたいことがあって、喋ったらいけないと先に決めている時だ。彼らの場合は、思わぬ質問をされているわけだから、カメラを回している方が平常心でいられなくなる」

「それで事情聴取みたいな雰囲気になってしまうんですね」

「ちょっと趣味が悪いけどな」

「やっぱり平尾さんは、真犯人を捜しているんですね。いいえ、真犯人を知っている？」

「まさか、知ってたらこんな面倒なことはしないよ」

「本当ですか」

「心当たりはゼロだよ。ただ話を聞くたびに怪しさを覚える。松浪だって今日の話で、なにか引っかかったことがあったろ？」

「前日は夏川さんだけが井坂さんに話を聞いたのが、翌日、夏川さんと三枝さんが別々に井坂さんと話したことですか？」

自信なさそうに松浪が言った。

「さすがやり手と見込んで、今回の企画の唯一のパートナーに選んだだけのことはある。俺の目は節穴でなかったたってことだな」

「茶化さないでくださいよ、あれってどういう意味なのか、さっぱり分からなかったんですけど」

「可能性は二つあるよな。二人はどうしても確認したかった。もう一つはどちらかがなにかを命じた」

「命じたって井坂さんがやったことにするようにですか」

「それしかないだろう」

「二人のうちどちらがですか」

「二人とも、とか」

「えっ、二人して井坂静留さんに濡れ衣を着せたってことですか」

それまでとんとんと進んでいた会話が止まった。

「今のは冗談だ、忘れてくれ」

「勘弁してくださいよ。結構ゾッとしました」

「そもそもが夏川さんが、井坂静留一人しかロッカールームに入っていないことを警備員に確認しているわけだし」

「警備員なんていくらでも懐柔できるでしょう。井坂さんが陰謀に巻き込まれたという説を追及すると、他の誰かが盗んだってことになりますよね。元より被害者は二人なんだし、二人が庇う人間が見当たりません」

「確かにな。それに優勝しても涙を見せなかった二人が、井坂が死んだ知らせには泣いたらしいものな」

その話が謎をいっそう複雑にする。事実であれば、井坂静留は他のチームメイト同様、夏川と三枝からも愛されていたことになる。

エントランスを出てタクシー乗り場に向かう。三人ほど並んでいたが、客待ちのタクシーが続けざまにやってくるのですぐに順番が来た。ワゴンタクシーなので運転手に聞かれる心配は少ない。

「なぁ、松浪。さっきは冗談とは言ったけど、取材を進めていくにつれて疑問は次々と出てくる。その疑問を解明できるとしたら彼らしかいない」

「彼らって、誰ですか」

「彼らと言ったら彼らだよ。レジェンド全員だ」

「まだインタビューをしていない玉置さん、北井さん、レジェンド全員と言うからには、今回は来ないハーバートもですか」

声を抑えて話しているのに、松浪が大きな声で話すものだから、バックミラーで初老の運転手と目が合った。あの時代から大阪でタクシーを運転していた者なら、バーバリアンズのメンバーを覚えているだろう。昔のタクシーはラジオでプロ野球中継が流れていて、ジャガーズ戦がない時は、バーバリアンズの試合だった。

そっと指を唇に当てる。

「すみません」

松浪は平謝りしたが、どうしても気になるのか、「どうやって解明するのですか？　降参しますので教えてください」と声を殺して訊いてきた。

「正直、俺も分からない。分からないからこそ、こうやって事前にインタビューを撮って、収録日に、一同を集めるんだ」

その後はお互い固有名詞を使わずに話した。バックミラーで見る限り、運転手が聞き耳を立てている素振りはない。

「もし新事実が出てきたら、どうするんですか？　この前は放送できなくなる方向に持っていくつもりはないと言ってましたけど」

「放送中止になればそれは仕方がない。虚偽のまま流すわけにはいかないだろ」

「仕方ないって、そんな……」

声が大きくなりかけ、松浪は慌てて口を押さえた。

「ここから先は、松浪の将来にとってはいい仕事ではなくなるかもしれない。ここで降りてもいいぞ」

少しは悩むかと思った。彼にとっては好きな野球を諦めてまで入ったテレビ局だ。だがすぐに「やらせてください」と返してくる。

「いいのか？　上に訊かれたら、松浪はなにも知らずに俺に手伝わされたことにするつもりだけど、松浪のキャリアには傷がつくかもしれない」

「僕だって真実を知りたいです。番組で使わなかったとしても、作り手は裏の裏まで調べておく必要があると思っています」

「俺も、松浪が今言ったことを考えて仕事をしているつもりだ」

見込んだのは間違いなかったようだ。

「ところで残り二名のインタビューが残っていて、番組の収録の二日前に、広島のホテルでアポイントメントを取っているんだけど、それは松浪が一人でやってくれるか」

八番キャッチャーの玉置と九番センターの北井。二人とも当時二十代で、優勝メンバーの中では若手だった。

玉置は岡山で飲食店をやっている。今季まで二軍監督だった北井も、球団行事が終わり、故郷の山口に帰っていると聞き、広島のホテルでインタビューすることになった。

「平尾さんは行かないんですか」

「玉置さんに打ち合わせの時に深掘りしすぎて、警戒されてるんだよ。昨日電話した時、あなたが来るんならインタビューは受けたくないと言われた。本音は今日の二人同様、事件のことを訊かれるくらいなら出演したくない。コーチに呼んでもらった手前、夏川監督の顔を立てるために引き受けただけなんだろう」

「相手を怒らせるほど事前取材をしているから、平尾さんはいろいろ知っているんですね」

「収録前が大切なのはテレビの仕事全般に言えることだよ。とはいえ、玉置さんにとくに事件の話を訊いたわけではないんだけどな」

念入りに訊いたのは自局の専属解説者である杉山、そして「事件の真相を調べるなら」と出演に条件をつけてきた三枝だ。

夏川とも東京で夕食を共にした。だが全員が事実を話してくれていないと感じている。

「分かりました。広島は僕一人でやってみます」

「カメラを回しながらのインタビューになるけど大丈夫か」

「質問を覚えますので、あとでメモをメールでいただけますか。メモにまとめるのが大変であれば口頭でも構いませんけど」

「メモくらい、なんてことない。夕方までに松浪のアドレスに送っておくよ」

「よろしくお願いします」

話に夢中になっているうちに車は減速していく。フロントガラスの斜め左に大阪毎朝放送の看板が見えてきた。

運転手が車寄せに付けようと、左折のウインカーを点滅させて、ハンドルを切った。

3

カーテンを少しだけずらし、窓をスライドさせた。

来た時には目の前に聳（そび）え立つあべのハルカスに五つの光が流れていたが、すでにイルミネーションは消えている。テーブルに置いた腕時計を取り、窓辺に近づけ目を眇めた。十二時十五分になっていた。

平尾はバスタオルを腰に巻いただけの恰好で、ソファーに腰を下ろし、バッグから電子タバコを取り出す。控えているが、情事の後にはどうしても吸いたくなる。

「灯りをつけてもいいのよ」

荒波が押し寄せた後のように乱れたシーツで体を覆った新川透子が、手枕をして平尾を見つめていた。

「カーテンを開けてるんだよ？　明るくしたら外から覗かれるぜ」

「何階だと思ってるのよ。三十二階よ」

「それだってドローンを飛ばせば撮れないことはない」

「さすが元報道記者、あなたが週刊誌の記者ならそうやって有名人の密会を撮影してたってことね」

「俺が心配してんのは週刊誌に出た後のことだよ。記事を読んだ新川透子の熱烈なファンがなにをしでかすか分からないだろ」

冗談を言ったのに、新川は「大丈夫よ、この付近は禁止区域だからドローンは飛ばせないって、前にディレクターが言っていたから」と真面目に返答した。

「そこまで言うなら、カーテンを開けたまますれば良かったな。そうしたらもっと興奮したかもしれない」

「別に私は構わないわよ。カーテンを全開にしようが、腕を組んでチェックアウトしようが」

これ以上、冗談を続ける気にはなれなかった。本気で言っているのか、皮肉を交えているだけで冗談なのか、度胸試しをされたら、男は女に敵わない。

撮影されたところで二人とも困るわけではない。平尾は三年前に離婚しているし、新川は独身だ。

彼女がメインキャスターを務める夕方の報道番組の視聴率には影響するだろう。今は関西エリア限定の番組にしか出ていない新川だが、過去には全国ネットの報道番組のアシスタントMCをやっていた。知的な美人アナとして週刊誌に幾度となく取り上げられた。

交際相手が看板番組の一つも持っていないバツイチディレクターでは、狙っている週刊誌もさぞかしがっかりするはずだ。社内恋愛が禁止されているわけではないが、局内の新川ファンからも相当妬まれる。とくに直属の上司の田村スポーツ局長はバツなしの独身で、大の新川ファンだ。

彼女との関係はかれこれ二年余になる。知り合ったのは、元妻との離婚が成立した頃だった。長いこと夫婦仲が冷めていた元妻から、好きな人がいるので別れたいと言われた。子供はいなかったし、元妻から言い出したのだから慰謝料を払う必要もない。共働きだったため財産分与で取られる額も知れている。すぐにでも判を押すつもりだったのに、離婚が確定するまでに半年かかった。

ごたついたのは、元妻が離婚を言い出す直前に死んだ母の宝石がなくなっていたからだ。鑑定書が残っていたため、専門家に調べてもらうと、なんと元妻が勝手に持ち出し、質屋に売っていた。宝石は母が父から贈られたプレゼント、いわば父の形見でもあった。

追及すると元妻は、「お母さんからもらった」と嘘の主張をした。母は自由気ままな元妻に心を許しておらず、父の形見を渡すとは考えられなかった。

元妻のしたことが許せず、弁護士を立てて宝石の売却額の返却を求めた。だが売れない役者をしていた若い男に貢いでいた元妻に、金は残っておらず、結局は折れた。

無意味な時間を過ごしたことにぐったりと疲れていたある夜、ふらっと入った京橋のバーで、一人で来ていた新川を見つけたのだった。新川もメディアにも交際を取り上げられていた若手経営者と別れた直後だった。

別離の理由は、元彼がセクシー女優と二股をかけていたこと。その事実を知った新川が男を問い詰めると、男は二股を認めた上で、「俺がAVなんかに出ている女にのめり込むわけないだろ。俺にふさわしい妻は、報道キャスターである透子だけだよ」と言ったらしい。素直に謝ったら浮気の一つくらい許したそうだ。職業差別をし、そのうえ女をランク付けした言い草が気に入らず、その場で別れを告げたと新川は話した。

――結婚する前にその女性の存在が知れて良かったんじゃないの。結婚後にセクシー女優が週刊誌に売ってたら、新川さんまで害を被るところだったよな。

慰めようとそう言った途端、これでは、まるでセクシー女優だから簡単に週刊誌に売ると決めつけている、別れた男と同じだと思いつき言い直そうとしたが、その必要はなかった。

――その手があったわね、私が取材を仕向けても良かったかもしれない。そうしたらあの男は、上場企業の経営者としては不適格だとレッテルを貼られて、会社もダメージを受けたのに。プロポーズされた時、悩まずに籍を入れとくべきだったわ。

腹の据わった発言に、元妻と揉めた自分を小さく感じるほど、胸がすいた。二人とも酒に強いこともあり、それから何回か酒だけの付き合いが続いた。

切れ長で強い輝きを持つ目をした新川は、男どもが卑猥な会話をしようものなら、睨んで黙らせる。

それが酒の席のせいなのか、それとも平尾と飲む時はそうしたい気分なのか、自分から過去の男関係をざっくばらんに明かした。

女は当面いいと思っていたのに、会う度に惹かれていき、偶然の出会いから二カ月目、二人とも泥酔した夜に初めて男女の関係になった。局の顔である新川透子を独占できたことに、平尾は夢中になった。

それからも月に二回ほど、こうしてホテルでの情事を重ねている。

独身同士なのだからお日様の下で腕を組んで歩いても構わないのだが、新川からはホテル以外での逢瀬を求められたことはない。

最初のうちは、自分は本命の男が現れるまでのショートリリーフなのだろうと思った。テレビ局員の待遇は世間一般で見れば恵まれているが、所詮は関西ローカルだ。スポーツ部長あたりまで出世したとしてもたかが知れている。新川ほどの女性なら会社経営者でも役者でもスポーツ選手でも、ハイスペックな男をいくらでも探せる。

それが今年の春になり、新川から急に言われた。

——あなたって不思議な人よね。私の過去の男の話は興味深く聞くくせに、将来の話は一切しないんだから。

——なんだか、俺が変態嗜好のある男みたいだな。新川透子の過去に興味を惹かれるのは否定しないけど、将来の話をしないのは、きみが俺との結婚を考えていないと思っているからだよ。

——私、考えてないって、言ったたっけ？

実際は聞いていない。だが結婚したいとも言われたことはない。

そのことを言うと、「私から言わせようとしてたの？」と目をぐるりと回した。

単に自分は候補にされていないのだろうと遠慮していただけだ。そう言い訳するのも無粋だと、「俺は最初から本気だ。きみとの将来も真剣に考えている」と話した。冷静に伝えたが、答えの分かった告白に、本音はベッドの上で万歳して子供のように無邪気に飛び跳ねたい気分だった。

ところが八月末、夏川が監督になるという噂がメディアを賑わせ、再婚どころではなくなった。まだシーズンは一カ月以上残っているのに、バーバリアンズは噂されていた夏川新監督の就任を発表。自分を育ててくれた球団を再建させ、恩返しをしたいと話した就任会見の四日後、夏川は新聞記者、テレビ関係者を世田谷の自宅に集めて取材に応じた。その場で二年前に頼んだ企画に出演してもらえないかと、夏川に持ちかけた。

――俺は構わないけど、サエが受けないだろ。聞いてみるがいい、絶対にやらないと言うから。

帰阪して、玉砕覚悟で三枝に頼みに行った。井坂静留の話を持ち出すと、それまで冷たかった三枝の対応が変わった。

――静留がなぜあんなことをしたのか、真相を調べてくれるのなら、俺は受けてもいいよ。

三枝が受諾してくれたことで、夏川も同意し、急展開で番組作りが始まった。局長や編成部に企画を通したり、他のレジェンドに出演交渉したりと大忙しとなった。

新川との関係は続いたが、彼女の前で結婚話をしなくなった。

いくら真実を解明するのがメディアの使命だと主張したとしても、平尾がしようとしていることはテレビ番組を、放送目的とは反して利用するいわば背任行為である。バレれば懲罰が下される。最悪は懲戒解雇。その時に一緒になっていれば新川の経歴にまで傷がつく。

「なんかソワソワしてるわね」

外を眺めていたところに新川の声にハッとする。彼女はスマホを握ったまま、含みのある笑いを見せた。

ソワソワなんかしていなかったはずだ。そう言うことで平尾を試しているのだ。

「会社でやり残した仕事があるんだよ。だからもう少ししたら戻らないといけない」

無意識に取り出したタバコをケースに戻す。

「まだ伝説の試合の再現を収録する前なのに?」

「編集作業をするわけではないよ。本番に向けて、インタビューしたものを見直したいだけだ」

次の玉置と北井のインタビューは松浪に任せることにした。訊いてほしい内容もここに来るまでに彼にメールで送っている。

単に朝まで過ごすことで、新川への未練が自分の中で大きくなるのを避けたかった。大事なものの喪失がトラウマになっている平尾は、孤独や寂しさを予感すると、自然とフェードアウトしていこうと予防線を張る習性がある。

「男女の事が終わった後、言ってなかった仕事を持ち出して家に帰る男は、奥さんにバレかけている時なのよね」

「すごい洞察力だな。さすがインタビューの腕前も一流だと評価される敏腕キャスターだけある。だけどそのケースって男に妻がいるケースだろ。俺には当て嵌(はま)らないぜ」

「そうね。あなたの元奥さんは、今は大河ドラマにも出演している役者の妻に収まっているわけだから」

「相変わらずきみは、落ち込んでいる人間の傷口に塩を塗るのが得意だな」

「あら、落ち込んでたの？　愛着なんてなかったんでしょ？」

「俺がショックを受けてるのは、間男が元妻と入籍した途端に売れ出したことだよ。もっといい女を手に入れた俺は、副部長くらいにまで出世してなきゃ釣り合わないだろ？」

「充分、女の魔力をいただいたんじゃないの？　敏腕ディレクターとして、自由な裁量で、好きに仕事をさせてもらってるわけだし」

新川は口角を上げる。

「まっ、売れたといっても、この前、大河を見たけど、間男の出番は数秒で、エキストラに毛の生えた程度だったけど」

「なんだ、五十歩百歩か、残念」

敏腕だと褒めておいて、次はまるでダメ社員扱いだ。言葉や態度には浮ついたところがなく、その男前ぶりで、平尾を毎回たじろがせる。

「だけど私が男の心理を知り尽くしているのは、メディアに携わっているからではないわ。自分の経験から言ってるの」

「きみが不倫経験者とは初耳だよ。華麗なる男性遍歴を指を折って数えながら、酒のつまみに教えてもらったけど、その中に妻子持ちはいなかったはずだけど」

「終わってから不倫だったと気づいたの。私も未熟な小娘だったから」

本当のことを言っているのかどうかは分からない。彼女には露悪的に振る舞う癖がある。

最初のうちは平尾がのめり込まないよう、意図的にがっかりすることを言っているのかと思った。今は、社会派アナとして、世の中のロールモデルを求められることにいささか疲れ、あえて影を見せることでバランスを取っているのだろうと解釈している。

「たくさんの下世話なスキャンダルを報じてきた身としては、こうしたケースは次になにが起きるか、勘が働くけどね」

「えっ、なんの話だっけ?」

急に話が飛んだようで、ついていけなかった。

「男が仕事を理由に、泊まらずに帰ろうとする時のこと」

「俺には家族はいないんだから、関係ないって」

「同じよ、終わりが近づいているってこと。あなたは私が傷つかないよううまく対処しようとしている。傷つかないようにしているのは、あなたの心もだけど」

胸を射抜かれたようで平尾は固まった。

「冗談よ」

していた。

　新川はクスッと笑う。その時には、彼女の仮説が当たっていると、分かりやすいほど答えを出
　平尾の反応に気にすることなく、両手を伸ばして大きく伸びをした。肩までかかっていたシー
ツがずれ、形のいいやや小ぶりの胸が露わになる。

　平尾に束の間の観察の時間を与えてから、新川はシーツを胸の上まで戻した。

「きみは泊まっていけばいいんじゃないか。明日はゆっくりなんだろ」

　早くなった脈拍が戻ってから言う。

「そうしようかな。帰るの面倒くさいし」

　首から肩甲骨へのラインに目が引き付けられる。シーツで隠している部分まで、手入れが行き
届いた肌は目に焼き付いている。

「物足りないならもう一回、頑張るけど」

　電子タバコを鞄にしまい、腰を浮かす。

「もういいわ。お腹いっぱい」

「そっか。ならいいな」

　拒絶されると余計にそそられる。これまで知る女は、断られたところで、強引に迫れば声音を
変えた。

　新川は違う。無理やりしたところで、快楽に身をよじることはないだろう。虚無感どころか、
彼女の尊厳を傷つけたような自己嫌悪に苛まれそうだ。

「いよいよあと一週間ね、インタビューは順調なの？」

　普段は仕事の話はしないが、会議を手伝ってもらっただけに、企画についてはひと通り説明し

ている。もっともそれは、十一月二十二日の番組収録を手伝うスポーツ局のスタッフに渡す、進行表程度の内容だが。

「順調だよ。インタビューは残り二人になった。聞けば聞くほど新事実が出てきて、毎回驚嘆している」

「じゃあ、日本記者クラブ賞か民間放送連盟賞が獲れるかもしれないわね」

「いくらなんでもそれは大きすぎるだろ。スポーツ番組だぞ」

ともに優秀な報道番組に与えられる賞だ。新聞協会賞をテレビのドキュメンタリー番組が受賞することもある。そうした機会があったとしても、それは報道局制作の番組であって、スポーツ局が作るものが候補に挙がることはまずない。

「せめてギャラクシー賞かな。それでも夢のまた夢だけど」

放送批評懇談会が日本の放送文化の向上を目的に顕彰している賞で、テレビ、ラジオ、CMなどに分け、番組・個人・団体に贈られる。近年はバラエティ番組が受賞するとネットで跳ね、賞の知名度が上がった。

「それは無理でしょう」

新川はただちにそう返した。

「どうして無理なんだよ」

「ギャラクシー賞を獲るには、感動的な番組に仕上げなきゃいけないのよ」

「名目は放送文化の質的向上だぞ」

「にしてもなんの感動もない、後味の悪いだけの番組なんか選ばれないわ」

「おかしなことを言うな。俺が目指しているのは二十六年前のレジェンドが一堂に会する感動番組だぞ。きみの出だしのナレーションだけで、みんなの胸に響いていたじゃないか」

　すぐさま返答したものの、新川の言葉に心がざらつく。息を吞み、表情を消してから「どうしてそんなことを言うんだよ」と尋ねた。

「次々と新事実が出てきて驚愕してるんでしょ？　それって試合中のマネージャーによる窃盗事件のことだろうし、そんなことを報じたら、オールドファンも見たくなくなっちゃうよ」

「なぜ新事実が事件の真相になるんだ。古い話を取材してるのだから、いくらでも新しい事実は出てくるよ」

　どこまで気づいているのか気になり、質問していく。

「これから会社に戻って映像を確認するんでしょ？　そこまでするなら、相当デリケートなところまで、踏み込んで訊いているからじゃないの。もしかしたら訊いた相手に、思いがけず犯人がいたとか？」

「きみは本当に鋭いな。記者をしていても、世紀のスクープを掘り出したかもしれない」

　動揺を隠し、無理やり言葉を絞り出す。新川の言う通りだ。デリケートな内容だからこそ、相手の反応を見逃さないように事前に撮ったインタビュー映像を何度も見返した。取材相手のほんの小さな反応の遅れですら、次の疑問につながる大きなヒントとなった。

「そんな力の入った番組なら、私が本番でもナレーターをやるのに」

　これまでも何度も言ってきたことを新川が口にした。入社以来、彼女はスポーツ関係の番組には出演したこともなければスポーツの現場に行ったこともない。

　ところが高校野球が好きで、放送部だった女子高生時代は夏の県大会でウグイス嬢をした経験があるそうだ。

臨場感を出すために、会議でのサブ出しを頼んだ時も「国仲まゆみに頼むなら私がやるのに。経費削減にもなるでしょ」と名乗り出てくれた。平尾はもう事務所に頼んだと断った。

「シャワーを浴びてくるかな」

平尾は立ち上がり、反対側のソファーに落ちていた下着を拾った。

「私も帰るわ」

声がした。

「じゃあ一緒にシャワーを浴びるか？」

思わず出た言葉に、新川は怪訝な目を向けた。考えてみれば、これまで二人で一緒に浴びたことはなかった。平常心に戻っていないことを暴露したようなものだ。

「遠慮するわ。あなたが先に」

「じゃあそうする」

バスルームに向かい、ガラス張りのシャワールームに入る。水栓についているレバーを動かし、固定式のシャワーを選択する。蛇口をひねると頭から細かい湯が落ちてきた。髪は短くしているのでドライヤーを使えば数分で乾く。

流し終えると、彼女の髪にかからないように、固定式のシャワーから、首の高さに設置された可動ホース式のシャワーにレバーを戻しておいた。

「お先に」

着替えを終えてからドライヤーを持って、バスルームを出る。入れ違いに新川はバスタオルで前を隠して入っていった。無防備な後ろ姿が部屋の立ち鏡に映っていた。

「先に帰っていいわよ」

ドアを閉めたところで冷たい声が聞こえた。

露悪的に振る舞っているとはいえ、弱い一面もある。彼女の性格だと、先のことを案じて自分から別れると言い出すかもしれない。

途端に心に冷たい風が吹く。これも自分で決めたことだと言い聞かせる。

「分かった。じゃあ、明日会社で。支払いは済ませてあるから、鍵だけ返しておいてくれ」

そう言ったものの、こんな深夜に女性を一人で帰らせるわけにはいかないと心変わりした。

「やっぱり送ってくよ。ゆっくり浴びてくれ」

ドア越しに言い直すが、シャワーの音で聞こえなかったのか、返事はなかった。

7thイニング

玉置哲美
北井裕二

玉置

8番キャッチャー 背番号27 右投げ右打ち(当時26歳)
130試合
打率.250
12本塁打
41打点

北井

9番センター　背番号8 右投げ左打ち(当時25歳)
130試合
打率.252
6本塁打
38打点

1

【玉置哲美、北井裕二インタビュー　収録日11月20日　於広島ホテルサウスタワー】

——では次に、夏川新監督からコーチを要請されたことについて話していただけますか。

玉置「八月の終わりに発表になったじゃないですか。誠さんもやっと監督になれて良かったなと思った。その五日後じゃったかな。新聞で、自分がコーチになると書いてあったんですわ。でもその時は、どうせ飛ばし記事じゃろと気にせんかった。ほいなら次の日、球団代表から電話があって、バッテリーコーチとして入閣してほしいと言われたんです。誠さんとは五年間一軍で一緒でしたけど、存在が大きすぎて、自分からは近寄り難かったですし、ＦＡでジェッツに移ってからはほとんど接点はなかったけえ、俺でええんかのうと心配になりました。それが秋季キャンプの前のコーチミーティングで、誠さんから『もう一度強いバーバリアンズを取り戻そうぜ』と言われて、あの人を男にしちゃろと心に誓いましたね。誠さんはバーバリアンズが一番強かった時の四番バッターです。この数年間の成績に一番歯痒(はがゆ)かったんじゃないですかね」

北井「自分も引き続き残ってほしいと球団代表から言われて驚きました。三年間二軍監督をしましたけど、若手を一軍に送り込めなかった責任を痛感したので、辞表を出すつもりだったんです。

代表からは『あなたのコーチ就任は夏川新監督の希望なんです。外野守備走塁コーチをお願いします』と言われました。どうして誠さんが自分に声をかけたのか、秋季キャンプのひとことで腹にストンと落ちました」

――なにが理由だったのですか？

北井「誠さんから言われたんですよ。北井のセンター前ヒットがなければ、あの逆転劇は生まれなかったんだよなって」

――六回の攻撃ですね。二死走者なしから北井さんが陳作明からチームの二本目のヒットを打ち、それが三枝さんの満塁ホームランに繋がった。

玉置「俺も言われましたよ。タマのおかげだと」

――それは七回のことですね。ハーバート選手が死球、小曾木さんのヒットでワンアウト一、二塁から玉置さんのヒットで満塁にして、杉山さんのホームランで八対九と一点差にした。夏川さんはあの試合の記憶だけは上塗りされることなく覚えていると言っていたそうです。

玉置「俺かて忘れてませんよ。今、この場であの打席の全球種が言えます。初球がシュート、二球目は真っ直ぐが高めに外れたカウント1－1から、陳が得意とする外スラにうまくバットが出たんです。同じ右打者の誠さんのバッティングをよう見てたけえ、ギリギリまで引き付けて拾えたんかのう」

北井「自分は陳の一五一キロの真っ直ぐです。自分で言うのもなんですけど、剛速球ピッチャーを攻略するセンター返しのお手本のようなバッティングでした」

玉置「ただ俺の場合、いい思い出だけじゃないのう。キャッチャーじゃけん、序盤に九点取られた責任は感じとったし」

――夏川新監督から二人の活躍であの逆転劇が生まれたと言われてどう思いましたか。
北井「あの年にレギュラーになるまでは、先輩から『おまえは自衛隊だな』とからかわれていたんです。守るだけで、攻撃はできないという意味です。あの年のホームラン数も、先発九人で一番少なかったですし、海賊打線と呼ばれても面映ゆかったです。だからヒーローである誠さんから、あのヒットがきっかけだったと言われてとりわけ感動しました」
――北井さんはそののち、三枝監督の頃は三番を打つようになりましたよね。
北井「自分がバッティングで成長できたのは、誠さんやサエさんを見て学んだからです。二人ともボール球は振らなかった。カウントはバッテリーが作るんじゃない、打者が作るんだって。これを言ってたのはサエさんでしたけど」
玉置「落ちる球もボールだと手を出さんし、甘い球は二人とも一球で仕留めちょったね。あの日の誠さんのサヨナラ満塁ホームランなんかまさにそう。俺が相手キャッチャーやったら嫌じゃったろうな。追い込めば追い込むほど、こっちの勝負球を狙われとる気がして」
――お二人は三枝さんと親しくされていましたね。三枝さんが監督になられた時に、コーチにはなりませんでしたが？
玉置「それはしょうがないよ。俺も北井もまだ現役じゃったけえ」
――杉山さん、沖さん、小曾木さんも今回、初めてコーチになりました。
玉置「三人ともサエさんが監督になった時は現役じゃろ。サエさんは三十九で監督になったけえ、ほとんどコーチは年上じゃったはずじゃ」
――ですが五年にわたる三枝政権の間、北井さん以外はユニホームを脱いでいます。それなのにコーチになったのは今野さんだけです。三枝派と呼ばれた人たちは寂しくなかったですか。

北井「引退したからってすぐにはコーチにしづらいですよ。マスコミからはお友達とか悪口を書かれるし。サエさんのあとに、今さんが監督になりますけど、その時は他所から来たGMから、OBはコーチにしないでくれと通達があったと聞いてます」
——みなさんがコーチにならなかったのは事情があったんですね。それなのに夏川さんは今回、呼んだのですね？
玉置「じゃけえ余計嬉しいんよ」
北井「みんなで力を合わせて、という思いは往年のファンに通じてるんじゃないかな。それでも結果が出なければ、コーチがお友達だからダメなんだと叩かれるでしょうけど」
——夏川さんと仲良くなかったわけですから、お友達ではないですよね？
玉置「あん？　あんた、なに言うちょるん？」
——失礼しました。今のは忘れてください。七回の攻撃でデッドボールを受けたハーバート選手が治療を受け、エルボーガードが必要になった時に、みなさんは井坂静留さんがいないのに気づいたそうですね。
北井「そうでしたっけ？」
——はい。それは他の方も証言しているので間違いありません。井坂さんがいないとちょっとした騒ぎになって、沖さんが回が始まった時からいなかったと答えたそうですね。
玉置「ちょっとあんた、その話ならせんって、平尾ちゅうディレクターに言うたはずじゃ」
——そうでしたね。結局ハーバート選手のエルボーガードは、夏川さんが使っていないものを貸したんですよね。そのことに疑問はなかったですか。
玉置「あんた、やっぱり静留さんの話をさせたいんじゃろ。あの時、誰かがロッカーに行っとったら、静留さんの犯行を止められたとか言いたいんじゃなか？」
――違います。単に用具の貸し借りなんてするのかなと思って。プロ野球選手だと自分の体に合ったものにこだわりがあるんじゃないかと。
北井「今の選手ならこだわるかもしれませんが、神父さんも防具はつけてなかったし、腕のサイズが合いさえすれば、とりあえず良かったんです」
玉置「誠さんも腕は太うて、神父さんと変わらんくらいじゃったけえ」
――その点については夏川さんもハーバート選手も疑問は感じなかったということですね。
玉置「別に」
北井「あったとしたら、自分は誠さんのバッティングの方ですけどね」
――バッティングとは？
北井「あっ、やめときます。誠さんが聞いたらいい気はしないでしょうし」
――二塁走者を三塁に進めるセカンドゴロを打ったことですか？　それならうちの平尾が、夏川さんだけでなく、三枝さんや杉山さんにも訊いていますから大丈夫ですよ。三枝さんは右打ちなんて初めて見た、杉山さんはたまたま右に飛んだという夏川さんのコメントを、誠の強がりだとおっしゃっていました。北井さんも意外に思われたということですか？
北井「サエさんやスギさんが言ってるなら話しますけど、誠さんは四番ですからね。それに次の神父さんが前の打席のデッドボールで腕を痛がってたのに、なんで自分で決めにいかないんだと驚きました。外寄りの真っ直ぐで、なにも一球目から無理して打ちにいく球でなかったのに」
――北井さんには夏川さんが早く打席を終わらせようとしているように見えたんじゃないですか。

北井「終わらせようというか、まぁじっくり狙い球を絞るいつもの誠さんらしくないなと」
玉置「そのへんにしときい、北井」
北井「タマさんもあの時、隣で言ってたじゃないですか。こんなに盛り上がっとるのに、なんでやって」
——盛り上がっているとは？
玉置「ガランとしとった席に客が戻ってきたんよ。ほとんどは子供じゃったけど」
——南大阪スタヂアムは夏休みの間、七回以降、小学生以下は無料で入れたんでしたね。
北井「誠さんは、毎年の契約更改のたびに観客動員が増えないのはフロントがファンサービスの努力を怠ってるからだと訴えてました。それなのになぜこの場面でチームバッティングをしてるんだろって思ったわけです。全力疾走もせずに、一塁への途中で止まって、引き揚げてきたし」
——夏川さんも悔しくて、ベンチ裏に引っ込んで、テーピングを巻き直したと言っていました。
北井「それくらい痛かったんですね」
玉置「誠さんも無理しちょったんよ」
北井「骨折してたんですものね。今のチームバッティングのくだりは、テレビでは流さないでください」
——分かりました。編集して使わないようにします。

2

平尾に電話をして、インタビューが無事収録できたことを伝えた松浪直人は、新幹線に乗るまで時間があったため、広島駅近くでネットカフェの個室に入った。

指示通りに質疑応答ができているか、平尾からのメールと見比べながら、映像を確認すると、想像していた以上の出来だった。

二人は八、九番バッターだが、体だけ見ればクリーンアップを打ってもおかしくない立派な体軀をしていた。

局の資料室にあった古い選手年鑑によると、玉置は一七七センチとそれほど大柄ではないが、体重は九〇キロとあんこ型。今も相撲取りのようなどっしりした体つきだった。

一方の北井は優勝する前年まで「自衛隊」と守備専門のように呼ばれていたそうだが、一八二センチ、八三キロで、高校時代は走り幅跳びの選手としても県大会で入賞するほど抜群の運動神経を誇っていた。バーバリアンズは将来性豊かな素材型選手を集めたドラフト戦略が時間をかけて実り、一番から九番まで切れ目なく点が取れる海賊打線が生まれたのだ。

途中で井坂静留の話を出して、玉置が癇癪(かんしゃく)を起こしかけた時は、体格のいい二人に気圧されたが、うまくとりなせた。

質問のほとんどは、平尾からの指示だ。

三枝派と呼ばれながら、三枝さんが監督の時にコーチに呼ばれなかったのを寂しく感じなかったかという問いも、平尾が送ってきたメールにあった。二人とも現役だったし、引退したからってすぐにはコーチにはしづらいと答えたが、玉置は三枝が監督をした五年間の四年目に引退している。ただ三枝も成績が悪くて、契約最終年に、自分の仲間をコーチに入れる余裕はなかったのだろう。

訊いた中には、自分で考えた質問もある。

死球を受けたハーバートが夏川のエルボーガードを借りたこと、それは元プレーヤーとして覚えた疑問だ。

プロなら防具にもこだわりがあると思ったし、もしや夏川が、あるいは他の選手が、ハーバートに二階のロッカールームに行かせないために渡したのかと考えた。

よくよく考えたら、それはありえない。ハーバートを止めるような目立つ行動をしていたら、その選手こそ怪しまれる。

真犯人は他にいて、井坂静留が身代わりになっているという平尾の推測からして懐疑的だ。いくら井坂がチーム思いの人間だったとしても、やってもいない犯行を認めるだろうか。場合によっては警察に突き出され、犯罪者として報道される可能性もあったのだ。

今朝の始発の新幹線に乗るため、昨夜は自宅には帰らず、小会議室の椅子を並べてそこで眠った。

最初はスマホを見ながら横になっていたが、途中から今日のインタビューでの的確な質問が浮かぶかもしれないと感じ、小会議室にあったテレビで、前回の沖と小曾木の映像を見直した。

その途中でドアの外に人の気配を感じた。

起き上がって確認しに廊下に出た。平尾からは撮影したデータはスポーツ局員にも、許可を出すまで見せないように言われていたからだ。

廊下には誰もおらず、気のせいだった。

結構な音量で聞いていたから、局員が通れば足を止めるだろう。それ以降は、イヤホンを使った。

広島で時間つぶしに入ったネットカフェでは、撮影した映像の確認に集中しすぎて、予約していた新幹線に間に合わなくなりそうだった。

広島駅の構内を全力疾走する。大学の監督に、ピッチャーの基本は走ることだと徹底的に走らされたので、スタミナには自信がある。だが、南口から新幹線改札のある北口まで走って、発車チャイムが聞こえる中で階段を上がると、足がもつれそうになった。どうにかドアが閉まる寸前に乗車できた。

ハンカチで顔の汗を拭きながら車内を歩いて自分の席まで辿り着いた時には、疲れがどっと出た。

後ろの席に誰も座っていないのを確認してから、シートを倒す。

一人取材に緊張していたせいか、それとも昨夜の寝不足のせいか、たちまち深い眠りに落ちた。

3

指定された場所は大阪駅近く、北新地(きたしんち)のはずれにあるバーだった。

背後から強い西日が射すせいで、黒い壁に覆われているように見えた地下への階段を、平尾茂明はゆっくりと下りていく。一番下の段には、ダンボールに入れられた空ボトルが置きっぱなしになっている。ドアにはCLOSEの札がぶら下がっていた。

真鍮（しんちゅう）のノブを握って押した。乾燥した木が、油が抜けた金具と擦（こす）れ合い、気の抜けた音を立てた。

「いらっしゃいませ」

蝶ネクタイ姿のバーテンダーが笑顔で迎えてくれた。

目を動かすと、木目が浮き出た一枚板のカウンターの端に、ジャージを着た三枝直道が座っていた。

三枝が手を上げたので、隣の席に腰かける。おしぼりを手渡すバーテンダーに、「生をお願いします」と頼んだ。

「三枝さんは私に、昼間から酒を飲む習慣をつけようとされているのですか」

切れのある手さばきでバーテンダーが注いでくれた生ビールの冷えたグラスを軽く持ち上げて言う。

「自分から注文したんじゃないか」

半分ほど減ったビールグラスを持つ三枝は、五十八歳になった今なお甘いマスクに泡のひげをつけていた。

「前回、もっと早い時間から飲んだのに、今日はダメですとは言えませんよ」

「それだと俺が無言の圧力をかけたみたいじゃないか。今の時代は問題視されるんだろ」

「会社から怒られた時は三枝さんに飲まされたと言います」

「大阪毎朝放送のスポーツ局なら俺の名前もまだ効き目があるだろう。上司も許してくれるさ。

外はもう暗くなってるんじゃないか」

「なるわけないじゃないですか。まだ四時なのに」

冬至の十日前くらいがもっとも日の入りが早い。まだ一カ月ほどあるが、日を追うごとに昼は短くなっている。それでも日没は五時くらいだ。

「もう少し遅い時間なら飯にでも誘ったんだけど、まだ早いだろ?」

「早いなら、余計にこの店は非常識ですよ」

非常識という言葉が失礼に当たると正面を向いて頭を下げた。クロスでグラスを拭いていたバーテンダーは口角を凹ませた。

「外出先から一度帰ると、今度は家を出るのが面倒くさくなるんだ」

三枝の自宅は梅田のタワーマンションだから、ここからそう離れているわけではない。

梅田の目の前という文句のないロケーション、有名建築家のデザインに贅を尽くしたエントランス、価格は二億円をくだらないだろう。

二十七階なのでエレベーターを使って出入りするのが億劫になるらしい。駅近のタワマンを買った社の同僚も、外に出るだけでなんだかんだで五分はかかると愚痴っていた。

明後日に迫った収録、草野球チームとの対戦の前にもう一度お目にかかりたい。そう連絡を入れたのは平尾だった。

〈いまさら俺になにを訊くんだよ。もう充分すぎるほどインタビューをしたろ?〉

そう言いながらも三枝は拒むことなく、夕方がいいなと、この店と時間を指定してきた。

CLOSEの札がかかっていたから、三枝が無理言って開けてもらったのだろう。新地は仕事の付き合いでよく行くが、三枝と出くわしたことはなかった。クラブなど女性相手ではなく、行きつけの店で静かに酒を愉しむところも三枝らしい。おしどり夫婦と呼ばれていたから、癌で亡くした妻とも来ていたのではないか。

「その恰好だと、ここに来る前にバッティングセンターで練習してきましたね」

ジャージ姿だけではなく、背後にはバットケースが立ててある。

「そりゃ、行くさ。あいつも必死に打ち込んでるらしいじゃないか」

グラスを持たない左手の肘を曲げ、頰杖をつくポーズで三枝は言った。

「この記事ですね」

バッグから雑誌を出した。先週末に発売された写真週刊誌だ。何度も読んだので、指で一度めくっただけでページが開いた。

《夏川新監督　連日の猛練習でホームラン連発　まさかの現役復帰⁉》

見出しとともに、力強くスイングする夏川の写真がページを飾っていた。

左ページの上側には連続写真まで載せてあり、現役時代さながらのフォームが確認できた。

「誠は毎日のように通ってるんだってな」

記事には三日連続と書いてある。

これを読んだ時、今回の企画が他メディアにバレているのではないかと不安になった。週刊誌を読んだ限り、そこまで摑んでいる様子はない。

誌面には記者と夏川とのやり取りが書いてある。

――夏川監督が復帰すれば海賊打線が復活できるじゃないですか。

記者の質問に、夏川は「私は守りの野球を目指すと就任会見や秋季キャンプでも言ったつもりですよ」と真面目に答えていた。バッティングセンターに通うのは体を動かすためとストレス解消。無心になって打撃練習をすると悩みも消え、頭がすっきりしてアイデアが浮かぶというコメントもある。

二十五年ぶりにバーバリアンズのユニホームを着た夏川によって、チームは再建できると、写真週刊誌は皮肉なしに、体力作りをして来春に備える夏川を称えていた。

「この記事を読み、慌てて三枝さんも練習したってことですか」

「今日で三日連続だよ」

「それにしては体はできてるんじゃないですか」

夏川同様、現役時代の引き締まった体のままだ。ビール好きなのに腹も出ていない。

「バッティング練習で体が絞れれば野球選手は苦労しないさ」

「他にもトレーニングして、状態は万全だと言うわけですね」

過去の映像からも、三枝が猛練習を語ったのを聞いたことがない。それは夏川ら他の選手も同様で、バーバリアンズの選手は、自分たちは遊び惚けていて、デーゲームはあらかた二日酔いだったなど平気で答える。だが本音ではない。彼らはプロフェッショナルならやって当たり前のことを吹聴するのが照れ臭かったのだ。

「この企画を言われた時から、体を動かしてるよ。酒もほどほどにしてる。俺がやってるぞと伝えたら、スギや今ちゃんも、『遊びとちゃうんか』『聞いてた話とちゃうがな』と言い出して、慌てて練習を始めたみたいだぞ」

言われてみれば杉山もせり出していた腹が、侍ジャパンの試合後に会った時にはずいぶん引っ込んでいた。今野にしても日々、部員と体を動かしているからか、中年太りは感じなかった。

「みなさんが練習してくれて嬉しいです。これなら最高の絵が撮れそうです」

「平尾さんがホームランを打ってくださいとプレッシャーをかけるからだ。お遊びでいいはずなのに」

「お遊びはダメですとは私はひと言も口にしてませんよ。できるだけ忠実に再現してくださいと言ったまでです」

「同じ意味だよ。いくら歳を取ったからって、惨めな姿は見せたくないからな。スポーツ選手というのは自分の全盛期の姿が、カッコよくファンの心の中に残ってほしいと願っている」

最初からお遊びなどとは思っていないくせに三枝はそう言い、喉を鳴らして残りのビールを飲み干した。

桶の中で氷を球状に削っていたバーテンダーが、言われてもいないのにロックグラスを用意して、ワイルドターキーを注いだ。コースターまで取り替えて三枝の前に置く。これが来店した時の順番なのだろう。

「で、なにを訊きたいんだよ、収録まであと二日になって」

「私が呼び出したんでしたね。失礼しました」

「酒を飲みたくて呼んだのか。それなら遅くまで付き合ってもらうけど。一人もんの酒好きは毎晩、飲み相手を探してるんだ。好き嫌いより、酒を飲めるかどうかが優先順位だ」

惚(とぼ)けたのが分かっているくせに、三枝は冗談で合わせてくる。前回も同じことを感じたが、知らないうちに三枝のペースに引き込まれていく。

「それでしたら私は早々落選です。三枝さんにお付き合いできるほど強くないので」

「まぁいい。ゆっくりやろう。俺には時間が余るほどあるから」

ロックグラスを手に取ってワイルドターキーをひと飲みした。香りをかいだり、グラスを揺らしたりもしない。背中を心持ち丸め、飲んだグラスはそっとコースターの上に置く。衒(てら)いのない自然な仕草(しぐさ)が様になっていた。


この企画を思いついたのは、BS放送でやっている海外のニュース番組に、聖職者が身にまとうキャリックを着たカイル・ハーバートが出演していたのがきっかけだった。

『神父さんと呼ばれた菊の国の強打者(ストロングヒッター)』

そのようなタイトルだった。

菊の国とはアメリカ人ジャーナリスト、ロバート・ホワイティングの著書で、日米の野球の違いを揶揄(やゆ)しながら論じ、ベストセラーとなった『菊とバット』から来ている。

日本でホームラン打者として活躍したカイル・ハーバートは、今は神父として、オハイオ州の犯罪率の極めて高い貧困地域の教会を受け継ぎ、町の人のために祈りを捧げている。さらにはボランティアで子供たちに野球を教え、食事を与えている……そのような内容だった。

ほめそやすキャスターに、ハーバートは表情を変えることなく、自分は当たり前のことをしているだけだと謙虚に話していた。

ハーバートも三枝や夏川と同じで、ホームランを打ってもはしゃがず、静かにダイヤモンドを回っていた。今回の一連の取材で、ハーバートが喜ばなかった理由が分かった。監督からサイン盗みを強要されていたからだ。

キャスターとのやり取りの中で、ハーバートは日本での自分の活躍は井坂静留のおかげだったと、彼の名前を出した。その恩人が自動車事故で死んだことも。

その後、ハーバートは聖書の一文とともになにか深い意味を持つような言葉を述べた。意味は分からなかったが、あの年のバーバリアンズにはなにか大きな秘密が隠されているのではないかと思った。そして杉山に事件について訊き、その後独自で調べ始めたのだった。

その番組を見たのはもう三年前になる。ネット検索で、ハーバートの教会を探し出し、英文でメールを出した。彼からあのゲームについては話したくないと短い返信が届いた。今回の収録もミサがあるのでと断られている。

それでも夏川の監督就任によって企画が通り、当時のメンバーをインタビューしていくと、全員が思いを込めて井坂静留のエピソードを語る。

誰もが感謝の意を示すが、そう言いながらなにか大事なことが隠されているような気がしてならない。

三枝からサイン盗みというチームの重大な機密事項を聞いた。それでもあの日については、八回裏で夏川に歩み寄って話した内容すら、覚えていないと惚けられているのだから。

「苦労してるみたいだな」

グラスを持ち上げ、三枝は琥珀色の表面を見つめていた。

「苦労とは?」

「インタビューだよ。というか取材だろ。みんなに静留のことを訊き、そのたびに反感を買ってるそうじゃないか。沖や小曾木は、取調べをされたみたいだったと憤ってたぞ」

不審を覚えた彼らは、インタビューでなにを訊かれたか、電話で探り合っているのだろう。

「なんて言っておられましたか」

「沖は七回の攻撃前にトイレに行き、静留が階段を上っていくのを見たんじゃないかと言いがかりをつけられたと言ってたな」

「行ってませんかね」

「野球は毎試合三時間を超える長丁場だ。一回、二回はトイレに行くさ」

「沖さんが井坂さんを目撃した可能性はあると？」

「それは俺に訊いても分からないよ。静留がいないことは、俺は七回のイニングの途中で初めて気づいたんだから」

「今野さんもそうおっしゃっていました」

「沖はうちの喧嘩番長と呼ばれてたけど、プレーは冷静だった。もう少しうまく訊けば、見たなら見たで正直に話してくれたんじゃないか」

乱闘になったら真っ先に飛び出していくほど沖の気が短いのは知っていた。ただしおだてて訊いても、井坂静留を目撃したとは答えてくれなかっただろう。言えばなぜ二十六年前に明らかにしなかったのか不審がられる。

「私がなんの目的でこの番組を作ろうとしているのか、みなさん怪しんでおられるのでしょうね」

そう言い出せば、三枝からその目的を訊かれるかと思った。ウイスキーを喉に流し込んだ三枝がフッと声を漏らした。

「テレビ局もマスコミだ。面白がってなんにでも首を突っ込もうとする、沖にも小曾木にもそう言っておいたよ」

「それはありがとうございます」

面白がって首を突っ込むは心外だが、三枝が弁護してくれたおかげで、二人の怒りもいくらか収まっただろう。

「こんなに長くカメラを回しても疑問は深まるばかりで、真相から遠ざかっていく気がしてなりません。これではせっかくの番組がただの感動番組で終わりそうです」

「なんだよ、こっちは汗までかいて、準備してんのに」

感動番組で充分なはずなのに、三枝は肩をすくめた。

そこで組んでいた足を解いてスツールから下り、背後のバットケースを持って戻ってくる。バットをケースから出す。白色の、タモ材のバットだった。グリップが細くて重心が先にある、ホームランバッターが使うバットだ。

グリップを握り、感触を確かめただけで、バットは足もとに立てかけた。

「私は三枝さんがいろいろ協力してくれると期待していたんですよ。それが肝心のところで隠し事ばかりするし」

「隠し事なんてしてしてないだろ？」

「してますよ。一つくらいノーコメントがあってもいいだろうと意味深なことをおっしゃるし。あれはいったいどういう意味なんですか」

たくさんのボトルが並ぶ棚を見つめた。棚の背後の鏡に、三枝が映っている。とくに表情に変化はない。

「だからノーコメントだって」

「どうしてですか」

「言ったところで、事件と関わりがあるかは分からないからだよ。証拠もないのに誰かに責任が降りかかっては困る」

あのノーコメントはサイン盗みに繋がることだと思っていたが、三枝は意外なことを言った。

「誰かって誰ですか」

急に押し黙る。こうしたところが納得いかない。テレビでもYouTubeでも、ミスや怠慢プレーには、人気のある選手であろうが、手心を加えることなく批判する。直言無諱が三枝の売りなのに、あの事件の話になると途端に歯切れが悪くなる。

「そう言えば、井坂さんが罪を認めたのは、事件の翌日、お二人が個別に訊いた時らしいですね。どうしてその話をしてくれなかったんですか」

「話すもなにも、平尾さんが訊いてこなかったからだよ」

知らなかったのだから訊けるはずもない。

「井坂さんは、夏川さんにも認めたんですかね」

「当たり前だろ、誠に認めていないのに、俺に認めるはずがない」

至極まっとうな説明だが、どこか腑に落ちない。

「今日、後輩が広島で玉置さんと北井さんのインタビューをしました。私は後輩に、三枝派と言われたけど、三枝さんが監督の時にコーチに呼ばれなかった、そのことを二人は寂しく思わなかったのかを訊かせました」

「スギは四十歳まで現役を続けたし、タマや小曾木、沖も北井も選手だった」

「五年の監督のうちに、北井さんを除く全員が引退しました。三枝さんはその中で今野さんを三年目にコーチに選んだだけです」

「現役をやめたからって即コーチはできないよ。それにコーチは別に引退した選手の再就職先ではない。仲間内でコーチを固めたら、マスコミは批判するだろ？」

「そのことは北井さんたちも言っていたそうです」

「俺自身はバーバリアンズ出身者で固めるより、いろんなチームで経験を積んだコーチを集める方が、新しい知識が入ってチームにプラスになると思ったんだよ。五年でＡクラス二度では、偉そうなことは言えないけど」

鏡に映った三枝は口角に窪（くぼ）みを作って、ウイスキーを口にする。

平尾もビールグラスを取る。ちびちびと飲んでいたが空になった。三枝が気づいた。

「この後、会社に戻って仕事をするんだっけ？」そう訊いてから、平尾が答えるより先に「彼にノンアルコールを出してあげてくれ」とバーテンダーに伝える。

「かしこまりました」

「私にもバーボンをロックでいただけますか」

「おいおい、大丈夫なのか」

「今日は直帰しますから」

上司から戻れと言われるかもしれないが、酒くらい付き合わないと、三枝はいつまでたっても心を開かない。

「それではどうして夏川さんは、三枝派ばかり五人もコーチングスタッフに加えたんですかね」

三枝の瞳が動いた。

「その質問、前回もしてきたな。誠が彼らを疑っているのかと。ありえないと言ったろ」

「私もありえないと思いながら、念のために訊いただけなんです」

「なんだよ、俺を謀（はか）ったのか」

「そのつもりはありません。ただ井坂さんは処分を受けた後、チームメイトの誰かに何度か電話をかけていたそうです」

「誰にだよ、俺にかかってきたことはないぞ」

「奥さまには、『俺はチームのために戦ったのに、あいつに裏切られた』と言ったとか」

「驚いたな、静留の奥さんまで取材したのか」

「私も聞くのに苦労しました。昔のことなので、あいつに裏切られたのか、それともあいつらに裏切られたのか、聞き間違えをしているのかもしれないと思い、それでコーチになった五人を疑うようなことを言ったんです」

「そう言いながらも平尾さんには結論が出てるんだろ？　あいつらではなく、誰か一人だと」

「その点は真実が明らかになったら話します。三枝さんも一つくらいノーコメントがあってもいいだろと言いましたよね。でしたら私もここから先はノーコメントで」

「おいおい。取材をする側がノーコメントなんて聞いたことがないぞ」

「三枝さんが動いてくれないことには、なにも始まらないので」

「俺が動く？　どう動けと言うんだよ」

「ですからそれもノーコメントで」

きっぱり言うと、三枝は苦笑を漏らし、これ以上、聞き出すのを諦めたようだ。

バーテンダーが新しいコースターに替え、平尾のもとにも三枝と同じバーボンのロックを置いた。手に取り、口に近づける。水割りの調子で結構な量を口に入れた。喉を通り抜け胃に落ちた時には毛細血管の先までアルコールが回っていくようだった。夕方からのウイスキーは結構応える。

「チェイサーを用意しますね」

「お願いします」

出てきたチェイサーを半分くらい飲んでから会話を再開させる。

「三枝さんは、五人に夏川さんのもとでコーチをやらない方がいいとは言わないんですか」

「えっ」

バーの雰囲気に溶け込むほど様になっていた鏡の中の三枝の仕草が、気が動転したかのようにぎこちなくなる。

「どうしてそんなことを言わなきゃいけないんだ。みんな現場に戻れると喜んでいるのに」

「そうですよね。自分がコーチにできなかったのに、彼らを止めることなんてできないですよね」

あえて毒を吐く。

「勝手にしろ」

顔を背けた。気を悪くしたようだ。

「ところで三枝さんはなぜ私にサイン盗みの話をしたのですか」

「俺に誠へのひけ目があると言ったからじゃないか。負い目とも言ったな。主力メンバーがサイン盗みをさせられ、俺が誠を羨ましく思っていたことまで、てっきり平尾さんが知っていると思ったんだよ」

杉山と同じ分析だった。異論はない。ただし他にも理由がある気がする。

「それがノーコメントだと思っていました。それこそ井坂さんへの感謝の意味だと。チーム全員が思ったでしょうから」

「他の選手にも確認したのか。さてはスギだな」

局専属の杉山の名を出す。

「ご想像にお任せします。三枝さんのノーコメントは、それで当たりですか」

「それもある」

含みのある言い方をされた。

「八回の攻撃が始まった時、夏川さんは三枝さんに投手の癖を教えてもらったと言った。教えた側なのに三枝さんは覚えていないと答えた。私はそのことが疑問でなりません」

表情を探るように語尾をゆっくりにして横目で窺う。変化はなかった。

「やけにその部分にこだわるな。どうしてだよ」

「嘘をついてると思っているからです」

グラスに口をつけようとした三枝の手が止まった。だがすぐに微笑みを向ける。

「どっちが嘘をついているんだ。誠か、それとも俺か」

「両方です」

「なぜ俺たちが嘘をつく必要がある」

「理由は分かりません。だけど夏川さんは三枝さんに本当のことを話してほしくなかった。それを話させないために、癖を教えてもらったと伝えた。その時はやっていなかったけど、三枝さんたちには、数試合前までやらされていたサイン盗みの後ろめたさがありました。夏川さんは癖と言って、ちらつかせることで、サイン盗みの話は内緒にするから、あの話はするな、そうメッセージを送ったんだと思います。三枝さんにも意図が通じた。だから忘れたと惚けるし、その後の回答を拒否した」

「あの話はするな、ね。だとしたら俺は、思い出しても言えんわな」

三枝はまるで無言のやり取りが実在するかのように返し、「それで？」と話の続きを促した。

「あれこそ不仲だけど、お互いが認め合っていたお二人だけに通じる合図だったと考えています」

「面白い推理だけど、それならどうして俺はサイン盗みの話をしたんだ？　誠の脅しだったというのが平尾さんの推理なんだろ？　脅しが効いているのなら、大事なチームの秘密を明かしたりしないよ」

「そこが一番の謎です」

一旦、話が途切れる。

「もしかして、俺が誠になにを言ったのか、その答えを知っていて質問しているんじゃないだろうな」

少しの間を置き、三枝が尋ねてくる。

「知りませんよ。どうしてそんなことを訊くんですか」

「平尾さんの質問には、人を試すような内容が多く含まれているからだよ」

「試してなんかいません。ただ映像を見て、不仲だと言われた二人がなにを話したのか、興味を持って夏川さんに質問したら、驚いた反応だったので詳しく訊きたいと思っただけです」

「またそれか、不仲、不仲、不仲」

三回続ける。繰り返すことでごまかしているように感じた。

「しつこくてすみません。ですがお願いします。覚えている範囲でいいですから、なにを話したか教えてください」

カウンターの壁面に足をタッチさせて止まり木を回し、三枝に正対して頭を下げる。

「残念ながら本当に覚えてないんだよ。期待に沿えず済まないけど」

効果はなかった。三枝は、グラスに口をつける。

なにも結果を得ることなく落胆したが、そこでオーセンティックなバーをまとっていた落ち着いた雰囲気が乱れていることに気づいた。

バーテンダーが空になった三枝のグラスを見て、三杯目のために急いでロックアイスを削り出したのだ。気心が通じているバーテンダーが慌てるくらいだから、三枝のペースはいつもより早いのだろう。

様々なことが頭の中を去来したが、なにから切り出そうか悩んだ。疑問は他にもある。夏川が警備員から試合中にロッカールームに入ったのは一人だけだと聞いてきた。本当に警備員は井坂静留一人だと言ったのか？　三枝は警備員には確認しなかったのか？

そして夏川は日本シリーズの最中には嘆願書を提案し、一軍選手全員がサインした。本当に選手全員が、復帰を望んでいたのだろうか。中には望んでいない選手もいたのではないか。井坂静留はそのことに気づいた。だから退団を決意した……。

頭に浮かんだ疑念のパズルを並べかえていると、三枝の声で我に返った。

「分かったよ。もし平尾さんが考えている通りになったら、俺はコーチになった五人に今後の身の振り方も考えるように言うよ」

「えっ」

予想もしていなかった言葉に、今度は平尾の気が動転し、整理した内容が混ぜこぜになった。

4

新大阪駅で、この日二度目の構内ダッシュをして、地下鉄に飛び乗った。最寄り駅からも全力疾走で会社に到着した。

新幹線で熟睡した松浪は、新神戸（しんこうべ）を過ぎたあたりで目が覚め、会社から連絡がないかスマホを探そうとリュックに手を突っ込んだ。そこで嫌な予感がした。昨日の夜、小会議室で映像を観た、沖と小曾木を撮影したUSBメモリが見当たらなかったのだ。

どうやら部屋のテレビに挿し込んだまま出てきてしまったようだ。

USBメモリには【沖博康、小曾木健太インタビュー　収録日11月15日　於グランドホテル新大阪】と小さな文字でラベリングしてあるので、捨てられることはないだろう。しかし平尾からの言いつけもあり、誰かに見られたらまずい。

リュックから社員証を出し、局のエントランスを走り抜ける。エレベーターを待つのも焦れったく、階段で三階まで上がった。

三階に到着した時には息は切れ、汗が噴き出してきた。広島駅で汗拭きに使った丸めたままのハンカチをポケットから出してうなじを拭く。ネルシャツの下に着たTシャツが背中に貼りつき、気持ち悪い。

一晩過ごした小会議室に入って、テレビを確認するが、USBメモリは挿されていなかった。誰がどこにやったのか。スポーツ局専用の部屋ではないので、会社の誰が取り出したか見当がつかない。どうしたらいいのかパニックになり、冷や汗が止まらなくなった。

スポーツ局に入ると先輩の津岡みなみの姿が見えた。ディレクターでは平尾に次ぐリーダー格で、明後日の南大阪スタヂアムの撮影にも参加することになっている。

「どうしたの、松浪くん、汗だくじゃない」

振り向いた津岡が目を丸くする。

「津岡さん、なにか僕に届け物なかったですか」

「届け物ってなに？　お金でも落としたの？　それともスマホ？」

「ち、違いますけど」

どう答えていいか困惑した。まさか撮影データをなくしたとは言えない。

「なによ、はっきり言いなさいよ」

口調が強くなった。頼りがいはあるが、毎回マウントを取られるので、この先輩を苦手にしている。

「まさか撮影したデータを失くしたとか？」

「どうしてそれを」

「USBメモリなら清掃会社の人が持ってきたよ。どうしますかと訊かれたから、とっとと捨ててくださいと言っといた」

「マジですか」

「嘘だよ、会議室のテレビに挿しっぱなしにしてたんでしょ。ちゃんと受けとったわよ」

「勘弁してくださいよ、マジで焦ったじゃないですか」

大きく息をついて自分の机に目をやった。パソコンが開いたままの雑多な机の上にはUSBはない。

「新川さんが持ってったわよ。っていうか新川さんが見つけて届けてくれたの。それでこれ見ていいかって訊かれて」

「どうして新川さんが」

アナウンサーもあの部屋を使うことがある。だが収録した映像をアナウンサーが先に見ることはまずない。

「このデータは平尾さんと松浪くんが収録したものでしょって、新川さんは知ってたよ。そこまで知ってるならどうぞと言ったのよ」

「なんで勝手に許可するんですか」

「企画会議でサブ出ししてくれたのは新川さんじゃない。ダメなら局長に訊こうかと言われたけど、局長は新川ファンだから、構わないってどうせ答えるだろうし」

「だからって……」

「なにかまずいことでも映ってるの？　プライベートでのやらしい映像とか」

「そんなこと、あるわけないじゃないですか」

体を翻（ひるがえ）してスポーツ局を出た。アナウンス室に新川はいなかった。

夕方の番組の打ち合わせかと思ったが、同じ番組に出演する男性アナウンサーの姿を見かけたからまだだろう。

「あのぉ、新川さんはどちらに」

近くにいた女性アナウンサーに尋ねる。

「どこ行ったのかな。用事があるなら連絡するけど」

親切に言ってくれたが、自分で捜しますとアナウンス室を出る。

テレビが置いてある控え室を見て回った。

首筋を拭くハンカチは汗で重くなっていて、搾れそうだった。ハンカチは役に立たないと、シャツの袖で額の汗を拭い、控え室をノックも忘れて開ける。

その部屋に新川透子がいた。彼女はモニター画面の近くまで椅子を寄せ、映像を眺めていた。

「新川さん、それ」

画面には沖がアップに映っていた。

〈もうやめだ、やめ。これ以上カメラを回したら、俺は収録に出ないぞ〉

激高した沖が叫んでいる。一番見られたくなかったシーン――。

松浪に気づいた新川は、振り返ってしなを作った。

「なかなか面白いインタビューね。こういうのはいまだかつて見たことがないけど」

「でも新川さん、どうして……」

「昨日の夜、あなたが部屋に入ったのを見たのよ。次に通ると、ドア越しから音声が聞こえてきた」

気配がしたのは気のせいではなかった。ドアの外には新川がいたのだ。だからといって新川がインタビュー内容を見る動機には結びつかない。

「内容まで気になったんですか」

「別にいいでしょ。私だって大阪毎朝放送の社員で、企画会議を手伝ったわけだし」

「そうですけど……」

そこで弓なりに柔らかい曲線を描いていた眉がきっと伸びた。

「ねえ、松浪くん、平尾さんっていったいなにを企んでいるの？」

「それは僕には……」

分かりませんと言い逃れようとしたが、新川のよく通る声に遮（さえぎ）られた。

「平尾さんは、最初から感動番組なんか作るつもりはないんじゃないの？　いいえ、違うわね。あなたたちは放送できないようにして、番組をボツにしようと企んでいるんでしょ」

ごまかしは許さないと迫る目力のある瞳に拘束され、松浪は目を伏せることもできなかった。

8thイニング

カイル・ハーバート

5番指名打者　背番号44 右投げ左打ち(当時36歳)
130試合
打率.303
44本塁打（2位）
109打点（2位）

1

【アメリカABS・モーニングタイム　『神父さんと呼ばれた菊の国の強打者（ストロングヒッター）』。放映日・3年前】

《テロップ》

キャスター「ファーザー、忙しい中、私の番組に出ていただきありがとうございます。あなたは現在、オハイオ州の小さな町の教会にいるんですよね。町の住人たちの心の支えとなっていると聞きます。私はあなたを尊敬します」

ハーバート「私は毎朝、神に祈りを捧げ、聖書を読み、あとは教会を掃除し、庭いじりをして美しい花を咲かせることで、信徒が入りやすい場にしているだけです。単純な日常ですが、幸せに暮らしています」

キャスター「元メジャーリーガーがセカンドキャリアで聖職者になるのは珍しいことでは」

ハーバート「私は最初から神父になりたいと思っていました。私にとってのベースボールは、高校生がサマーキャンプで少し冒険的な夜を過ごすのと同じです。それに私がメジャーリーグに在籍していたのは二年間で、出場したのは十三ゲーム、ホームランどころかヒットも打っていません。私のプロベースボールプレーヤーのキャリアは総じて日本でのものです」
キャスター「日本でのことはあとで聞かせてください。毎週日曜のミサにはどれくらいの人が集まるのですか」
ハーバート「小さな町なので二十人も来れば多いくらいです」
キャスター「その中であなたがベースボールプレーヤーだったと知っている人は？」
ハーバート「全員知っていますよ。日曜の礼拝後にベースボールをやるのは奉仕活動の一環です。私もコーチをします。学校をやめた子供もいますが、みんなベースボールが好きなんです。教会に来ていた子供には現在、オハイオの独立リーグでプレーしているピッチャーもいるんですよ」
キャスター「あなたの住む地域はとても治安が悪く、若者の犯罪率が高いんでしょ？　そんな悪たれ小僧がベースボールをやるんですか」
ハーバート「少し語弊（ごへい）があります。彼らは好んで罪を犯しているわけではありません。お腹を空かして帰ってきても、親が不在で食べものがないのですから」
キャスター「なるほど。彼らはあなたが練習後に用意する食事を楽しみに来るんですね」
ハーバート「それもまた誤りです。食事を与えるだけなら誰も来ません。自棄（やけ）になり、似た境遇の仲間を得て、自分たちは強くなったと勘違いしている子供に、将来を憂える判断力はありません。教会などに来なくても食べものを強奪することくらい簡単なことです」
キャスター「ベースボールをすることじたいが大きな意義を占めていると？」
ハーバート「子供たちが夢中になれること、それがこの町ではベースボールなのです。私はできるだけ彼らの未来を提示してあげます。未来というのは大学に進学することやいい仕事に就くことだけではありません。来週はもっとうまくなっている。次はもっと速いボールを投げているかもしれないよ。そうした言葉をかけることで彼らは次の週も教会に来ます」
キャスター「ファーザーに言われたら、深夜に町の公園で、大音量で音楽をかけている子供もバットとグローブを手にするかもしれませんね」
ハーバート「私はそういうことをする子供は叱りますよ」
キャスター「それは意外だ。ファーザーはすべての罪人を赦すのだと思っていました。それはなぜ？」
ハーバート「見逃すことがけっして優しさではないからです。過ちを庇う（かば）ことは、次の過ちを容認することに等しいのです」
キャスター「ファーザーを前にすると、私はけっして模範的なテレビキャスターではない気がしてきました。ところであなたは日本の『野蛮人』とニックネームがつくチームに所属していましたね」
ハーバート「私はＯＣＵ（オハイオクリスチャン大学）に在学中、一年半、日本に伝道に行きました。そのため日本語も少し喋れます。その時は将来、日本でプレーすることになるとは考えませんでした。ただ思いのほか、ベースボールに夢中になり、私はメジャーリーグからドラフト十三巡目、全体四百三十位でカリフォルニア・エンゼルス、今のロサンゼルス・エンゼルスから指名されました。メジャーでは結果を残せず、チームをリリースされた時、私の代理人が日本からオファーが来ているけどどうだ、将来、信者に説教する時にも興味深い経験を話せるだろうと言ってくれ、決断をしたのです。そのオファーをくれたのが阪和バーバリアンズでした。バーバリアンズには六年在籍し、五年目と六年目でチャンピオンシップを獲得しました」
キャスター「ここに『菊とバット』という本があります。この本によると、日本の野球ではプレーの技術の向上より精神的なタフさが求められるそうですね。我々が目にするベースボールとは異質でしたか」
ハーバート「細かい違いはありますが、私は同じベースボールだと思っています。最初の年は結果を残せませんでしたが、それは私の技術が未熟だったからです」
キャスター「日本のベースボールは一イニング目から送りバントをするスモールベースボールですよね」
ハーバート「バントのサインを出す監督もいましたが、バーバリアンズは違いました。アメリカで言うなら、七〇年代のビッグレッドマシンのようなエキサイティングなチームでした」
キャスター「おお、オハイオのチーム、シンシナティ・レッズが出てきましたね。あなたもレッズファンだったのでしょう。そこであなたの才能はいよいよ開花するわけですね。ところであなたのニックネームですが、あなたから『シンプサン』と呼んでほしいと頼んだのですか」
ハーバート「違います。私は毎週日曜日、少し早く球場に来て、ロッカールームで祈りを捧げていました。ここアメリカではクラブハウスに神父を呼ぶチームもあります。私は選手に強いるつもりではなく、いつもしていたことを続けていただけです。するとチームのアシスタントディレクター、日本ではマネージャーと呼ばれますが、元ドラフト一巡目のピッチャーが、仲間に入れてくれと言ってきたんです。彼は人望がありましたから、やがて何人かの選手が加わり、いつしか日曜のゲーム前は、選手全員が手を繋ぎ、私が短いお祈りを捧げるようになりました。そうしようと、チームメイトに進言してくれたのもそのアシスタントディレクターです」
キャスター「みんなで手を合わせて、『ワン・ツー・スリー・ヤンキース！』と掛け声をかけるのが、ブッダの国、ニッポンで、アーメンに変わったわけですね。それはアメージングだ」

ハーバート「最初に仲間と祈りを捧げた瞬間、私は感情が溢れ出しそうになりました」
キャスター「そのチームはあなたが入って五年目、オールスターまで十六・五ゲーム差の大差をつけられながら逆転したそうですね。それも神様のお導きがあったからでしょうか」
ハーバート「違います」
キャスター「ではみんなが力を合わせて、ケミストリーが生まれた？」
ハーバート「否定しませんが、そこにもアシスタントディレクターが関わっています。彼の名前はシズルと言います。それまでのバーバリアンズは、正しいとは言えないこともたくさんしていました。ですがシズルの助けを経て、私たちは誤った行いから逃れられたのです。なにをしたかは、いくら有能なキャスターにでも答えませんよ。私はこの場で懺悔をしたのですから、あなたもこのことは誰にも話してはいけません」
キャスター「ＡＢＳテレビですよ。全米の視聴者が見ています」
ハーバート「同じことです。内緒にすると誓ってください」
キャスター「では誓います。あなたはとてもユーモアのある神父ですね。私も次の日曜にはあなたの教会に行きたくなりました。アシスタントディレクターとのフレンドシップは今も続いているのですか」
ハーバート「………」
キャスター「どうされましたか、ファーザー。喉が渇いたのなら気にせず水を飲んでください」
ハーバート「彼はその年限りでチームを去り、私たちとは距離をとりました。三年後には自動車事故で亡くなりました」
キャスター「オーマイガッド。それはお気の毒です」

ハーバート「私はシズルの死を今も哀しんでいます。なぜ彼をチームから追い出したのか、そのことが残念で仕方がありません」
キャスター「追い出したのですか」
ハーバート「止めることはできました。どんな者でも『汚れや、甚だしい悪を捨て去って、心に植えつけられている御言を、素直に受け入れなさい。御言には、あなた方の魂を救う力がある』のですから」
キャスター「ヤコブの手紙ですね。あなたの言うことを彼は聞いてくれなかったのですか」
ハーバート「それは仕方がありません。彼は羊になったのですから」
キャスター「彼は信徒であり、あなたが羊飼いとして天に召したという意味ですか」
ハーバート「いいえ、捧げものになったのです。そのことをテレビで話せば、私は救われるかもしれませんが、他の誰かを苦しめることになります。『もしも、あなた方が、人々の過ちを赦すならば、あなた方の天の父も、あなた方を赦してくださるであろう』、私の考えは昔も今も変わることはありません」
キャスター「私はファーザーにとても悲しい記憶を思い出させたようですね。それでは話を変えます。あなたの教会近くのグラウンドでベースボールを楽しんでいる信者の中には刑務所に入ったことのある若者もいますね。あなたはそうした元凶悪犯だった若者たちにどのようなアプローチで……」

2

腕を振って投げたボールを、練習用ユニホームを着たニキビ顔の生徒は力いっぱいスイングした。金属バットが高音を奏でる。打球は左中間の間を抜けていった。

「ありがとうございました」

打席を外した高校生がヘルメットを脱いで深く頭を下げた。帽子を被っていないジャージ姿の松浪直人もお辞儀で返す。

ケージの裏にいた監督の今野が「ありがとう、いい練習になったわ」とケージの前まで出てきた。

「こちらこそ久々だったので、はたしていい練習になったのかどうか」

「なに言うてんねん。高校生相手に関六のエースがバッティングピッチャーをしてくれたんや。うちの子供たちには最高の経験になったよ」

「そう言ってもらえると嬉しいですけど」

「ほんまに久しぶりかいな」

「えっ」

「ずっと投げとったみたいに見えたけど」

さすがプロの監督までやった人だ。見抜く力が違う。

「実は練習してました。明日の収録、平尾から投げてもらうと言われているんです」

そうはいっても日々の業務で忙しいし、バッティングと違ってピッチャーはマシン相手の練習もできない。休日に大学のチームメイトに手伝ってもらう以外にできることといえば、実家の庭に設置したままのネットに向かってボールを投げることくらいだ。

　打者相手に投げるのは卒業してから初めてで、最初は緊張して思うように腕が振れず、三球連続ストライクが入らなかった。それが一つストライクが入ると、そこからはほぼほぼ狙ったコースに決まった。大学四年目は肩が重く、軟骨が神経に触れて肘に痛みを感じた日もあったのに、そうした違和感もなく、すいすい投げられた。

「こちらの生徒はみんないいスイングをしていますね。送りバントは滅多にしない打撃のチームだと聞いていましたが、評判通りのバッティングでした」

「そりゃそうよ。育ち盛りの高校生なのに送りバントなんかさせたら、上達する機会を奪うことになるやん」

「それが分かっていても指導者は目先の一点にこだわって、一回からでも送りバントのサインを出してしまうんですよね。今は外野手の肩も強くなって、ワンヒットではホームに帰ってこられないのに」

「いくらこれまでの古い高校野球のスタイルを断ったところで、甲子園に一回も行ったことがないんやから、説得力はないけどな」

　今野は頭を搔いて笑う。

「秋の県大会で、近畿大会まであと一歩のところまでいったじゃないですか」

「相手が悪すぎるわ。うちが負けたチームはセンバツのベスト4やで。夏の大会でうちが悲願の甲子園に行くには、あっこのサウスポーを打ち崩さんと。そういう意味では松浪くんは最高の練習相手や、ありがとう」

今野が帽子を取ったので、「こちらこそありがとうございました」と深く頭を下げた。

「いつでも呼んでください。そのすごいピッチャーのモデルになれるかは、分かりませんが」

その時、最後の打席に立った生徒が声をかけた。

「監督のバッティングも見せてくださいよ」

今野は、怒鳴ることもない優しい監督なので、生徒も気さくに話しかける。

「俺のバッティングを見たら、お前ら腰抜かして自信失ってまうわ」

「ほら、そう言って監督はすぐ逃げる」

「なんやて」

「見てえ、元プロのバッティング」

生徒たちは「見たい」「見たい」と合唱する。

「やめろ、やめろ、疲れとんのに、松浪くんに失礼やないか」

「僕なら大丈夫ですよ、まだまだ行けます」

元プロ選手相手に投げてみたくなり、生徒側についた。

「そんなこと言って、監督は僕らの前で空振りするのを気にしてんじゃないですか」

キャプテンが今野をからかう。

「アホ、言うな、バッティング練習で空振りなんて、人生で一度もしたことないわ」

「僕たち知ってるんですよ。監督が授業の空き時間に、屋内練習場のマシン相手に打ってるのを」

「なんで知っててんねん。まさか授業さぼってるんやないやろな」

「そんなことこの学校でするわけないやないですか。テストで赤点取ったら、部活動停止なのに。体育の授業中に覗いただけです」

「屋内練習場で練習されてるのですか」

尋ねると、今野は「屋内言うても体育倉庫に毛の生えた程度やけどな」と説明して、「よっしゃ、そんなら一丁、見せたるかな」と両手を揉む。バットと手袋を用意した生徒が今野に駆け寄った。

今野は松浪の耳元に口を寄せ「いよいよ明日が本番やしな」と生徒には聞こえないように囁く。

「じゃあ松浪くん、六球頼むわ」と今度は聞こえるように大声で言った。

「六球も必要ですか、僕はボール球は投げませんから、三球あれば充分です」

マウンドに戻りながらそう返す。

「言うたな。じゃあ一球で仕留めたるわ」

「監督、約束ですよ。三振したら僕らのランニングに付き合ってもらいますよ」

生徒たちが茶々を入れる。

「三振なんかするか。俺を誰やと思とるねん。バーバリアンズで一番チャンスに強い男と呼ばれた六番バッター、今野寿彦さまやぞ」

「そんなこと言われても僕ら知らんし」

ぽんぽんと生徒が軽口で返す。こうした監督との距離感がこの学校の野球部のいいところだ。

「じゃあ、松浪くん、頼むわ」

「はい」

マウンドに到着し、脇に挟んでいたグローブに右手を入れた。

「打ちやすい球を頼むな」

口に手を添えながら、わざと生徒に聞こえる声で言う。

「聞こえましたよ、監督」

期待通りにキャプテンが突っ込む。

「冗談やて。松浪くん、大学時代の全盛期の球を投げてくれ」

「分かりました。ベストピッチをします」

それまではプロ野球のバッティングピッチャー同様に、マウンド手前の平坦なところで投げたが、今野が相手ならマウンドから投げたいと、後ずさりするようにマウンドに上がる。二メートルほど距離が遠くなる分、スピードもコントロールの精度も落ちるが、傾斜を活かして投げるので打者は打ちづらい。

「一球だけ、練習していいですか。本気出しますから」

「まるでこれまでが違うたみたいやんか」

高校生には打ちづらいだろうと真上から投げたが、本来のフォームは腕をやや下げたスリークォーターだ。変則フォームと呼ばれるが、かといって技巧派ではなく、変化球よりストレートの方が割合は多かった。

胸でセットしてから試投する。ど真ん中だったが、スピードに乗ったボールが捕手のミットに収まった。やはりマウンドからの方が気持ちいい。

「ベース近くでビュッと来てるやん。こんなボールを投げられたら、高校生は打てんわ」

「大学の頃はもっと伸びてたんですけどね。一試合で十個三振を取ったこともありますから」

褒められたことが嬉しくて、調子に乗った。言ってもリーグ唯一の国立大相手だから自慢にはならないのだが。

「なるほど、平尾さんは、須崎役で投げさせようとしてるんやな」

「どういうことですか」

　平尾から投げてもらえるかとは言われたが、どこの場面かは聞いていない。

「あの逆転した一戦、レパーズのピッチャーは陳作明が七回まで、八回は須崎、九回は抑えの鵜飼の三人が投げたんやけど、三人のうち須崎だけが左やった。しかも今みたいなスリークォーターで、真っ直ぐとスライダーの二つの球種で押してくるピッチャーやった」

　ビデオで見たので覚えている。身長も一七五センチくらいとプロのピッチャーとしては小柄、自分よりややムチッとしているくらいで体型は変わらなかった。

「でしたら仮想須崎で行きます。三振しないでくださいね」

「太々(ふてぶて)しさまで須崎そっくりやな」

「では行きますよ」

　一球目、捕手のミットにストレートが収まる。今野は空振りした。

「おお、すげえ、見たことねえボールだ」

　生徒たちが声をあげる。多少のお世辞も入っているだろうが、さきほどまでの打ちやすい球とは違う。今のはとくにキレがあった。

「俺相手に投げるには文句のないボールやな。こりゃ本気出さんといかんな」

「監督こそ、今のは本気ではなかったんですか」

　生徒に茶化される。

「当たり前や、どこ見てんねん。やっぱりおまえらはアマチュアやな」

「監督、バッティング練習で空振りしたことはなかったんじゃないですか」

「やかましわ、次、よう目を開いて見とけ」

新喜劇のようなやり取りに松浪も笑う。

一度打席を外した今野は、二度、三度と素振りをしてから打席に戻った。

素振りだけでもなかなか迫力がある。

二球目、真っ芯で捉えられた。ヒヤッとしてレフト方向を振り返ったが、今野は「しもた！」と声をあげた。

ライナー性の打球はレフト線ギリギリのファウルゾーンに落ちた。生徒たちからも「おー」と感嘆の声が上がる。アマチュアでは見ない、低い軌道の強い打球だった。

「ちょっと始動が早すぎたわ」

「今のは僕も油断してました。これでツーストライクと追い込みました。次が勝負です」

知らぬうちに現役の気持ちに戻り、闘争心が湧いてくる。

「望むところや、さぁ、来い」

生徒たちもやんやと騒ぎ立てる。

走者がいない場面でもセットポジションから投げていた松浪は、臍の上でグローブの中に入れた指に力を込めた時に、一つ大きく息をするのもルーティンである。

そして上げた右足を前に踏み出し、腕をトップの位置まで上げていく。あとは体が覚えている。腕を思い切り振ると、捕手が構えていた外角低めのミットめがけて、ボールが勢いを増していった。

バットを高く構えて、足を軽く上げた今野が打ちにきた。力強いスイングだったが、空振りに終わった。

「なんだ、監督、がっかりですよ」

「監督、もっとボールをよく見なきゃ。僕らにしょっちゅう言うてるやないですか」

次々と生徒たちに弄(いじ)られ、今野も「やられたわ。降参や」とヘルメットの上から頭を叩いた。

そこでバックネット裏から中年男性が出てきて、生徒がどよめいた。

「杉山さん」

松浪が声をあげた。大阪毎朝放送の解説者で、伝説のメンバーの一番バッターだ。

「松浪くんがこんなすごいピッチャーやったとは知らんかったわ」

杉山はそう言いながら木製バットを手にグラウンドに入ってきた。しっかりスパイクを履き、手袋を着けている。

「スギから、練習させてくれって頼まれて、屋内練習場のマシンを貸してんねん」

「わしらかてやらんといかんやろ。サエも誠も明日に向けて必死こいて練習しとんのに。まぁ、いまさらやってもわしの体ではたいして変わらんやろけど」

杉山は笑って下腹を叩いた。一七五センチで、七〇キロだった杉山の体重は、引退後は一五キロから二〇キロは増え、太鼓腹のように突き出ていたが、今はずいぶん引っ込んでいる。

「わしにも松浪くんの球、打たせてくれよ」

「なんや、スギ、マシンだけでは満足でけんのか」

「こんな、ええボールを見たら、打たしてもらわな損やろ」

「松浪くん、スギの相手もしてくれるか」

「構いませんけど、でもいいんですか」

心配したのは、野球界にあるプロアマ規定のことで、プロ野球経験者が学生を指導する場合、講習を受けて「学生野球資格回復者の指導者登録届」を出さなくてはいけないことになっている。

懸念は二人にも伝わっていた。

「大丈夫や、スギは数年前に指導者資格を取ってるから」と今野。「高野連にバレたら、許可なくやってるとかクレームつけられるやろけど、別に生徒に教えてるわけやないし、自分の練習をしてるだけやから、かまへんやろ」

「みんなも黙っててな」

杉山が人差し指を立てて周りを見渡すと、生徒たちは「はい」と小気味よく返事をした。

「海賊打線の切り込み隊長のバッティングを見せたるがな」

杉山は右手でバットを握って左打席に入った。

「松浪くん、頼むわ」

「は、はい」

今野の時より緊張した。杉山はあの試合で三本出た満塁ホームランのうちの一本を放っている。ビデオで確認したが、高めのカーブにバットを当て、手首を返しただけでスタンドまで飛ばした技ありのバッティングだった。

ビビったわけではない。自分の思い通り、一番調子のいい時のボールを、杉山の胸元近く、内角いっぱいに決めたつもりだった。だが一振りで仕留められた。

木製バットなのに金属バットのような高い音がした。すぐさまボールの行方を追いかけようと体を翻す。右翼方向に大きな弧を描いた打球はグラウンドに設けられた高いネットの上を超えていった。

「杉山さん、恐れ入りました」

脱帽した。

「今のスギのスイングはまぐれやから、松浪くんも落胆せんように」

今野から慰められた。自信満々で打席に入った杉山からは、まだまだ甘いなどと言われるかと思ったが、彼は打席に立ったまま首を捻っている。

「どうかしましたか、杉山さん」

「松浪くん、もう少しだけ、体を倒して腕を下げて投げるポーズを見せてくれんか」

「こうですか」

言われたように位置を下げて、腕を振った。

「いや、もう少し下や」

意味が分からなかったが、杉山は「そや。その感じで、右足はもう少し外に出して、腕を振る時に体をクロスさせてみ」とさらに指示してくる。

体勢を低くし、腕を下げ、言われた通りに体を捻りながら投げてみる。

「もう少し、こんな感じかな」

左投げの杉山が模範を見せてくれた。杉山がやった通りに投げてみる。

「ああ、それくらいや、もう一回、やってくれ」

「はい」

「それや、それ、それ」

同じ言葉を繰り返した杉山は「なっ、似てるやろ?」と隣の今野に振った。

「俺には瓜二つに見えてきたで」

黙って見ていた今野が目を瞬かせる。

「どういうことですか?」

「静留がそういうフォームやったんよ。甲子園で優勝した時とちゃうで。二度の肩の手術で、フォームを改造した時や」

杉山だけでなく、今野までが懐かしそうに目を細めた。

3

あの日、小学六年生だった茂明は部屋で勉強しながら、ポケットラジオを教科書の裏に隠して、イヤホンで野球中継を聴いていた。こうしておけば、母親に突然、扉を開けられても、イヤホンさえ外せばバレずに済む。
○対九と圧倒されていたバーバリアンズだが、六回に三枚の満塁ホームランで五点差にした。
机の上に置いている教科書とノートを閉じ、部屋を出た。

台所で夕食の片付けをしていた母に、「出かけてくる」と言って、運動靴に足を突っ込む。

――宿題は終わったの?

――やったよ。

――終了したら真っ直ぐ帰ってくるのよ。買い食いしちゃだめよ。

――せえへんって。

夏休みの間、南大阪スタヂアムが七回以降は小学生の入場を無料にしていることは母も知っている。ただし成績が落ちると塾に入れられるため、ラジオを聴きながらも毎日、真面目に勉強した。成績はクラスのトップだった。

自転車を押し、けんけん乗りでサドルを跨ぐと、ひたすらペダルを漕いだ。夜の外出は子供にとっては大冒険だ。夜気を切り裂いてペダルを漕ぐだけで胸が高鳴る。家から球場まで自転車で十分の距離は、あっという間だった。

バックネット裏の駐輪場に自転車を置いて鍵をかける。念のためにチェーンの鍵もかけた。酔ったファンが、バーバリアンズが負けた腹いせに近所迷惑になるほど騒いだり、勝手に他人の自転車に乗っていったりするので要注意だ。

——シゲ、遅いわ、もう中に入ろうとしてたところやったで。

同じクラスの友達三人が待っていた。全員がポケットラジオを手に耳にイヤホンを挿している。夏休みに入ってから、本拠地の試合の時は七回以降に球場に集合する。四人とも少年野球チームに入っていて、レギュラーだ。三人より下手かもしれないが、野球が好きなのは自分が一番だと思っている。

友達はバーバリアンズに勝ち目がないと、球場内で遊び始める。南大阪スタヂアムには階段もあって、運動神経のいい子は、踊り場から手すりを乗り越えて飛び降りることもできる。鬼ごっこをするのに、もってこいなのだ。

そうしたワンサイドゲームでも空いている席に座り、プレーを観察して、ヒットやファインプレーが出ると立ち上がって声援を送った。

この日は鬼ごっこをしようと言い出す者はいなかった。九点差もあったのが四対九となり、四人が内野席に入った七回裏も二死満塁とチャンスを広げ、杉山に満塁ホームランが出たのだ。

――すげえ、杉山、一点差やんけ。

友達の一人が感嘆する。

――逆転したらえらいことやぞ、シゲ。

――するよ。もっといい席で見ようや。

仲間を前の席へと誘った。

無料開放されていたのは内野と外野の自由席のみだが、南大阪スタヂアムは警備員が少なく、監視の目が緩い。一人が指定席を区切るネットをよじ登り、警備員が注意している間に残り三人も指定席に行ったり、警備員がよそ見をしている隙に入ったりと、いくらでも球場内を行き来できた。

その日も警備員の隙を縫って、内野指定席の前列まで入った。ところが帰りかけた中年客が戻ってきて、「おい、じゃりんこ、そこわしの席やぞ」と四席のうちの一席に座られた。

四人全員でどこうとしたが、茂明は「俺は他で見るから、おまえらここにおれや」と一人で移動した。

周りを見渡すが、他にも無料で入った小学生が指定席に侵入してきて、選手がよく見える席に空きはなかった。

一塁側ベンチ付近の席に目をやる。

そこは選手の家族や知り合いが座る関係者席になっていて、日曜日は、選手の子供は試合前の練習中にベンチに入れた。グラウンドには降りたことはないが、席に座ったことはある。シーズンが始まった頃は埋まるが、夏頃になりバーバリアンズのBクラスが決定的になると席が空き始める。この日もいくつか空いていた。

幸いにも警備員がいなかったので、素早く移動して、空いている席に座った。

タバコの煙が鼻についた。隣に派手な服を着た女性が座っていた。いつも自分より少し歳下の子供連れで来ていて、ゲームに飽きた子供が観客席を走り回っても、構うことなく注意もしない人だ。

——あなた、ここは選手のご家族が座る席よ。無関係な人は出ていきなさい。

タバコ臭い女性から注意された。だが無視して席から動かなかった。

八回の攻撃、先頭の三枝がいきなり二塁打を打ち、同点のランナーが出たのだ。

——よしゃ、三枝さん、すげえ。

立ち上がって声援を送った。

——夏川さん、次こそ打ったれよ。

——早くここから出なさい、警備員を呼ぶわよ。

女性にきつく叱られ、しぶしぶ席から離れた。

観客席の盛り上がりが落胆の声に変わった。続く四番の夏川はセカンドゴロに倒れたのだ。

それでも五番のハーバートが犠飛を打って、ついに同点に追いついた。

家族席から追い出されたことで、通路で立ち見することにした。気を遣ったのか、席を確保した友達三人もやってきて、四人で並ぶ。

バーバリアンズは、九回にも二死満塁のチャンスを作り、夏川にサヨナラ満塁ホームランが飛び出して、大逆転勝利をあげた。

スタンドに打球が飛び込んだ瞬間、まるで優勝したかのように、四人で輪になって踊った。

4

大阪駅から関西国際空港行きのエアポート特急に乗った平尾茂明は、二十六年前のあの夜の感動を、振り返っていた。車窓に広がる雑多な街並みには、今も大逆転勝利を遂げた球場の盛り上がりが映し出されているかのようだった。

二年連続でバーバリアンズは優勝したというのに、あれほど興奮したのはあの日をおいてほかにない。他の観客と一緒にいつまでも球場に残り、応援歌を何度も大合唱した。

そのせいで、買い食いしてきたと母に疑われ、家に帰ってからこっぴどく叱られた。

あの一戦を思い出したことはこれまでも幾度もある。今になって浮かぶのは、グラウンドで輝いていた選手だけではない。球場に詰め掛けた子供たちもだ。

彼らは毎度、応援していたわけではなかった。無料で入場してもバーバリアンズが負けていると、試合に目もくれずに球場内を走り回っていた。

物思いに耽(ふけ)っていると、スマホがＬＩＮＥの通知音を鳴らした。

〈明日の準備は整いました〉

後輩の中でもリーダー格だと買っている津岡みなみからだ。

撮影には、局内からは津岡、松浪ら合計四人が参加する。さらに下請けの制作会社からカメラクルーが三つ入る。

南大阪スタヂアムの使用料は一般で、一時間五千円で借りられるが、今回は撮影目的なので三時間で五万円かかる。アンパイア、そのほかエキストラも雇うことになったため、費用は総額、二百万円にのぼる。

前日の今日になって社内からもう一人、参加することになった。

昨夜、新川透子から電話を受けた。大事な話があると呼ばれ、会社から少し離れた喫茶店で、朝の十時に会った。

新川は松浪が見ていた映像が気になり、松浪の不在時にスポーツ局からＵＳＢメモリを拝借、沖と小曾木のインタビューを観たそうだ。

――あなたの考えが分かったわ。ナレーターに国仲まゆみを使うとか言っていたけど、キャンセルするつもりだったのね。最初から番組を実現する気なんかないんでしょ？

店に入ってから一度も笑みを見せなかった新川は、腕組みしたままそう質した。

勘のいい彼女だからいずれ気づかれるだろうと覚悟を決めていた平尾は、隠さずに認め、なぜこんな番組を企画することになったのか、すべての事情を説明した。

――ここまでやって、放送できない時、会社にどう説明する気なの？　元選手にだって迷惑がかかるし、会社も許してくれないわよ。それに元選手が自分たちはテレビ局に疑われていたとマスコミに漏らしたら、ＢＰＯや民放連からも大問題にされるだろうし。

かかった経費は全額負担するつもりでいるが、新川が言うように弁済だけでは済まないだろう。個人的な理由で局の名を利用したのだ。しかもカメラを使って無理やり証言を聞き出すという手口を使って……テレビマンとしてあるまじき行為であることは否定できない。

――あなた、会社をやめる気なのね。

だから結婚を申し込まない、別れるつもりでいる……あの晩にホテルで感じた疑念が解決したようだ。

——すまない。

これで関係は終わった……。自分で決めたこととはいえ、失ったものの大きさに言葉が続かなかった。

——実現させる気などないのに、どうして私にサブ出しさせたの？

新川は目をすがめて言った。それには明確な答えがあったので、彼女の瞳を見つめ説明した。

——俺の中であのゲームを再現する番組を作りたいという気持ちがあったのは事実だからだよ。実現するならこういう進行にしたい、ナレーションから入ることが真っ先に浮かんだけど、そのナレーションを務めるのは女優ではなかった。俺があの日に球場で覚えた高揚感をきみに語ってほしかったんだよ。

その説明に嘘はない。台本を書きながら、幾度となく新川の顔を浮かべた。声に出して読み上げた時には耳奥で新川の声に変換し、彼女ならこうした言い回しをするだろうと書き直した。

——あなたの思いを遂げたのだったら、それなりの報酬をいただかないとね。

許してくれたのか、それとも怒りを通り越して呆れたのか、冗談を言っているように聞こえた。

——そうだな。人気アナへの謝礼となると安くないだろうけど、払うよ、いくらだ。

そう言ったところで「お金なんて要らないわよ」と切れ長の目が吊り上がった。その目つきに怯んだが、その時には新川から笑みが零れていた。

——私を明日の撮影にも参加させて。それで貸し借りは勘弁してあげる。

——そんなことしたら、きみだって……。

利用されただけなら問題ないが、事情を知って協力したとなれば、新川も許されなくなる。

――こう見えても私は全国の女子アナランキングでも上位に入ったことがあるのよ。フリーになるならうちに来てくれと引く手数多なの。

冗談とも本気ともつかないことを言った。

やめておいた方がいいと説得したが、新川の決心は固く、結局、押し切られる形で、参加を受け入れた。

撮影は午前十時から三時間、それなら夕方の番組の打ち合わせにも間に合う。上司から問い詰められた時には、新川さんには詳しく話していないと言い張るしかない。松浪についても同様だ。この計画に、誰一人巻き込むわけにはいかない。


電車はおよそ一時間で関西空港駅に到着した。

「おお、そっちの方が早く着いたか」

駅のホームで大きなスポーツバッグを持った松浪が立っていた。

「一本早い電車に乗れましたので。でも久々に百球くらい投げて疲れました」

彼は今野から頼まれて、高校の練習に付き合った。

「それは困るな。明日筋肉痛で投げられないなんて言わないでくれよ」

「僕のフォーム、二番手として八回から投げた須崎さんと似ているそうですね」

「誰に聞いたんだ」

「今野さんと杉山さんです」

「杉山さんも来てたのか」

「はい、見事にホームランを打たれました」

「なんだよ、ホームランは明日に取っておいてほしかったのに」

二十年もプレーから遠ざかっていた人が草野球チーム相手とはいえ、柵越えできるとは思っていない。二十六年前を思い出すような溌剌としたプレーをしてくれればいい。望んでいるのはその程度だ。

「相手チームにはどう説明しているんですか。元プロ相手に自分たちの力が通用するかどうか、やる気満々で来るんじゃないですか」

「そこはきちんと話しているよ。去年の草野球の全国大会で優勝した大阪のチームなんだけど、今回はあくまでもエキストラだと伝え、了承してもらった。彼らにはビデオをデータに移して渡している」

「素人がその通りに再現できるものですか？」

「ピッチャーは二人いて、一人は十九歳、高校では府大会のベスト8まで行ったそうで、陳作明みたいな本格派だ。もう一人も社会人野球経験者なので、彼は抑えの鵜飼の代わりだな」

「僕が八回を投げる左の須崎役で、レパーズのピッチャーが三人揃ったことになりますね」

「松浪がいてくれて助かったよ」

それでも考えたシナリオ通りにいくかは分からない。松浪にはもう一度、明日の手順を詳しく説明しておくつもりだ。

「それより急ごう、もう到着している時間だ」

スマホで時間を確認してから二人で走った。改札を出て、案内に従って進むと、やがて到着口に着いた。

「どうして来てくれることになったんですか。もしかして最初から来ることが決まっていたのに、局のみんなには来ないと言ったのですか」

　松浪は疑っていた。これだけ身内を欺いていれば、怪しむのも無理はない。

「急だったんだよ。出演依頼をしていたけど、ミサがあるからと断られていたんだ。それが十五日に、やはり参加したいと連絡をもらった」

「十五日と言ったら、二人で沖さんと小曾木さんにインタビューした日じゃないですか」

「まさにあの日だ。収録を終えて社に戻ったら、会社のアドレスにメールが届いていて俺もびっくりした」

「それなら知らせてくださいよ」

「悪い、悪い」

　本当は早く伝えようと思った。

　だが松浪の気が変わり、企画から降りると言い出すかもしれないと思ってやめた。本音を言うなら、彼の将来のためにも直前で降りますと言ってほしかった。

「ハーバート選手が来日することになった理由はなんですか。井坂さんの窃盗事件や退団の経緯についてなにか話してくれるのですか」

「彼はＡＢＳテレビで意味ありげなことを話していたから、もしかしたら真相を知っているのかもしれない。来日しても、事件については話さないと先に約束させられたよ」

「それじゃあ、来ても意味はないじゃないですか」

「そんなことはないよ。史上最高の逆転劇を遂げたレジェンド九人が揃うんだ。松浪は見たくないか」

「見たいです。僕はその頃は生まれてなかったですけど、ビデオは繰り返し見ましたから」

搭乗口から旅疲れの日本人に交じって、大きなスーツケースやリュックサックを手にした訪日客が次々と出てくる。

黒のキャリック姿の男を探した。

キャリックは見当たらなかったが、スーツ姿の大きな男性に目が向いた。その男性は約二十六年前の映像で見たよりやや太った程度で、容姿に変化は感じなかった。

「ハロー・ファーザー」

駆け寄った平尾は、テレビキャスターが呼んでいた通りの呼び方をした。

カイル・ハーバートは声をかけてきたのが連絡を寄越した大阪毎朝放送の平尾茂明だと分かったようだ。

握手していいものかどうか戸惑いながら声をかけたが、彼の方から拳を出し、平尾、松浪の順番で、グータッチをした。グローブのように大きくて、硬そうな拳だった。

「ナイストゥーミートゥユー」

自信のない英語で言うものの心配することはなかった。

「はじめまして、平尾サン、わざわざ迎えに来てくれてありがとうございます」

流暢（りゅうちょう）な日本語で返される。

「神父さんは日本語もお上手ですね」

平尾もチームメイトから呼ばれていたあだ名に呼び方を変えた。

「私の教会にも、アメリカ人と結婚した日本人女性がいます。彼女には週一度、日本語教室を教会で開いてもらっています。だから私は日本にいた時より、日本語が上手になりました」

「それはすごい。みんなびっくりすると思います。どうして来てくれたのですか」

「あなたが熱心に誘ってくれたからですよ。それに私も久々に仲間に会いたいと思ったからです」

あの時なにが起きたのか話してくれる気になったのか、そう訊きたかったが、やめた。

その話はしないと約束したのだ。人間に心境の変化はいくらでもあるが、神に仕えるハーバートはそう簡単に心変わりはしないだろう。

「それよりバットはどこにあるんですか。私は明日まで猛特訓をしないといけません。私は犠牲フライを打たなくてはならないのですから。あっ、その前にデッドボールも受けるんですね」

猛特訓にデッドボール……ハーバートの茶目っ気のある笑顔からは、次々と日本特有の野球用語が出てきた。

「ホテルに荷物を置いてからバッティングセンターにご案内します。神父さんは日曜日の礼拝後に、子供たちに野球を教えていたんですよね」

「今も続けていますよ。オハイオの独立リーグでプレーしていた教え子が、今年ついにマイナーリーグと契約しました」

「それはすごい」

もし番組が放送されることになれば、最高のエピソードになるだろう。放映される可能性がまだ完全に消えたわけではない。

「神父さん、僕が荷物を引いていきます」

松浪がトランクを引っ張ろうとする。

「大丈夫ですよ。あなたも大きな荷物を持っているし」

そこから先、松浪は英語で話した。なんだ、松浪は喋れるのか。それなら平尾のつたない英会話で通じるか心配することもなかった。

　ポケットでスマホが震えた。新川透子からだった。

「明日のウグイス嬢、やっぱり自信がなくなったからやめとくという連絡じゃないだろうな」

　先に平尾が切り出す。

〈自分から言い出して、そんな無責任なことは言わないわ〉

　聞こえてきた声に澄ました顔が浮かぶ。

「こんな時間にどうしたんだよ。ニュースが終わったばかりじゃないのか」

　生放送が終了して十五分も経っていない。飲みの誘いなら今日は無理だよ、そう言おうとしたが、機先を制された。

〈連絡しておいたわよ〉

「連絡って、どこに？」

〈あなた、国仲まゆみの事務所にドタキャンの連絡をして、こっぴどく絞られたんでしょ？〉

「まさか、電話したのか」

〈あの事務所の女社長、知り合いなの。怒ってたわよ。看板女優を軽く扱われたことが、よほど許せなかったんじゃないかしら〉

　それよりもなぜ電話したのかを知りたい。

〈社長には、国仲さんの代わりに子役を出してくれませんかと頼んでおいたから〉

「子役？」

〈あなたの筋書き通りなら子役が必要でしょ？　そうしたらたった今、大阪在住の子役の都合がついたって電話があったわ〉

その通りだ。子供がいなければゲームの裏側まで再現できない。

「まったく、きみって人は……」

自然と笑みが浮かぶ。

〈余計なことだったなら今から断るけど〉

「有能キャスターは細かいところまで目が行き届くんだなと感謝してるんだ。これですべての準備が整った気がする。ありがとう」

収録は明日。どういう結果になるのか想像もつかないが、仲間が増えたのは心強かった。

9thイニング

史上最高の逆転劇と九人のレジェンド

（収録）

1

　二十数年ぶりに訪れた南大阪スタヂアムは当時よりも古びたものの、外観も球場内の階段も、そして二階のロッカールームもほぼ変わることなく、昔の名残があった。

　プロ野球の本拠地でなくなって長い月日が流れ、その間にいくらかの修繕をしただけなので、部屋の壁も薄汚れ、寂れた感は否めない。

　夏川誠は集合時間の二十分前には球場に到着し、大阪毎朝放送が用意した背番号「1」の当時のデザインのユニホームに袖を通した。ズボンは短くし、足もとはストッキングを見せるオールドスタイルだ。

　北井や玉置、小曾木といった後輩は、先に来て着替え終えており、ロッカールームでは仲間が一人入ってくるたびに再会を喜び合った。

　コーチに選んだ五人とは、すでに秋季キャンプで顔を合わせているが、球場で会うと感慨もひとしおだ。歳を取ったのに、みんななにも変わっていないように見える。

　八人目、最後に姿を現したのが三枝だった。たまたま入口に目を向けると目が合った。

「おお」

そう声を発すると、三枝が近づいてきて、手を差し出す。

「監督就任、おめでとう」

「ありがとう、サエ」

出された手を握り返す。三枝と握手をしたことなんてあっただろうか。遠い昔の記憶だ。

「誠はもっと早く監督になるべきだった。プロ野球界というのは返す返すも見る目がない」

三枝がそんな評価をしてくれるとは思いもしなかった。嬉しく思いながらも「チームを出ていった俺を監督に迎えてくれたのだから感謝しているよ」と返した。

「親会社も変わって、昔のバーバリアンズとは違うんだぜ。それに誠は昔の仲間から五人もコーチにした。そうそうできることではないよ。おまえならやれる。誠が解説している野球中継を見ていて、なるほどそういう考えもあったかと感心したことも多々あったから」

「サエにそう言ってもらえると心強いよ。結果を出さなきゃ意味ないけどな」

「俺も贔屓（ひいき）していると視聴者に思われないよう、成績が悪い時は厳しくYouTubeで批判させてもらうぞ」

「サエが容赦ないのは昔から知ってるよ」

「誠とサエが仲よう喋ってるシーンなんていつ以来や。わしは記憶にないで」

杉山が茶化してきた。

「スギ、そういう余計なことを言うから、マスコミから俺たちは仲が悪いと言われるんだぞ」

三枝が注意すると、杉山は「わしのせいなん？」とおどけた。

「そろそろ時間なのでグラウンドに出てもらってよろしいですか」

三枝が着替え終わると、大阪毎朝放送の松浪というディレクターの案内で、全員がロッカールームを出た。細い通路を通り、折り返し階段を下りて、一塁側のベンチに入る。ベンチも当時のままだった。

そのまま通過してグラウンドに出る。それぞれがストレッチやジョギングなど軽くウォームアップをしてから、冬芝の外野で今野とキャッチボールをした。守備の再現シーンは予定にないが、平凡なサードゴロを捕った時のようにゆったりしたフォームで足を踏み出し、ボールを投げると、これから野球が始まるんだという気持ちになれた。

芝のクッションの感触は、足の裏が覚えていた。

今野が投げた山なりのボールを構えたところで受ける。グローブのいい音が鳴った。捕った反動で今度は早いフォームでボールを投げ返す。力が入りすぎたのか、今野の頭を越えていった。

今野は体の向きを変えてボールを拾いに行く。

「すまん、今ちゃん」

外野フェンスまで転がった。今野の後ろ姿を眺めていた視線を横へとずらしていく。スコアボードこそ嵌(は)め込み式のものから、電光掲示板に変わったが、何発も放り込んだ外野席は面影が残っている。秋の午前中の優しい日差しが降り注いだ椅子や看板がセピア色に褪(あ)せて、ノスタルジックな思いを募らせる。

「それではみなさん、収録を開始しますので、ベンチに戻ってください」

津岡という女性ディレクターの指示で、八人は戻った。

後列の真ん中から左寄りのベンチに座った。三枝は同じ後列だが、真ん中より右寄り、北井や玉置の当時二十代だった選手は前列など、全員が定位置に腰を下ろした。

長椅子を抱くように半身に座り、空を見上げた。残念ながら雲一つない快晴ではなかったが、青灰色の空は、ところどころにわずかな雲がたなびいているだけだ。

　天気予報では大阪南部は晴れ時々曇り、ところにより雨で、降水確率は二十パーセント。

　雲が動き出して、レフトスタンドの先に見える大阪城の天守閣が霞んでくると、球場職員は裏で雨用のシートの用意を始め、選手はコールド勝ちを狙って早めに点を取りに行ったものだ。今日は天守閣が浮かぶように姿を現している。ホームからライト方向に風はあるが、雨が降る時の風はもっと生ぬるい。屋外球場を本拠地にしていたバーバリアンズの選手はつねに雨を気にしていたので、全員が天気に詳しい。

　三塁側から草野球チームの選手がグラウンドに出てきた。守備位置についたタイミングで、ヘッドホンマイクを装着した平尾が、進行表を持って一塁側ベンチ前に姿を見せた。

「みなさん本日はお忙しい中、お集まりいただきありがとうございます。レジェンドのみなさんとこの球場でお会いできるなんて、野球ファンとしてこれ以上光栄なことはありません」

　スポーツ選手が着るような長めのグラウンドコートを着用した平尾は、深く頭を下げた。

「これより場内アナウンスでみなさんの名前を呼びあげます。呼ばれましたら、グラウンドに出てまずは相手チームに、その後、振り返って一塁側の観客席に向かって手を振っていただけますか。無観客ですが、優勝した時のようにたくさんのお客さんが観にきているとイメージしてください」

「なんか照れ臭いな」

　今野が鼻の下を擦（こす）った。

「最近のプロ野球は男性ＭＣがバックスクリーンの華やかな映像に合わせて選手紹介をしますが、二十六年前にタイムスリップするのがテーマですので、ウグイス嬢がやります」

「当たり前や。男の声なんかで紹介されても俺は出えへんで」

杉山がガヤを飛ばして笑わせる。

「ちなみにウグイス嬢は我が大阪毎朝放送の新川透子ですので」

「新川透子ってニュースキャスターの？」と玉置が頓狂（とんきょう）な声をあげる。

「俺、あの人好きなんですよ。スリムでスタイルいいでしょ」と北井。

「北井、新川さんは生粋のフェミニストなんや。そんなこと言うたら頭に来て帰ってまうで」

杉山が注意する。

「スギさんは新川さんと話したことがあるんですか」

「言うても俺は大阪毎朝放送の解説者やから、番組に呼ばれたら話すやろ。けど顔を見たら緊張しそうやから、下向いとった。そしたら新川さんから、杉山さんは元気がないけどどうしたんですか、と訊かれて、そん時はおどおどしたわ」

「新川さんがいるから緊張してますって、正直に言えば良かったじゃないですか」

「アホ、生放送で言えるかいな」

杉山と北井がくだらない会話で盛り上がっていると、平尾の声が聞こえた。

「みなさん、選手紹介のアナウンスが始まりますのでお静かに願います」

平尾の横にはカメラマンがついていて、ベンチに座る八人を撮影している。

〈本日は夏川誠氏のバーバリアンズ監督就任を祝福する特別番組の収録にお集まりいただき、ありがとうございます〉

球場のスピーカーから、新川透子の澄んだ声が届く。以前、全国ネットの番組にも出ていたので、東京在住の夏川も彼女は知っている。

　カメラは自分をアップに撮影していた。カメラ目線にならないように視線を逸らした。

〈それではこれより後攻、阪和バーバリアンズのスターティングラインアップを紹介します。一番レフト、杉山、背番号7〉

　すぐに立ち上がらなかった杉山を、隣の小曾木が「スギさん」と促す。

　立った杉山は両手を上げてグラウンドに出た。守備位置から草野球チームが拍手で迎える。杉山は平尾から指示された通りに振り返り、空席のスタンドに手を振った。少し照れ臭そうだ。

〈二番セカンド、沖、背番号4〉

〈三番ショート、三枝、背番号3〉

　沖に続いて三枝もグラウンドに出て手を振る。

〈四番サード、夏川、背番号1〉

　自分の番だった。ゆっくりと腰を上げ、彼らがしていたのと同じように最初はグラウンドの草野球チームに手を振り、振り返って観客席に一礼してから手を振った。

　ヤジを飛ばし、口は悪いが、人情があったたくさんのファンの顔が見えた。自分はなぜこのチームを出ていく決断をしたのか、その悔いが頭の中で渦巻く。

〈六番ファースト、今野、背番号36〉

〈七番ライト、小曾木、背番号24〉

〈八番、キャッチャー玉置、背番号27〉

　選手紹介は続き、そのたびに拍手が送られる。夏川もそのたびに手を叩いた。仲間たちははにかみながらも、みな嬉しそうだった。

〈九番センター、北井、背番号8〉

新川透子の心地のよい声で九番の北井までメンバー紹介を終えた。

これで終わりかと思ったが、新川のアナウンスは続く。

〈ここで本日の特別ゲストを紹介します。五番、指名打者ハーバート、背番号44〉

夏川が声を発し、ベンチの端に移動していた平尾を見た。彼は得意げに顎をもたげた。

「神父さんも来てるのか！」

「神父さん」

何人かが声を出した。

バックネット裏の扉からバーバリアンズのユニホームを着たハーバートが出てきたからだ。

仲間たちは一斉に立ち上がり、駆け寄ってグラウンドに出てきたハーバートを囲んだ。

「ハ～イ、みなさん、こんにちは」

「神父さん、全然変わってへんな」

杉山が声をかける。

「みなさんと野球をやりたくて、昨日の飛行機で来日しました。二十五年ぶりのニッポンです」

「なんや、昔より日本語うまなってるやん」

今野がのけぞって驚く。

「誠さん、監督就任、おめでとうございます」

ハーバートは選手の中から夏川を探し、大きな手を出して祝福してくれた。

「ありがとう、神父さん、これこそ神のご加護だよ。日曜日のゲーム前に、神父さんがお祈りしてくれたからだ」

手を出して固く握った。毎週日曜日にみんなで手を取り合い、祈りを捧げた。各選手が好き勝手なプレーをする、けっして一枚岩とは言えないバーバリアンズだが、選手が円陣を作って手を結び、「アーメン」と唱えた時には、心が引き締まるような一体感を覚えた。

「平尾さん、どうして神父さんが来ることを教えてくれなかったんだよ」

振り返った三枝が笑顔のまま、平尾に不満をぶつける。

「みなさんを驚かせようと思いまして」

「性格が悪いぞ、平尾さん」

夏川も文句をつけた。「来るのを知ってたら土産を用意したのに」

「ハーバートさんには依頼していたのですが、信徒さんを放っておくわけにはいかないから、来日は難しいという返事だったんです。それが最近になって突然、やっぱり行くことにしたと連絡がありました」

「どうして神父さんは気が変わったんだ？」

夏川は尋ねた。

「私も古い友人に会いたくなったんです。あの時のメンバーが集まるのに、私だけ行かないと、誠さんの監督就任をお祝いするイベントが台無しになってしまいます。私たちはプロ野球ファンから、九人のレジェンドと呼ばれていたのですから、八名では足りません」

流暢（りゅうちょう）な日本語で答える。

「そろそろ収録を始めましょう。理想は再現フィルムのようにお願いしたいのですが、完璧に再現するのは無理でしょうから、違っても構いません。くれぐれも怪我には注意してください。それでは六回の裏二死走者なしから始めます。堺（さかい）スパークスのみなさん、よろしくお願いします」

平尾がマイクを使って、草野球チームの選手に声をかけた。

2

六回裏の攻撃は七番小曾木からだったが、小曾木、玉置は凡退して二死走者なしだったため、平尾は九番の北井から始めると決めていた。

いよいよあの試合が再現される。

平尾茂明は、バックネット裏の最前列に松浪と並んで座り、右手にはヘッドホンマイクとは別に拡声器を持っている。

松浪を含めた四人の局員が、それぞれの役割に散った。

津岡みなみは一塁ベース近くに立って、一塁側からゲーム、及びベンチ内の様子を撮影するカメラマンと音響スタッフに指示を出している。次のカメラクルーはベンチ内で選手たちのアップ、もう一つはバックスクリーンから撮影する。スコアボードの数字は男性局員が担当する。

選手には拡声器で伝えるが、スタッフだけに指示する時には、拡声器をオフにして、ヘッドホンマイクからスタッフが挿すイヤホンに向かって小声で指示を出す。

〈九番センター、北井、背番号8〉

新川のアナウンスを受け北井が打席に向かう。

「名前がコールされるのなんて何年ぶりやろ。メチャ乗ってきたわ」

「北井、いちびってんと、しゃんとせえよ、おまえが打たな話にならんのやから」

ウェイティングサークルから杉山が発破をかける。

「おまえはこの中では唯一、ユニホーム着てたんだもんな。らしいところを見せてくれよ」

　今度は手袋を嵌めて準備していた沖が言う。

「酷なこと言わんでくださいよ。二軍監督だからノックくらいはやりましたけど、生きたボールはしばらく打ってないんですから」

　北井は泣き言を言うが、素振りを見る限り打ち込んできているのは感じ取れた。

　細身でまだ初々しさが残るピッチャーは、元プロ選手相手に緊張しているのか、投球練習からなかなかストライクが入らない。

「きみ、俺らに打たせようとするから余計な力が入って、手投げになるんよ。打ち取るつもりでおもいっきり腕を振ってみなさい」

　今野がベンチから出て声をかけた。高校野球の監督はアドバイスも的確だ。次の球からストライクが入るようになった。

「それでは行きましょう。新川さん、もう一回、お願いします」

　振り返って手を上げ、バックネット裏の最上段、放送席にいる新川に指示を出す。彼女は指でOKサインを出した。

〈九番センター、北井、背番号8〉

　北井が左打席に立った。バットスイングも鋭くて、初球のストレートをピッチャー返しでセンター前へと運んだ。

　続く杉山も一、二塁間の真ん中を抜く。

「スギさん、キレキレじゃないですか」

　玉置がベンチから言った。松浪から杉山も栗東学園の施設を借りて練習を積んでいると聞いていたが、とてもこの年代とは思えないシャープなスイングだった。

二番沖も二遊間を抜いた。ただしこれはショートがスタートのタイミングを遅らせてくれたからだ。

草野球チームにもエキストラとしてギャラを払っているので、スコアブック通りになるよう努力してくれている。

〈三番ショート、三枝、背番号3〉

三枝は衒(てら)いもなく打席に入る。現役時代から気合いを入れるような仕草(しぐさ)も見せなければ、特段パフォーマンスもしなかった。チャンスだろうが、走者のいない場面だろうが、打席に入る形は、この日も変わらない。

三枝相手に緊張したのか、ピッチャーは初球、二球目と完全なボールで、再びコントロールが乱れた。

「まだ力んでいるけど、きれいなフォームで投げるな。高校ではどこまでいったんだ?」

三枝が投手に話しかける。

「はい、去年の大阪府大会でベスト8まで行きました」

「なんて高校よ?」

ピッチャーが高校名を挙げる。

「その試合なら見てたよ。五回まで第一シード相手に無失点に抑えていたんだよな」

「見ててくれたんですか」

「当たり前よ。俺を誰だと思ってんだ。言ってみ?」

「過去二度の首位打者を獲得した元バーバリアンズ監督、三枝さんですよね」

「違うよ、ユーチューバーだよ」

三枝らしくない冗談に、守りについている選手だけでなく、一塁側のバーバリアンズのベンチからも笑いが漏れた。

ピッチャーも肩から力が抜けたようだ。二球目までとは異なり、伸びのあるボールを投げた。

三枝はその球を現役時代を思い出させるようなフォームで、体をゆっくり前へと移動させて、パチンと弾いた。

打球は高く上がる。ライト後方へのフライかと思ったが、風に乗ってぐんぐんと伸びていく。

最後はライトが背を向けて見送り、打球は南大阪スタヂアムのライトスタンド最前席に吸い込まれた。

「よっしゃー」

珍しく三枝が万歳して喜んだ。本人もフェンスオーバーするとは思わなかったのだろう。

ベンチ前で選手が出迎え、三枝を祝福する。

「サエ、ホームランなんか打ったら、わしにプレッシャーかかるやんけ」

杉山の声がした。

電光掲示板になったスコアボードには、それまでレパーズの先攻欄に一、二回に「3」、三回に「1」、五回に「2」とあるだけで、バーバリアンズの後攻欄は「0」が並んでいた。そのバーバリアンズの欄に六回裏、「4」が点灯した。

「三枝さんはすごいですね。昔のフォームと比較してもほとんど違いはなかったですよ」

隣から松浪が感心する。

ここまではあのゲームのままだ。ホームランなど一本も出ない可能性の方が高いと思っていただけに、平尾は「すごいな」と言ったきり、気の利いた言葉を発することができなかった。

　こういうのを「持っている」と言うのだろうか。いや、いつも期待に応えるだけの準備をしていたから、三枝は二度の首位打者を獲得するなど、一流選手として活躍できたのだ。

　続く夏川はショートフライを打った。

「これもあの日とまったく同じですね」

　松浪が当時のスコアブックのコピーを見ながら言った。

「あの時は脇腹の痛みがあったんで、仕方がなかったんだけど」

　生で見たわけではない。六回裏の攻撃までは平尾はラジオで聴いていた。

「ホームランもすごいですけど、ショートフライを打つだけでも大変ですよ。フライはノックでも難しくて、サード側に行ったりセンターまで飛んでいったりと、なかなかショートの真上には打てません」

「プロを経験した人はなにからなにまで違うんだな」

　そう応じてから拡声器のスイッチを入れた。

「ありがとうございます。六回は再現できました。次は七回に行きます、新川さんお願いします」

〈七回の裏、バーバリアンズの攻撃は、五番指名打者、ハーバート、背番号44〉

　ハーバートが右手にバットを持ってゆっくりとバッターボックスへと歩いていく。

　キャッチャーがマスクを取ってバックネット裏の平尾を見る。彼は眉を寄せ、「本当にいいんですか」と言っているように感じた。

「どうしますか、神父さん」

拡声器で左打席に入ったハーバートに確認した。

「大丈夫ヨ、ピッチャー、思い切り投げて」

「分かりました」

それでも遠慮したのだろう。それまでとは異なる手投げのフォームで、内角に投じた。

余裕で避けられそうなボールだったが、真面目なハーバートは体を反転させることなく、肘に当てた。

いくら遅いボールでも、気温の低さもあって肘は痛かったらしい。しかもエルボーガードも装着していない。ハーバートは顔を歪めて、手で押さえた。

「すみません」

ピッチャーが帽子を脱いで頭を下げると、捕手もマスクを外して「大丈夫ですか」と近づく。

「神父さん、これ」

韋駄天（いだてん）と呼ばれた杉山がベンチを飛び出し、右手に持っていたものを吹きかけた。杉山はあらかじめコールドスプレーを用意していたようだ。

「全然、平気ヨ。陳作明の球は、九三マイル（一五〇キロ）は出てたから」

ハーバートは腕を振りながら一塁に向かっていく。

次の今野はショートゴロを打った。現役時代はそれなりの俊足で知られていた今野だが、今はバタバタと足がもつれそうになりながら走る。

ショートがゆっくりとボールをセカンドに送球、ハーバートをアウトにした後、二塁手はボールを握り直してから一塁に投げてくれ、ギリギリのタイミングになった。

「セーフ」

一塁前からベンチを映すカメラマンについたディレクターの津岡みなみが、高い声で両手を広げた。ディレクターのリーダーだけあって、気が利いている。

「津岡さん、ナイス」

マイクを使って伝えた。

「そろそろウォーミングアップしてきます」

隣から松浪が立ち上がった。

「八回は松浪の出番だったな、頼むよ」

「任せてください」

三塁側のネットが低い部分まで移動した松浪は、柵を乗り越えて飛び降りる。去年まで現役とあって体が軽い。

「すみません、どなたかキャッチボール付き合ってくれますか」

「いいですよ」

草野球チームには今出ている九人と、九回に投げる右ピッチャーの十人分しかエキストラ料は支払っていないが、元プロ野球選手見たさに、メンバー全員、二十人近くがベンチに入っていた。

一人がキャッチャーミットを持って、松浪のボールを受ける。松浪は少し腕を下げたフォームで投げた。ビデオで見たレパーズのセットアッパー、須崎にそっくりのフォームだった。

七番小曾木はレフト前ヒット、八番玉置はセンター前ヒットで満塁、続く北井は空振り三振と、あの時と同様の展開になった。

驚きはそれだけではなかった。一番杉山が真ん中の球をフルスイングすると、打球はスレスレでフェンスを越えてライトスタンドに入ったのだ。

二十六年前はまだ一点差とあって平然としていた杉山だが、今回はあまりの嬉しさに何度もガッツポーズをし、はしゃぎながらベースを一周、ベンチ前では選手が杉山を出迎える。

「おい、スギは練習してないんじゃなかったのかよ」

三枝のからかう声が聞こえた。

「おまえ、うちの高校に最新のピッチングマシンの一台くらい寄附せなあかんで」

この声は練習場を提供した今野だ。

「今のバッティングをキャンプから選手に教えてやってくれよ、頼むぜ、バッティングコーチ」

そう言った夏川は、はちきれんばかりの笑顔で杉山の尻を叩いていた。

「やっぱりホームランは気持ちええな」

ご満悦の杉山はベンチにそっくり返るように腰掛け、用意しておいたスポーツドリンクを飲む。

次の沖は三塁ゴロに倒れる。これもあの日と同じだ。

打つ方も見事だが、相手チームの守りもよく、お手玉一つない。さすが草野球日本一に輝いただけのことはある。全員が野球部出身ではないらしいが、よく鍛えられている。

「では八回裏に行きます」

手を上げて合図する。放送席の新川がマイクのスイッチを入れる。

〈レパーズの選手の交代をお知らせします。ピッチャー、陳に代わりまして、須崎、ピッチャー須崎、背番号34〉

草野球チームからユニホームを借りた松浪がマウンドに上がって、投球練習をする。

「おっ、須崎、そっくりやんけ」

沖の声がした。他の選手からも「いい球を投げよる」「ほんま、彼、テレビ局のディレクターかいな」などと驚愕する声が聞こえた。

　一塁側ベンチから三枝が左手にバットを持って出てきた。

　さらに次の夏川もバットを持って出る。る。

　二人の距離は三メートルほど離れている。三枝は素振りを始めた。夏川は両手に手袋を着用する。

　平尾は立ち上がり、一塁ベース付近でカメラと音声を率いていた津岡に手で指示を出した。事前に打ち合わせをしていた津岡は、カメラマンと音響スタッフを従えて、素振りをしていた三枝に接近していく。

　三枝はまだ素振りを続けていた。さっきはホームランを打てたが、今度は二塁打を打たなくてはならないのだ。緊張もしているだろう。

　松浪が規定の投球練習を終えたタイミングで、三枝は素振りをやめた。

〈八回の裏、バーバリアンズの攻撃は、三番ショート、三枝、背番号3〉

　アナウンスが入った。ところが三枝は打席に向かわず、夏川が立つベンチ前へと戻る。

　屈んだ姿勢の音響スタッフも忍び足でついていき、マイクを前へと突き出す。

　気配を感じることなく、バットを握って神経を集中させていた夏川に、三枝が話しかけた。

「いつの間にか客席がいっぱいになったな。小学生ばっかしだけど」

「……」

「俺たちの力で逆転して、子供を喜ばそうぜ」

　集音マイクが拾った三枝の声は、ヘッドホンを通じて平尾の耳にも届いていた。

　立ったまま二人の姿を見ていた平尾の目は、夏川の表情が明らかに変わったのを捉えた。

3

二十六年前のあの日、夏川誠は「そうだな」と応えて、ベンチの背後の、知らないうちにたくさんの客で埋まっていた客席を眺めた。

だが今回は声を出すことはできなかった。

三枝はなぜ、今になってあの時の言葉を口にしたのか。

あの試合後にも、新聞記者から「八回裏の攻撃の際、珍しく二人が会話をしていましたけど、なにを話していたんですか」と質問された。「さぁ、なんだったかな」と首を傾げた。三枝も同じように惚（とぼ）けたらしい。それがなぜここで急に……。

須崎そっくりのフォームで投げる大阪毎朝放送の松浪の球を、三枝は二球連続空振りした。前の打席でホームランを打ったが、二打席連続の長打狙いに体に無駄な力が入っている。

三枝らしいしなやかさが消えていると思ったが、三球目、彼は修正した。

鋭い打球が一塁線を駆け抜けていく。プロのファーストでも捕れない鋭い打球が外野まで転がっていき、ライトがクッションボールを処理した。五十八歳の三枝の足でも二塁は悠々セーフだった。あの時はフェンス直撃、あと三十センチでオーバーフェンスの大きな当たりだったが、二塁打は二塁打だ。

〈四番サード、夏川、背番号1〉

素振りをしなかったのは、あの日がそうだったからだ。

バットを振るだけでも痛みがぶり返すため、骨折してからは一切、素振りをせずに打席に入った。打席でも打てないボールには手を出さず、一打席に必ず一球は来る甘い球を仕留めてやろうと狙いを定めた。

ただあの打席だけは違った――。

須崎を思い出すような左のスリークォーターから、真ん中からやや外寄りに甘めの真っ直ぐが来た。

強振(きょうしん)せず、手先だけで当てにいくようにバットを出す。当時と同じ打球スピードで、二塁手の正面へと転がった。

一応走ったが、一塁ベースまでの半分も行かないところで二塁手から一塁手へ送球されたため、足を止めてベンチに戻る。

二十六年前のゲームもそうした。あの時は犠飛でも同点となるピンチに慌てたレパーズベンチが、投手コーチをマウンドに行かせてひと呼吸入れた。それを見て夏川は歩を速めた。しめた、今のうちだ、と――。

「誠さん、ナイスバッティングです」

最初に声をかけたのが沖だった。続いて小曾木からも「ナイスです」と言われた。

次のハーバートは三球目をバットの芯に当て、フルスイングした。

「うわっ、入ったんとちゃう」

どこからかそう声が聞こえた。夏川もそう思ったが、さっきまで吹いていた風がぱたりとやみ、打球はライトフェンス手前で失速して外野手のグローブに収まった。タッチアップのスタートを切った三枝は、余裕でホームインする。

「神父さん、あわやホームランやないの。あの時、打っときゃ逆転やったのに」

今野が近づいて、ハイタッチをする。

「私もびっくりしましたよ。やっちゃったと思いました」

ハーバートはヘルメットの上から側頭部を叩いた。

「あの日に逆転ホームランを打ってたら、誠のヒーローもなかったのに、なぁ、誠」

杉山の声に、やや間を置いてから反応する。

「あの時の神父さんはデッドボールを受けていたから、外野まで飛ばしただけでもたいしたもんだよ」

自分でもなに当たり前のことを言っているのだと嫌になる。だがイニング前に三枝から余計なことを言われたせいで、頭の混乱は続いていた。

「しもた、レフト前やったのに」

続く今野はセンター前にヒットを打ったが、悔しそうだった。

「今野さん、問題ないですよ。ヒットを打ってくれただけでも御の字です」

ネット裏から拡声器で平尾が称える。

「俺だってフェンス直撃の二塁打のはずが、ライト線になったんだから」

ベンチの後列のやや右側に陣取る三枝がねぎらった。あの日、追い上げムードに選手全員がベンチの前方に立って応援していた。みんなが試合に夢中になり、他のことには気づかなかった。

小曾木はライトフライに倒れて、八回の攻撃が終了する。

スコアボードに「1」が入り、合計得点のところが「9—9」になった。

「では九回裏の攻撃に入ります」

「誠の番やな」

隣に座っていた今野に言われて、「そうだな」と答える。

「頼むで、誠」

そう言ったのは杉山だ。その奥で三枝は目を合わせることもなくグラウンドを見ていた。

〈レパーズの選手の交代をお知らせします。ピッチャー、須崎に代わりまして鵜飼、ピッチャー鵜飼、背番号15〉

少しの間を空けて新川がアナウンスを続ける。

〈九回の裏、バーバリアンズの攻撃は、八番キャッチャー、玉置、背番号27〉

玉置、北井は凡退した。

一番杉山は完全に外側のボールをひっかけた。普通ならセカンドが捕れる打球だったが、相手がわざとスタートを遅らせてライト前に抜けた。

二番の沖も左中間に二塁打を放ったが、レフトが充分追いつく飛球だった。疲れてきているのだろう。みんな振りが鈍くなっている。

「すみません、みなさん、協力してもらって」

バックネット裏から拡声器を通して声がした。降板した松浪が席に戻っていて、あの日に近づくようゲームを作ってくれている草野球チームの選手に礼を言っている。

三番の三枝は四球を選んだ。これで二死満塁となる。

〈四番サード、夏川、背番号1〉

ここでも素振りをせずに打席に入った。

三枝に投げた六球で、交代したピッチャーの球筋は覚えた。

社会人野球を経験していたとあって、きれいなフォームで投げる。最初に投げた若い子よりボールにキレはなく、かといって山なりになることもなければ、手元でお辞儀をするわけでもない、バッティングピッチャーが投げるようなお誂え向きの球だ。

これならバッティングセンターの練習が活かせるかもしれない。

バックスクリーンに入れるのは無理だが、芯で捉えて大きなフォロースルーを意識すれば柵越えも可能だろう。

一球目は高めに浮いた。手を出せば打てない高さではなかったが、見送った。

「ボール」

アンパイアがコールする。

「すみません、緊張してしまって」

ピッチャーが謝った。

「大丈夫だよ、気楽に投げてくれ。打てるコースなら、ボール球でも打つから」

二球目は低めにワンバウンド、三球目も大きく外に外れた。

ボールスリー。これでは押し出しでサヨナラ勝ちになってしまう。その場合、平尾はなかったことにしてやり直しをするのだろうか。

ここまで正確に再現してきたのだからやり直しはしないのかもしれない。だいたいなんのための再現なのか。これならレジェンド九人が、草野球の日本一チームと本気で戦った方が、よほど視聴者の興味を惹くのではないか。

あれこれ考えているうちに、投手はセットポジションから四球目を投げた。

打ち頃の速さのストレートが、真ん中からボール一つ分内側、一番好きだったコースに来た。

よしっと心の中で叫び、じっくり手元まで引き付けてから、バットを振る。

いい音が鳴った。手応えを感じた瞬間から体を回転させ、かち上げていく。通算三百六十四本のホームランで体が覚えたフォームだった。

無意識にフォロースルーを大きく取った。勢い余って、振り切った時には両手からバットは離れていた。

打球は左中間の一番深いところへ飛んでいく。

バッターボックスから動くことなく打球の行方を見守る。長打は間違いなかった。だが入るかどうか、自信は半分半分だった。

「入れ！」

思わず叫んだ。

打球は左中間スタンドに飛び込み、客席で大きくバウンドしていくのが見えた。

「やったぁー」

両手を上げた。

一塁ベンチから「サヨナラホームランや！」と声が聞こえた。緩んだ顔を向けると杉山や今野、玉置や北井も手を上げて喜んでくれていた。

ゆっくりとダイヤモンドを一周する。あの時、胸を熱くした感動が次々と湧き上がってくる。

自分でも、どこにこんなパワーが残っていたのか不思議に思う。

あの日も自分の力に感動した。ベースを回りながらも脇腹のずきずきした痛みは消えることがなかったが、バックスクリーンまで飛ばしたことに、喜びが痛みを上回った。大興奮した観客たちの歓声と拍手まで甦り、鼓膜でトレモロを打つ。

三塁ベースを回ると、二十六年前にも見た、仲間たちがホームベースを抱くように囲んでいる景色が目の前に広がっていた。

両足でジャンプするようにホームベースを踏む。方々から手が飛んできて、頭や尻を叩かれた。

「良かったよ、俺もサエやスギに続けて」

思わず安堵の声が出た。

三枝がホームランを打った時には感心した。杉山まで打った時はさすがに焦った。それが自分も打てた。あの年、舞い降りてきたミラクルは、平成の世を経て令和の時代に入ってもこの球場に宿っていたのだ。

「全然パワーは衰えてへんな。左中間の一番深いところやんか」

今野がしみじみ言う。

「すごいですよ。あそこに放り込んだことなんて、僕は現役時代で数えるほどしかありませんもの」と小曾木。

「フォームも昔と何一つ変わってなかったですよ」

北井も顔いっぱいに笑みを広げて喜んでいる。

「これで俺たちバーバリアンズのメンバーはあなたたちの要求に応えたことになりますね。いい番組を期待していますよ」

バックネット裏に体を向けて夏川はそう言った。

ところがそこに座っていたはずの平尾の姿がない。

代わって声を出したのはいつしかグラウンドに下りていた松浪だった。

「ありがとうございます。まさかあの日と同じホームランが三本出るとはみなさんの力には脱帽です。しかも夏川さんは九回二死満塁のもっとも力の入る場面だったのに」

「平尾さんの姿が見えないけどどうしたんだ」

あの男が再現をこだわるから必死に練習したのだ。残念ながらバックスクリーンには行かなかったが、左中間だから数メートルしか違わない。

「平尾は所用で席を外しています」

「なんだよ、希望通りのホームランを打ったのに」

それでもカメラに収めたのだから問題ないだろう。映画で言うなら全員が一発撮りを決めたことになる。

それなのに松浪から、予想もしない言葉が返ってくる。

「一箇所だけあの時とは違うシーンがあるんです。申し訳ございませんが、夏川さん、そのシーンを撮り直しさせてくれませんか」

「まさかバックスクリーンじゃないとか言うんじゃないだろうな。それは無理だぞ。オーバーフェンスさせるだけでも大変なのに」

口をつぼめて言い返す。

「そこではないです。夏川さんの打席であることには変わりありませんが」

「どの場面だよ」

「八回の無死二塁での打席です」

「セカンドゴロを打ったじゃないか」

飛んだ位置まで一メートルも違わない完璧な再現だ。三枝は当然、三塁へと走った。

「夏川さんは、平尾のインタビューでレフト方向を狙っていた。でもあっち向いてホイで、体の動きに反して打球はセカンド方向に飛んでいったと答えたそうですね。さきほどの打席は最初から右方向を狙って打っていました」

「そんな高等技術、今の俺には無理だよ。セカンドゴロになっただけでも充分じゃないか」

「もう一度お願いします。僕がピッチャーをやりますのであの場面だけ撮り直しさせてくださ い」

〈四番サード、夏川、背番号1〉

新川透子の声で場内アナウンスが響き、松浪がマウンドに上がる。

否応なしに話を進めていくことに腹立たしさを覚えながらも、打席に入った。

一球目、フルスイングしてゴロを打った。打球は鋭い当たりで三遊間の真ん中を抜けていった。

「無理だって。あの時とは体の状態が違うんだ」

二十六年前は現役ばりばり、ただし体は今の方がヘルシーだ。

「もう一回、投げますからお願いします」

有無を言わせず、松浪はセットポジションから二球目を投げる。次も左方向に飛び、ショートゴロだった。

「もう一球行きますね」

松浪は三球目を投げた。その三球目だけ松浪は投げるフォームを変えた。腰を曲げるようにして上体を下げ、右足を一塁側に踏み出し、体を捻って腕を振る。須崎とは明らかに異なるフォームだった。

記憶が駆け足で戻ってくる。

一瞬、頭が真っ白になったせいで、体の動きよりバットの出が遅れた。体はレフト方向に向かっているのに、ボールはセカンドの前への緩いゴロとなって転がっていく。

「夏川さん、走ってください」

松浪に言われて一塁へと走る。二塁ベースに戻っていた三枝は三塁へとスタートを切った。ここまでして文句を言われたくないと、完全なるアウトだったが、一塁ベースを走り抜けた。

「これで満足だろ」

松浪の顔を見ることなくベンチに下がる。全力疾走したせいでぜいぜいと息が乱れる。息よりも、ただでさえ絡まった糸のように混乱していた脳が、松浪のフォームのせいで溶けそうになっている。早く椅子に座って休みたい。

ベンチまで到達すると、真横を女性ディレクターとともにカメラマンが近づいてきた。カメラを無視して、椅子に座ろうとするが、松浪に言われた。

「夏川さんは椅子には座っていませんよね。そのままベンチの裏に行ったんですよね」

平尾には素振りルームでテーピングを一人で巻き直したと話した。

そんなことまで再現するのか。呆れながらも、そこまで言うならとことん付き合ってやると裏に行く。真横をカメラがついてきて煩わしい。

「違いますよね、夏川さんはあの日、素振りルームではなく、直接二階に行ったんですよね」

松浪が決めつけたように言う。

「なにを言ってんだよ、俺は平尾さんにここでテーピングを巻き直したと話したぞ」

「それは事実とは異なるというのが平尾の見解です」

「見解って、その平尾さんはどこに行ったんだよ」

「いいから、誠、二階に行ってみようぜ」

いつしか真後ろに来ていた三枝が通路の先へと歩き出した。

「行こうや、誠」

杉山にも尻を叩かれ追い抜かれる。

「誠、行くで」

今野に背中を押された。

後ろから残りの選手が歩き出すので、開いた扉の先に押し出されるように狭い通路へと進む。三枝を先頭に階段を上っていく。二番手を杉山、三番手を夏川、その前をカメラマンが後ずさりしながら撮影を続けていて、横を津岡ディレクターが屈んだ姿勢で歩く。

折り返し階段を二階まで上がる。三枝は左折して、試合中は警備員が立っていた通路の出入口を入って細い廊下を歩く。カメラマンはまだ自分をアップで撮ったままだ。

かつての監督室、コーチ室、トレーナー室、スタッフ室の前を通過してロッカールームに辿り着く。

三枝が内扉を開けた。

後ろから押されるような形で、夏川もロッカールームに入る。当然、無人だと思っていたが、奥で人影が動いた。

白いポロシャツ姿の男性と小学生くらいの男の子。スポーツバッグに突っ込んだ子供の手を、男性が背後から捕まえて、財布を取り返す。奪われた子供は自分たちの立つ方向に一目散に走ってきて、選手の間をすり抜け、最後にロッカールームに入ってきた松浪の前で立ち止まった。

それなのに選手は誰一人として子供を見ていなかった。振り返った白いポロシャツの男に向かって何人かが声を出す。

「……静留」

「静留さん」

夏川にもそう見えた。ポロシャツ姿の男は平尾だった。

平尾が静留に見えただけでも驚きなのに、瞼(まぶた)の裏では、過去の光景といま見たものとが重なっていた。

正確には、あの時の子供はロッカールームを出て、非常口から逃げていったので、ロッカールーム内でなにが起きたかを見たわけではない。

ただ密室でおそらくこのような出来事があったという黒い記憶は、この二十六年間、ずっと脳裏にくすぶっていた。

だから思いもよらない言葉が口から漏れた。

「……」

声になっていたかもしれないが、誰の耳にもはっきりとは届かなかったはずだ。

ただ鬱陶(うっとう)しいほど近づいていたカメラクルーが、集音マイクを伸ばしていたのは気になった。

4

平尾茂明は、松浪の前で立ち止まっていた国仲まゆみの事務所の子役に「ありがとう、もういいよ」と話しかける。

小学四年生と聞いていた男の子は「お疲れさまでした」と礼儀正しく頭を下げ、呆然と突っ立つ選手にも頭を下げて、ロッカールームを出ていく。平尾は部屋の端に置いたグラウンドコートを羽織った。

「平尾さん、あんた、静留の息子やったんやな。これまでこれっぽっちも考えたことはなかったけど、後ろ姿がそっくりやった」

口火を切ったのは今野だった。

顔は母親似だ。だが久々に会った父の姉から「茂明くんも静留そっくりになったね」と言われる。ふとした仕草や後ろ姿、振り向いた瞬間の横顔などに面影があるらしい。

「父がみなさんにお世話になったのに、隠していて申し訳ございませんでした。父が死んで数年して、母は井坂の籍から抜けて、旧姓に戻したんです」

「そやったらひとこと、言うてくれたらええやん」今野に言われた。

「すみません。私も二十六年前のあの夜、七回以降に無料で球場に入り、バーバリアンズを応援していたたくさんの子供の一人だったんです。生まれて一番と言うほど、みなさんの活躍に興奮し、感動させていただきました。まさかその裏で父が悲しい目に遭っているとは思いもよりませんでしたが」

「スギ、おまえは知ってたのか、彼が静留の子だったのを」

三枝が解説者である杉山を問い詰める。

「俺も長いこと大阪毎朝で仕事してるけど、今日初めて、平尾さんが静留に見えたよ」

「杉山さんどころか、局の人間にも父が元バーバリアンズの選手で、優勝した年の一軍マネージャーだったとは話していません。優勝した年にうちの家族は、父の実家のある静岡市に引っ越しました。心を病んでいた父は仕事が続かず、母がパートで支えていましたが、自分が落ち込んでいると家族みんなが暗くなると、単身で知り合いの北陸の運送会社に就職し、トラック運転手の仕事を始めました。トラックの運転は思っていた以上に楽しいと、父が電話してきたことがありました。母も私も少し安心しましたが、私たちに仕送りしようと無理したのでしょう。矢先に事故に遭いました」

「あんた、なにが目的だよ」

打ち合わせ段階から不信感を抱いていた玉置が唾を飛ばした。

「そんなの決まってるやないか、静留が盗んでないことを彼は確かめたかったんだよ、なぁ、平尾ちゃん」

すぐさま杉山が擁護(ようご)してくれた。

「はい、私がこの番組を企画したのは父への疑いを晴らすためです」

そう伝えて、九人のレジェンドたちの顔を見る。全員がまだ狐につままれたような顔から戻れないでいた。

「私は今日の収録にあたって二つの仮説を立てました。一つは選手の誰かが犯人で、父が身代わりになったこと。でもいくら大好きな仲間であっても、父は受け容れなかったと思うんです。マネージャーの仕事を生き甲斐にしていた父は、チームを離れたくはなかったはずですから」

「もう一つの仮説はなんだね」

そう訊いたのは三枝だった。

「球場にいた子供です。みなさんへのインタビューでロッカールームに通じる非常用通路があることが判明しました。何度も球場に遊びに来ていながら、私は通路の存在は知りませんでしたが、バーバリアンズが負けている試合では、鬼ごっこをして遊んでいる子供がたくさんいましたから、秘密の通路を発見した子もいたでしょう」

「それで子役まで用意したのか」

用意してくれたのは新川だが、「はい」と返事をした。

「子供が犯人かもしれないと、サエは静留から聞いとったんか」

杉山の質問に、三枝は一旦唇を嚙んでから答えた。

「聞いてない。あの日、静留から犯人が分かったかもしれないと言われたけど、試合直前だったので、終わってから聞くと返した。だから試合中に静留がいなくなったのも、犯人捜しに行ったものだと思っていたし、試合中にロッカールームに入ったのは静留しかいないと聞いて耳を疑った。誠が聴取してもなにも答えなかったと聞いたので、次の日、早く球場に行って静留と話した。『おまえじゃないだろ。おまえは犯人が分かったと言ってたじゃないか』と言ったけど、静留から『あれは噓だよ。自分がやった』と認めた時は信じられなかった」

するとと夏川が続く。

「俺も同じだ。試合前に静留に呼ばれたが、脇腹の治療でそれどころじゃなかった。まさか非常用通路の存在を知った子供の犯行だったとはな。俺の財布から一万円がなくなっていたのだから、静留は子供に逃げられたんだろう。そればかりか、警備員が静留以外、ロッカールームに入っていないと言ったことを伝えると、見ず知らずの子供の犯行を、自分がやったと庇（かば）った。いかにも子供思いの静留らしい行動だよ」

ぬけぬけとよくそんなことが言えると、怒りがこみ上げてきた。言おうとしたことを三枝が代弁した。

「見ず知らずの子供じゃないだろ。陽司くんだろ。さっきロッカールームに入った時、偶然、俺はおまえの顔を見た。おまえの口は『陽司』と息子の名前を呼んでいた」

三枝には聞こえていたようだ。だが他の選手は「陽司って誠さんの子だよな」「誠さんの息子の仕業だったのか」とざわつく。

「私にも夏川さんが陽司と口を動かしたのが確認できました」

平尾も続いた。

「そんなこと言ってない」

夏川は即座に否定する。

「音声さん、あなたの耳にはどう聞こえた?」

集音マイクを持つ音響スタッフに尋ねる。

「はい、小さな声ですが、『ようじ』と聞こえました。お聞かせしましょう」

ヘッドホンを装着した彼は録音機を戻す。

〈……ようじ〉

雑音の中で掠れるような声でそう聞こえた。

言い逃れができなくなった夏川は太い眉を寄せ、やにわに松浪を指差した。

「彼のせいだ。彼が最後に静留のようなフォームで投げたから、そう見えたんだ」

「僕の投球フォームに惑わされたのなら他の選手と同じく、平尾さんに向かって『静留』と呼びかけてますよね」

反論した松浪のあとを、三枝が継ぐ。

「平尾さんはお母さんから『俺はチームのために戦ったのに、あいつに裏切られた』という静留の言葉を聞いたんだな。昔から誠を疑っていたのか」

「話を聞いたのは、母が亡くなる直前、ハーバート選手が出演したニュース番組を見て、杉山さんにあの試合の裏で、父が関わる事件があったと聞いた後です。父はバーバリアンズを嫌いになったら可哀想だから、私には黙っていてくれと母に伝えたそうです。なにも知らない私は、野球中継の仕事がしたくて、バーバリアンズの放映権を持っている大阪毎朝に入りました」

「お母さんは真実を知っていたのか」

　三枝に訊かれる。

「父が嵌められたのは分かっていましたが、誰にかまでは聞いていなかったようです。それが今回の取材を進めていくうちに夏川さんが右打ちしたのはあの時以外ないとか、チームみんなが夏川さんに負い目があり、夏川さんにはなにも言えなかったとか、ロッカールームに行く通路にはどこに通じているか分からない非常口があって、何年か前に子供が迷い込んだことがあるとか、みなさんから多岐に亘る証言を得て、次第に夏川さんの息子が怪しいのではと考えるようになりました。みなさんは父が陽司さんを捕まえたロッカールームに、なぜ夏川さんがやって来たのか、お分かりですよね」

「八回裏の攻撃前に、サエが誠に言うたからやな。あの時は気づきもせんかったけど、今日ははっきり聞こえたわ。『俺たちの力で逆転して、子供を喜ばそうぜ』と。あんたの話やと、そう言われて誠はベンチ上を見たんよな。ベンチの上言うたら家族席や」

　杉山が迷うことなく答えた。

「なんであんなことを言うたんや。サエは子供の犯行とは聞いてなかったんやろ」

　今野が眉をひそめる。

「俺は誠に話しかけたことじたい、平尾さんに訊かれるまで忘れてたよ。ヘルメットを被ってグラウンドに足を踏み入れたらすごい声援が聞こえてきて、目を向けたら空席だらけだったスタンドが、子供で立ちどころに埋まっていくんだ。あの景色には胸が熱くなった。だから誠に言ったんだ」

「夏川さんとは滅多に話さないのにですか?」

これまでにも訊いた質問だが、あえてもう一度尋ねた。

「他の日なら言わないさ。だけどあの日は特別だ。誠の骨折は、意気地がなかった俺らが、監督に言い出せなかったのが原因だったんだからな」

「サイン盗みのことですね」

思わず口から出てから、約束を破ったことを杉山に視線で詫びる。許してくれたのか杉山は目尻に皺を寄せて首肯した。

「俺はこの回、なにがなんでも塁に出るから、誠の力で返してくれ、あわよくばおまえのホームランで逆転して、子供たちを喜ばせてくれ、そうした意味を込めたつもりだ」

「だからヒーローインタビューも夏川さんに譲ったのですね」

「あの日のヒーローは誠だと思ってたからな」

「ですが夏川さんはそうは受け取らなかった。私も小学生の頃、このスタジアムに遊びに来たので思い出しました。いつも見かけたのが、夏川さんの奥さんです。そして私より年下のお子さんは、野球そっちのけで観客席を走り回っていました。私の記憶が正しければ、あの大逆転した日も奥さんの姿は見ていますが、息子さんは傍にはいませんでした」

「平尾さんが疑ったのも無理はない。誠に疚しい気持ちがなきゃ、須崎の癖を俺に教えたなんて嘘は言わないものな」

三枝が言う。

「以前から息子の手癖の悪さがあることを知っていた夏川さんは、三枝さんから子供と言われてスタンドを見た。家族席に陽司さんの姿がないことに胸騒ぎを覚えたんです。それで三枝さんを三塁に進めるイージーなセカンドゴロを打ち、テーピングを巻き直す振りをして、一目散に二階のロッカールームに駆け上がった。究極のチームバッティングだと語り継がれているあの打席は、走者を進めるためではなかった。早くアウトになるためのセカンドゴロだったんです」

「違う。俺はそんな理由で打席を無駄にしない。怪我のせいで、たまたまセカンド方向に飛んでいっただけだ」

「でもみなさんの見解は異なりますよね。玉置さんはチームが不人気だったことをいつも嘆いていた夏川さんが、たくさんの子供たちの前で消極的なバッティングをしたことに、『こんなに盛り上がっとるのに、なんでや』と思わず口走った」

「いや、俺は……」

玉置は言葉につかえる。

「北井さんは全力疾走せずに途中からベンチに引き揚げてきた夏川さんに不審を抱いた」

「別に不審を抱いたわけじゃ」

九人の中で最年少の北井は否定しようとするが、杉山が「わしはそう思ったよ。バッティングからして急いでるみたいやった」と一番話してほしかったことを代表して言ってくれた。

「杉山さんには、夏川さんが早くグラウンドから去りたいように見えたってことですか」

「今思えばやけどな。ここにいる全員が同じ疑問を感じてるはずや。打撃にしても走塁にしても、あの打席だけは誠らしくなかった、と」

平尾は何人かの顔を見る。三枝、今野、沖、ハーバートが頷いた。

「みんな、勝手な想像をしないでくれ。俺は試合中に二階には行っていないし、だいいちうちの子が盗みなんてするはずがない」

夏川は語勢を強めて否定を続ける。

「私は十一歳でしたが、小学校の四、五年生くらいから人の持ち物を盗る同級生はいましたよ」

「そんな悪ガキと陽司を一緒にするな」

夏川はなおも反論するが、平尾は無視した。

「だけど平尾さんが子役に財布を盗ませたのはサエのバッグやったよな。あの時とは違うやん。盗まれたのは誠の金やで」

今野が気づいた。子役に盗らせたのは夏川のバッグからではない、三枝のものだ。

「それが今回の一番の疑問でした。夏川さんは、父が子供に逃げられたと言いましたが、ロッカールームで大人が子供を捕まえることくらい、造作ないことです」

「どういうことよ、分かりやすう説明してえや」

「父は金を盗ろうとしたのが陽司さんだったから、見逃したんです。逃げた陽司さんと入れ替わるように、夏川さんはロッカールームのドアを開けた。陽司さんの姿を見ておきながら、夏川さんは三枝さんの財布を持つ父にこう言ったのではないでしょうか。『静留、おまえの犯行だったのか』と」

「言うわけないだろ。言ったところで静留は否定すればいいだけの話だ」

夏川にはまだ言い逃れをする余裕があった。

「父はもちろん否定したはずです。『陽司くんだ。誠だって今、廊下ですれ違っただろう』と」

「これ以上、デタラメのストーリーを作るのはやめろ。うちの子は今や会社の役員なんだ。だいたい、あんたの推論は見当違いも甚だしい。サエの財布なら、その場で戻して、なかったことにすれば、問題なく済む」

声に怒気が孕む。夏川の目は威圧的だったが、平尾はまなじりを引き上げ、その目を見返した。

「普通はそうするでしょう。ですけど夏川さんは父を信用していなかった。なにせ過去に二度事件は起きています。チーム思いの父が、陽司さんより、疑念をかけられたままでいる他の選手を優先するのを心配したのではないですか」

一度はそう言ってから、唾を呑み込んで言い直す。

「いいえ、それよりも夏川さんは、陽司さんを目撃した事実じたいを、現実から消したかったんですよね」

「俺は陽司など見てない。二階に上がったら、子供が非常口に入っていくのが見えたが、それが誰なのかは分からなかった」

「やっぱりおまえ、二階に行ってたんじゃないか」

そう言ったのは三枝だった。

「誠、おまえ、墓穴を掘ったな」

杉山が続き、夏川は唇を嚙む。

「その時はゲームの途中で、すでにワンアウトです。夏川さんは、『財布はサエのバッグに戻しておけ』と父に命じ、ベンチに戻った。そして終了後、いきなり自分の金が盗まれていると騒ぎ立て、警備員を懐柔、父しかロッカールームに入っていないことを理由に追い詰めた」

「真犯人を知っているなら、静留はそいつの名前を言えばいいだけじゃないか」

息子の名前を出さず、夏川は曖昧な言葉で濁す。

「今回の取材で、父がなぜ罪を被ることにしたのか理解しました。あの数日後に陽司くんのインターナショナルスクールの編入試験があったんですよね。あの晩、父と話した夏川さんは、父にこう言ったんじゃないですか。今回のことが明るみに出ると、新しい学校に入れなくなる。うちの子のためにも静留がやったことにしといてくれないか。編入試験が終わった際には、必ず静留が陽司を庇ってくれたとみんなの前で明かし、チームに戻すからと言って。父はその日は同意しなかった。だけど翌日には、戻してくれるなら俺が罪を被ると夏川さんと約束した」

「そういや、誠は陽司くんがインターナショナルスクールに入れるかどうかえらい心配しとったな」

今野が言うと、杉山も「そいで静留は顔色を変えたんやな。陽司くんが盗ろうとしたんはサエの財布やったのに、誠が自分の財布から金を盗まれたと叫んだもんやから」と非難を続けた。

父はまんまと嵌められたのだ。あれだけチームのために、夏川のために尽くしたのに……。途端に涙腺が緩み、視界に靄がかかった。薄い膜に浮かんだのは、大のバーバリアンズファンだった息子にこう話してくれた優しい顔だった。

すごいチームなんだよ、今は機能してないけど、個々の力はあるからいつかは優勝できる。誠、サエ、スギ、今ちゃん、神父さん、沖、小曾木、タマ、北井……父からは選手の呼称が次々と出てきた。

優勝できるといった父の言葉を信じ、夏休みの間、本拠地での試合は七回以降、毎日のように応援に行った。

それは選手だけでなく、裏方である父にも頑張ってとエールを送るためだった。

　謹慎処分になった父は、自室にこもりっぱなしになった。食事の際に話しかけても無理やり笑顔を作るだけで、上の空だった。快進撃を続けるバーバリアンズの中継も見なくなった。そして日本シリーズを制してバーバリアンズが日本一になった翌日の夜になって、「球団をやめた。みんなで静岡に引っ越そう」と心細そうな声で言った。

　平尾の顔を見ていた選手たちの目が、その時には夏川へと移っていた。蔑みのこもった視線に耐え切れなくなったのか、夏川がぼそぼそと話し出す。

「陽司は小さい時は一つの場所にじっとしてられなくて、しょっちゅう球場内を走り回っていた。そのうちロッカールームへの抜け道を見つけた……」

　初めて息子の犯行を認める。

「そんなんが盗んだ言い訳になるかいな」

　今野が非難する。

「身代わりになると言ってくれたのは静留だ。陽司くんには未来がある。ここは俺に任せろと」

「人がいい静留でもそんなこと抜かすか。馬鹿も休み休み言え」

　杉山が突っ撥ねた。

「本当だって。俺は誰よりも静留のことを考えたんだ。みんなだって覚えてるだろう。日本シリーズ中に静留を戻す嘆願書を出そうと言い出したのは俺だぞ」

　夏川は同意を求めるかのように、悲しみに暮れた表情で、一人一人を見ていく。平尾の目にはこのピンチを乗り切ろうと必死に演技をしている三文芝居に映った。

「父が求めていたのは嘆願書ではありません。夏川さんに真実を語ってほしかっただけです。父は何度も電話して、頼んだんじゃないですか？　陽司くん、編入試験に受かったんだろ？　受かったのなら早く本当のことを話してくれよ。あの日、約束したじゃないかと……。夏川さんはもう少し待ってくれとごまかした。そればかりか夏川さんが中心となって嘆願書の署名を集めていると聞いた父は、息子の罪を認める気がないと分かり絶望した。だから球団を去る決意をしたんです。だって泥棒の汚名を着せられたまま、なにもなかったかのように仲間の元に戻れるわけがないじゃないですか……」

最後は悲しくて声にならなかった。

「お父さんを亡くしたのだから平尾さんが辛いのは分かる。だけどここまでの話はすべてあなたの推測でしかない。誰も静留から真相を聞いていないんだよ。今どうこう言ったところで、どうしようもないじゃないか」

夏川は開き直っているように感じられた。だからと言ってこれ以上問い詰めることはできない。現状では夏川の言う通り、証拠もなければ目撃者もいない。

諦めかけたところで選手の輪の後方から太くて、ほんの少しだけイントネーションが違う日本語が届いた。

「すべて平尾さんが話した通りです。誠さんは嘘をついています。私は静留さんから、誠さんに頼まれて犯人になったと聞きました」

カイル・ハーバートが祈りを捧げるように両手を握って発言した。

「静留から聞いたのに、神父さんはどうして今まで教えてくれなかったんだ」

三枝が振り向きざまに質(ただ)す。

「それは教会で聞いたからです。日本シリーズが終わった次の日でした。静留さんからは、やめることにしたからもういい、だけど神父さんにだけは真実を知っておいてほしいと告げられました」

「告解ということか。だけど静留が罪を犯したわけではないんだぞ」

三枝が言うが、父の性格を知っているだけに「それもまた静留らしいな」とそれ以上は言わなかった。

「静留さんは一つだけ、悔やんでいました。誠さんのお子さんのためにも良くないことをした。自分が罪を被らずに、陽司くんがやったとあの場で伝え、みんなの前に連れてきて、謝らせるべきだったと」

「連れてきて謝らせるって、陽司はまだ九歳だったんだぞ」

夏川が声を嗄らして言い返す。ハーバートは目を伏せてかぶりを振った。

「それくらいの年齢になれば罪悪感はあります。子供でも悪いことをしたら謝る、それが大人にできる唯一の教育なのです。チームメイトの子供です。父親がごめんなさいと謝らせていれば、ここにいる全員が、そんなことはなかったと目を瞑り、口外しなかったでしょう」

説法するようにとうとうと説いた。いつしか選手全員が夏川を見ていた。凍るような冷ややかな目で。

「みんな、そんな目で見ないでくれ。神父さんにそう言ったのなら、俺の記憶が混乱しているだけで、静留から言い出したのではないかもしれない。だけど球団からの処分に、静留は異議申し立てもせずに受けたから、俺は静留が望んでやってくれたのだと勘違いしたんだ。そしてまた元のように、一緒に戦えると思ってた」

まだ言い訳を続ける。

「元通りになれるわけがないだろ。おまえに裏切られたのに」

怒りに満ちた顔で三枝が言葉をぶつける。

「違う。単なる受け取り方の違いだ」

「静留はおまえを守るために俺たちにサイン盗みをやめさせた男だぞ。俺たちにとっても、おまえにとっても恩人だ。そんな恩人に、息子の過ちを擦り付けるなんて、おまえはどこまで愚かなんだ」

吐き捨てた三枝に、夏川はまた唇を噛んだ。

「息子が犯人やと分かっとったくせに、警備員を買収して、なにが『ゲーム中にロッカールームに入ったのは一人しかいない』だ。白々しいこと抜かしやがって」

今野が顔を背ける。

「みんなの力で勝ったのに、自分だけ当たり前のようにヒーローインタビューを受けて、戻ってきたら今度は偽探偵の真似事かいな。おまえ、どこまで厚かましいねん」

杉山も突き放した。

視界に津岡みなみが引き連れていたカメラクルーが映った。この映像がテレビで流されることなどないのが分かっているのにスタッフ全員が真剣に撮影を続ける。松浪と新川もロッカールームの隅から凝視している。

三枝が周囲に目を配ると、何人かが頷いた。平尾にはそれがなにを意味するのか分からなかった。

杉山が呆然と立ち竦む夏川に近づいた。

「昨日の晩、サエから電話があったんや。サエからはいざという時のために今後の身の振り方を考えておいてほしい、やめるつもりなら辞表を用意してほしいと言われた。なんのこっちゃと思ったけど、まさかこんな顚末になるとはな」

ユニホームの尻ポケットから封筒を出した。

「これまでどこからも呼ばれんかった俺をコーチに選んでくれた誠には感謝してる。こういうのは球団に提出するんが筋やけど、俺はおまえと野球をやるんが嫌になったんや。おまえから球団に渡しといてくれ」

出した封筒には退団届と書かれていた。

「おいスギ、早まるな、もう少し俺の話を聞いてくれ」

杉山は「充分聞いたわ」と言い捨て、夏川に封筒を渡した。

次に沖が前に出た。

「俺もサエさんから言われた時は意味が分からなかったけど、やっと理解できました。誠さんの下ではコーチはやれません。そんなことをしたら静留さんが悲しむから」

「沖……おまえは秋季キャンプでは俺に感謝してくれたじゃないか」

首を横に振った沖は、退団届を手渡し退いた。続いて北井、小曾木も辞表を渡した。

最後に玉置が前に出た。玉置は放心状態でだらりと垂らした夏川の手を取り、五枚目の退団届を握らせた。

「誠さん、もう二度とお会いすることはないと思います。さようなら」

九人のレジェンドから、一人の愚か者を除く全員が、踵を返した。

本書は「Ｗｅｂ東京創元社マガジン」二〇二二年一月三十日～二〇二三年九月二十九日に掲載した作品（全九回）を大幅改稿したものです。

九人のレジェンドと愚か者が一人

2024年6月21日　初版

著者
本城雅人

写真
Johnnyhetfield/Getty Images

装幀
西村弘美

発行者
渋谷健太郎

発行所
株式会社東京創元社
〒162-0814 東京都新宿区新小川町1-5
03-3268-8231（代）
https://www.tsogen.co.jp

印刷
萩原印刷

製本
加藤製本

　ISBN978-4-488-02905-0　C0093

乱丁・落丁本は、ご面倒ですが小社までご送付ください。
送料小社負担にてお取替えいたします。

創元推理文庫

小説を武器として、ソ連と戦う女性たち!

THE SECRETS WE KEPT◆Lala Prescott

あの本は読まれているか

ラーラ・プレスコット　吉澤康子 訳

◆

冷戦下のアメリカ。ロシア移民の娘であるイリーナは、CIAにタイピストとして雇われる。だが実際はスパイの才能を見こまれており、訓練を受けて、ある特殊作戦に抜擢された。その作戦の目的は、共産圏で禁書とされた小説『ドクトル・ジバゴ』をソ連国民の手に渡し、言論統制や検閲で人々を迫害するソ連の現状を知らしめること。危険な極秘任務に挑む女性たちを描いた傑作長編!

創元推理文庫

クリスティ愛好家の読書会誕生!

The Murder Mystery Book Club◆C.A.Larmer

マーダー・ミステリ・ブッククラブ

C・A・ラーマー　高橋恭美子 訳

◆

ミステリ好き、クリスティ好きなアリシアとリネットの姉妹の読書会メンバー募集に応えてきたのは、古着ショップのオーナー、医師、主婦、図書館員に博物館学芸員の面々。ところが読書会二回目にして早くもトラブル発生。メンバーのひとりが現われなかったのだ。家にも帰っておらず、事件に巻きこまれた可能性も。アリシアはメンバーの協力のもと捜し始めるが……。シリーズ開幕。

創元推理文庫

凄腕の金庫破り×堅物の青年少佐

A PECULIAR COMBINATION◆Ashley Weaver

金庫破り ときどきスパイ

アシュリー・ウィーヴァー　辻 早苗 訳

第二次世界大戦下のロンドン。錠前師のおじを手伝うエリーは、裏の顔である金庫破りの現場をラムゼイ少佐に押さえられてしまう。投獄されたくなければ命令に従えと脅され、彼とともにある屋敷に侵入し、機密文書が入った金庫を解錠しようとしたが……金庫のそばには他殺体があり、文書が消えていた。エリーは少佐と容疑者を探ることに。凄腕の金庫破りと堅物の青年将校の活躍！

創元推理文庫

余命わずかな殺人者に、僕は雪を見せたかった。

THE LIFE WE BURY◆Allen Eskens

償（つぐな）いの雪が降る

アレン・エスケンス　務台夏子 訳

◆

授業で身近な年長者の伝記を書くことになった大学生のジョーは、訪れた介護施設で、末期がん患者のカールを紹介される。カールは三十数年前に少女暴行殺人で有罪となった男で、仮釈放され施設で最後の時を過ごしていた。カールは臨終の供述をしたいとインタビューに応じる。話を聴いてジョーは事件に疑問を抱き、真相を探り始めるが……。バリー賞など三冠の鮮烈なデビュー作！

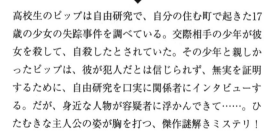